Marc Levy

SIEBEN TAGE FÜR DIE EWIGKEIT

Marc Levy

SIEBEN TAGE FÜR DIE EWIGKEIT

Aus dem Französischen von
Bettina Runge und Eliane Hagedorn

Knaur

Titel der Originalausgabe: Sept jours pour une éternité
Originalverlag: Editions Robert Laffont, Paris

Die Folie des Schutzumschlags sowie die Einschweißfolie
sind PE-Folien und biologisch abbaubar.
Dieses Buch wurde auf chlor- und säurefreiem Papier gedruckt.

Bitte besuchen Sie uns im Internet:
www.droemer-knaur.de

Umschlaggestaltung: ZERO Werbeagentur, München
Umschlagabbildung: Corbis
Gestaltung und Herstellung: Josef Gall, Geretsried
Satz: Ventura Publisher im Verlag
Druck und Bindung: Ebner & Spiegel, Ulm
Printed in Germany
ISBN 3-426-66138-1

2 4 5 3 1

Der Zufall ist die Form, die Gott wählt,
um inkognito zu bleiben.

Jean COCTEAU

Für Manine,
für Louis.

Am Anfang schuf Gott den Himmel und die Erde.
Es wurde Abend, und es wurde Morgen …

GENESIS, 1,5

Erster Tag

Auf seinem Bett ausgestreckt, betrachtete Lukas das hektisch blinkende Lämpchen seines Handys. Er klappte sein Buch zu und legte es neben sich; er war begeistert. Er las diese Geschichte nun schon zum dritten Mal innerhalb von achtundvierzig Stunden, und seit Höllengedenken hatte ihn keine Lektüre mehr so gefesselt.

Er strich mit der Fingerspitze über den Buchdeckel. Dieser Hilton war auf dem besten Weg, sein Kult-Autor zu werden. Er nahm das Werk wieder in die Hand – welch ein Glück, dass ein Gast es in der Nachttischschublade des Hotels vergessen hatte – und beförderte es mit einem gezielten Wurf in den geöffneten Koffer am anderen Ende des Raums. Er sah auf die kleine Standuhr, räkelte sich und verließ das Bett. *Steh auf und wandle*, sagte er sich vergnügt. Vor dem Spiegelschrank zog er den Krawattenknoten zurecht, strich die Jacke seines schwarzen Anzugs glatt, nahm seine Sonnenbrille von dem kleinen Tisch neben dem Fernseher und steckte sie in die Brusttasche seines Jacketts. Das Handy an seinem Gürtel hörte nicht auf zu vibrieren. Er stieß die Tür des Wandschranks mit dem Fuß zu und trat ans Fenster. Er zog die graue Gardine zur Seite, um einen Blick in den Innenhof zu werfen; kein Wind-

hauch würde den Smog vertreiben, der den Süden Manhattans bis hin nach TriBeCa überzog. Der Tag würde glühend heiß werden. Lukas liebte die Sonne, und wer wusste besser als er, wie schädlich sie war. Förderte sie in Dürregebieten nicht die Ausbreitung aller möglichen Keime und Bakterien? War sie nicht unerbittlicher als der Sensenmann, um die Schwachen von den Starken zu trennen?
»Und es wurde Licht«, trällerte er vor sich hin und nahm den Telefonhörer ab. Er bat den Portier, seine Rechnung fertig zu machen – er müsse vorzeitig abreisen –, und verließ das Zimmer.
Am Ende des Flurs schaltete er die Alarmvorrichtung der Tür ab, die zur Nottreppe führte.
In dem kleinen Innenhof nahm er das Büchlein an sich, warf den Koffer in den großen Müllcontainer und machte sich beschwingten Schrittes auf den Weg.
In der kleinen Straße von SoHo mit seinem Kopfsteinpflaster betrachtete Lukas genüsslich ein gusseisernes Balkongeländer, das nur durch zwei verrostete Nieten daran gehindert wurde, in die Tiefe zu stürzen. Die Mieterin des dritten Stocks, ein junges Mannequin mit allzu schön modellierten Brüsten, einer unverschämt schlanken Taille und vollen Lippen, hatte es sich eben nichts ahnend – und das war gut so – in ihrem Liegestuhl bequem gemacht. In wenigen Minuten (wenn sein Blick ihn nicht täuschte, und er täuschte ihn nie) würden die Nieten nachgeben. Das zauberhafte Wesen würde dann mit verrenkten Gliedern drei Etagen tiefer aufschlagen. Das Blut, das aus ihrem Ohr zwischen die Fugen der Pflastersteine liefe, würde das Entsetzen in ihrem Gesicht noch hervorheben. So bliebe ihr hübsches Antlitz starr, bis es sich in einer Holzkiste zersetzte, in die das schöne Kind von der Familie ein-

gesperrt würde, sobald alles unter einer Marmorplatte und Strömen sinnloser Tränen verschwunden war. Eine Bagatelle, die höchstens vier schlecht redigierte Zeilen in einem Stadtteil-Blättchen zur Folge haben und dem Hausverwalter einen Prozess einbringen würde. Der verantwortliche Ingenieur im Rathaus würde seine Stelle verlieren (man braucht schließlich immer einen Sündenbock), einer seiner Vorgesetzten würde die Angelegenheit abschließen und das Fazit ziehen, dass der Unfall zum Drama hätte werden können, wenn sich Passanten unter dem Geländer befunden hätten. Es gab also noch einen Gott auf dieser Welt – und das war das eigentliche Problem von Lukas.

Der Tag hätte perfekt beginnen können, hätte im Innern der hübschen Wohnung nicht das Telefon geklingelt, das die Mieterin offenbar im Badezimmer hatte liegen lassen. Sie stand doch tatsächlich von ihrem Liegestuhl auf, um es zu holen: Kein Zweifel, das Hirn eines hübschen Mannequins besaß weniger Auffassungsgabe als ein Mac, dachte Lukas frustriert.

Er biss die Zähne zusammen, und sein Kiefer knirschte fast wie der Müllwagen, der donnernd die Straße herunterkam. Mit einem trockenen entschiedenen Knall brach die Metallkonstruktion des Balkons aus der Fassade und stürzte in die Tiefe. Im Stockwerk darunter zerbarst ein Fenster, zertrümmert durch ein Stück des Geländers. Ein gewaltiges Mikado aus verrosteten Eisenträgern, in dem sich Kolonien von Tetanusbazillen eingenistet hatten, krachte auf das Pflaster. Lukas' Auge leuchtete wieder auf. Ein scharfkantiger Querträger schoss mit atemberaubender Geschwindigkeit nach unten. Wenn seine blitzschnelle Kalkulation sich, wie üblich, als richtig erwies, so war noch nichts verloren. Er schlenderte lässig über die Straße,

zwang dadurch den Fahrer des Müllwagens, das Tempo zu drosseln. Der Eisenträger traf auf das Führerhaus, bohrte sich in den Brustkorb des Fahrers, und der Wagen machte einen Schlenker. Den beiden Müllmännern auf ihrer Plattform blieb nicht einmal Zeit zu schreien: Einer geriet in die klaffende Öffnung des Wagens und wurde augenblicklich von den Mahlwerkzeugen, die unerschütterlich weiter ihren Dienst taten, zermalmt, der andere wurde nach vorn geschleudert und rutschte über den Asphalt. Der Vorderreifen des Wagens überrollte sein Bein.
Bei seiner Weiterfahrt prallte der Laster gegen einen Laternenpfahl, der umknickte. Dadurch wurden die Stromkabel freigelegt, die durch eine glückliche Fügung in das schmutzige Wasser des Rinnsteins fielen. Eine Funkengarbe kündigte einen großartigen Kurzschluss an, der den ganzen Umkreis ergriff. Im Viertel fielen alle Ampeln aus und waren jetzt schwarz wie der Anzug von Lukas. Aus der Ferne war schon der Lärm der ersten Unfälle an den sich selbst überlassenen Kreuzungen zu hören. An der Ecke Crosby Street und Spring war der Zusammenstoß des führerlosen Müllwagens mit einem gelben Taxi nicht aufzuhalten. Seitlich getroffen, schob sich das Yellow Cab in das Schaufenster des Shops des Modern Art Museum. »Ein neues Kunstwerk für ihre Vitrine«, murmelte Lukas vor sich hin. Die Vorderachse des Müllwagens schob sich auf ein parkendes Fahrzeug, die blinden Scheinwerfer gen Himmel gerichtet. Der schwere Kipper krümmte sich mit einem Scheppern von berstendem Blech, bevor er auf die Seite fiel. Tonnen von Müll, die er befördert hatte, ergossen sich aus seinen Gedärmen und bedeckten die Fahrbahn mit einem Teppich aus Unrat. Auf den Lärm des fesselnden Dramas folgte Totenstille. Unbekümmert setzte

die Sonne ihre Bahn fort. Durch die Hitze ihrer Strahlen würde die Luft schnell zu einem Pesthauch werden.
Lukas zupfte den Kragen seines Oberhemds zurecht; er fand es grauenvoll, wenn die Spitzen des Revers aus seinem Jackett schauten. Er betrachtete das Ausmaß der Katastrophe ringsum und sah auf seine Uhr. Es war kurz vor neun, und letztendlich kündigte sich ein herrlicher Tag an.
Der Kopf des Taxifahrers ruhte auf dem Lenkrad und betätigte so die Hupe, die im Gleichklang mit dem Horn der Schleppkähne im New Yorker Hafen ertönte, diesem bei schönem Wetter so unvergleichlichen Ort, wie an diesem Sonntag im Spätherbst. Lukas war auf dem Weg dorthin. Von da aus würde ihn ein Hubschrauber zum Airport LaGuardia bringen, seine Maschine würde in sechsundsechzig Minuten starten.

~

Der Pier 80 des Handelshafens von San Francisco war ausgestorben. Zofia legte langsam den Hörer auf die Gabel und trat aus der Telefonzelle. Mit zusammengekniffenen Augen betrachtete sie den Pier gegenüber. Eine Gruppe von Männern machte sich dort an riesigen Containern zu schaffen. Aus ihren Kabinen hoch oben am Himmel dirigierten die Kranführer ein subtiles Ballett von Auslegern, die sich über einem riesigen Lastschiff, das zur Abfahrt nach China bereitlag, kreuzten. Zofia seufzte. Auch mit dem besten Willen der Welt konnte sie doch nicht alles ganz allein bewerkstelligen. Sie hatte so manche Gabe, aber nicht die der Allgegenwart.
Der Nebel verdeckte bereits die Fahrbahn der Golden Gate Bridge. Aus der dichten Wolke, die sich in der Bucht

ausbreitete, ragten bald nur noch die Pfeilerenden hervor. In wenigen Augenblicken müsste wegen mangelnder Sicht jede Tätigkeit im Hafen eingestellt werden. Zofia, bezaubernd in ihrer Uniform der Dienst habenden Sicherheitsoffizierin, blieb kaum Zeit, die gewerkschaftlich organisierten Vorarbeiter daran zu erinnern, dass ihre nach Stunden bezahlten Docker ihre Arbeit beenden mussten. Wenn sie doch nur richtig wütend werden könnte! Ein Menschenleben müsste wohl schwerer wiegen als ein paar hastig verladene Kisten. Aber die Menschen würden sich nicht so schnell ändern, sonst müsste sie nicht hier sein.

Zofia liebte die Atmosphäre, die auf den Docks herrschte. Hier war immer viel zu tun für sie. Das ganze Elend der Welt gab sich im Schatten der alten Lagerhäuser ein Stelldichein. Auch die Obdachlosen ließen sich gern hier nieder, nur wenig geschützt vor dem Herbstregen, vor den eisigen Winden, die der Pazifik im Winter über die Stadt trieb, und vor den Polizeipatrouillen, die sich, ganz gleich, zu welcher Jahreszeit, äußerst ungern in diese feindselige Welt vorwagten.

»Manca, geben Sie Befehl zum Aufhören!«

Der breitschultrige Mann tat so, als hätte er sie nicht gehört. Auf dem großen Notizblock, den er auf seinem Bauch abstützte, trug er die Zulassungsnummer eines Containers ein, der sich gerade in die Luft erhob.

»Manca! Zwingen Sie mich nicht zu einer Verwarnung. Nehmen Sie Ihr Funkgerät und stoppen Sie sofort die Arbeit!«, rief Zofia. »Die Sichtweite beträgt keine acht Meter mehr, und Sie wissen, Sie hätten schon bei knapp unter zehn Metern Schluss machen müssen.«

Der Vorarbeiter Manca zeichnete das Blatt ab und reichte

es dem jungen Kontrolleur, der ihm zur Seite stand. Mit einer Handbewegung schickte er ihn weg.
»Bleiben Sie nicht da drunter stehen, Sie befinden sich in einer Gefahrenzone: Wenn sich das Ding löst, gibt es keine Rettung!«
»Ja, aber es löst sich nie. Manca, haben Sie mich gehört?«, beharrte Zofia.
»Soweit ich weiß, habe ich kein Laser-Vermessungsgerät im Auge«, knurrte der Mann und kratzte sich hinterm Ohr.
»Aber Ihre Aufsässigkeit ist präziser als irgendein Entfernungsmesser! Versuchen Sie nicht, Zeit zu gewinnen. Machen Sie Schluss, bevor es zu spät ist.«
»Sie arbeiten jetzt seit vier Monaten hier, und noch nie war die Produktivität so niedrig. Werden Sie die Familien meiner Kumpel am Ende der Woche ernähren?«
Ein Gabelstapler näherte sich der Ladezone. Der Fahrer konnte nicht viel sehen, und seine Frontgabel hätte um Haaresbreite einen Tieflader gerammt.
»He, weg da, Kleine, sehen Sie nicht, dass Sie stören?«
»Wer stört, bin nicht ich, sondern der Nebel. Sie müssen Ihre Arbeiter eben anders bezahlen. Ich bin sicher, ihre Kinder werden glücklicher sein, ihren Vater heute Abend lebend zu sehen, als das Sterbegeld der Gewerkschaft zu kassieren. Beeilen Sie sich, Manca, in zwei Minuten bekommen Sie eine gerichtliche Vorladung, und ich werde selbst vor dem Richter aussagen.«
Der Vorarbeiter musterte Zofia und spuckte dann in den Hafen.
»Man sieht nicht mal die Ringe im Wasser!«, sagte sie.
Manca zuckte die Achseln, griff resigniert zu seinem Walkie-Talkie und befahl die sofortige Unterbrechung aller

Arbeiten. Wenige Augenblicke später ertönte viermal das Horn und brachte das Ballett der Kräne sowie der Aufzüge, Gabelstapler und alles andere, was sich auf den Piers und an Deck der Lastschiffe bewegte, zum Stehen. In der Ferne, im Unsichtbaren, antwortete das Nebelhorn eines Schleppers auf den Stopp der Arbeit.

»Bei diesem Arbeitsausfall wird der Hafen bald schließen müssen.«

»Dafür kann ich nichts, Manca. Ich mache das Wetter nicht, ich verhindere nur, dass sich Ihre Männer umbringen. Jetzt machen Sie nicht so ein wütendes Gesicht, ich mag es nicht, wenn wir uns streiten; ich spendiere Ihnen einen Kaffee und Rühreier. Kommen Sie!«

»Sobald die Sichtweite erneut zehn Meter beträgt, bringe ich alles wieder in Gang! Da hilft es dann auch nichts, wenn Sie mich mit Ihrem Engelsblick ansehen.«

»Sobald Sie den Namen der Schiffe auf dem Rumpf erkennen können! Also, gehen wir!«

Im Fisher's Deli, der besten Kantine des Hafens, war es brechend voll. Bei jedem Nebeleinbruch fanden sich hier alle Dockarbeiter ein, um gemeinsam auf eine Wetterbesserung zu hoffen, die ihren Tag retten würde. Die alten Hasen saßen an den hinteren Tischen. Die Jüngsten standen nägelkauend an der Theke, starrten aus dem Fenster und versuchten verzweifelt, einen Schiffsrumpf oder einen Bordkran auszumachen, erste Anzeichen für das Nachlassen des Nebels. Auch wenn sie sich beiläufig unterhielten, beteten alle mit beklommenem Herzen. Für diese Männer, die bei Tag und bei Nacht arbeiteten, ohne sich jemals über Rost und Salz, die ihre Gelenke zerfraßen, zu beklagen, für diese Männer, die die dicken Schwielen an ihren Händen gar nicht mehr spürten, war

es schrecklich, mit den wenigen von der Gewerkschaft garantierten Dollar in der Tasche nach Hause zu kommen.
In dem Lokal herrschte ein unglaublicher Geräuschpegel – Besteck, das klapperte, Dampf, der aus der Kaffeemaschine zischte, Eiswürfel, die zerstoßen wurden. Auf den Bänken aus rotem Kunstleder hatten sich Gruppen von etwa sechs Arbeitern zusammengefunden, die bei dem allgemeinen Lärm nur wenige Worte wechselten.
Mathilde, die Kellnerin mit dem Haarschnitt und der zarten Figur à la Audrey Hepburn, trug ein so voll beladenes Tablett, dass die Flaschen darauf nur wie durch ein Wunder im Gleichgewicht blieben. Den Bestellblock in ihre Schürze geschoben, lief sie zwischen Küche und Theke, zwischen Theke, Tischen und der Durchreiche der Tellerwäscher hin und her.
Die Tage mit starkem Nebel gestatteten ihr keine Atempause, doch sie zog sie den ruhigen bei weitem vor. Mit ihrem strahlenden Lächeln, ihren verstohlenen Seitenblicken und ihren schlagfertigen Antworten brachte sie es immer fertig, die Stimmung der Männer zu heben. Die Tür öffnete sich, sie wendete den Kopf und lächelte; sie kannte diejenige, die eben eintrat, sehr gut.
»Zofia! Tisch fünf! Beeil dich, ich musste fast draufsteigen, um ihn für dich freizuhalten. Ich bringe euch gleich den Kaffee.«
Zofia setzte sich an den Tisch, ihr gegenüber der Vorarbeiter, der weiter schimpfte.
»Seit fünf Jahren sage ich denen nun schon, sie sollen Wolfram-Leuchten anbringen; damit würden wir mindestens zwanzig Tage Arbeit im Jahr gewinnen. Außerdem sind diese Normen einfach idiotisch. Meine Jungs können

auch noch bei fünf Meter Sichtweite arbeiten, das sind doch alles Profis.«
»Die Lehrlinge machen siebenunddreißig Prozent Ihrer Belegschaft aus, Manca!«
»Die Lehrlinge sind da, um zu lernen! Unser Beruf wird vom Vater auf den Sohn übertragen, und niemand spielt hier mit dem Leben der anderen. Ein Dockausweis, der will verdient sein, und zwar bei jedem Wetter!«
Sein Blick wurde sanfter, als Mathilde, stolz auf ihre Schnelligkeit, mit der Bestellung kam.
»Rühreier mit Schinken für Sie, Manca. Du, Zofia, isst wohl wie immer nichts. Ich bringe dir trotzdem einen Kaffee, den du dann auch nicht trinkst, mit Milch, ohne Schaum. Hier noch das Brot und der Ketchup.«
Den Mund schon voll, bedankte sich Manca. Mit unsicherer Stimme erkundigte sich Mathilde bei Zofia, ob sie am Abend Zeit habe. Zofia antwortete, sie könne sie gleich nach Dienstschluss abholen. Erleichtert verschwand die Kellnerin im Tumult des Lokals, das sich weiter füllte. Ein breitschultriger Mann erhob sich von einem der hinteren Tische und steuerte auf den Ausgang zu. Als er an ihrem Tisch vorbeikam, grüßte er den Vorarbeiter. Manca wischte sich über den Mund und stand auf, um ihn zu begrüßen.
»Was machst du hier?«
»Das Gleiche wie du; ich habe Lust auf das beste Rührei der ganzen Stadt!«
»Kennst du unseren Sicherheitsoffizier, Lieutenant Zofia …?«
»Wir hatten noch nicht das Vergnügen«, meinte Zofia und erhob sich.
»Dann stelle ich Ihnen meinen alten Freund Inspektor George Pilguez von der Polizei von San Francisco vor.«

Sie streckte dem Inspektor die Hand entgegen, der sie erstaunt ansah, als ihr am Gürtel befestigtes Handy zu klingeln begann.

»Ich glaube, Sie werden angerufen«, sagte Pilguez.

Zofia warf einen Blick auf den kleinen Apparat an ihrem Gürtel. Das Lämpchen über der Ziffer 7 hörte nicht auf zu blinken. Pilguez musterte sie lächelnd.

»Das geht bis sieben bei Ihnen? Ihre Arbeit muss sehr wichtig sein, bei uns geht es nur bis vier.«

»Es ist das erste Mal, dass dieses Lämpchen blinkt«, erwiderte sie verwirrt. »Ich muss gehen, entschuldigen Sie mich bitte.«

Sie verabschiedete sich von den beiden Männern, winkte Mathilde kurz zu, was diese nicht sah, und bahnte sich ihren Weg zur Tür.

Vom Tisch aus, an dem er mit Inspektor Pilgues Platz genommen hatte, rief der Vorarbeiter ihr nach:

»Fahren Sie nicht zu schnell, bei unter zehn Meter Sichtweite ist jeglicher Verkehr auf den Piers untersagt.«

Aber Zofia hörte ihn nicht. Sie schlug den Kragen ihrer Lederjacke hoch und lief zu ihrem Wagen. Kaum hatte sie die Tür zugezogen, drehte sie den Zündschlüssel, und der Motor sprang an. Ihr Dienstwagen, ein Ford, setzte sich in Bewegung und raste mit heulender Sirene die Docks entlang. Der dichte Nebel, der mit jedem Augenblick noch undurchdringlicher wurde, schien Zofia nicht im Geringsten zu stören. Sie fuhr sicher durch diese gespenstische Kulisse, zwischen Kransockeln, Containern und den zum Stillstand gebrachten Maschinen hindurch. Schon nach wenigen Minuten hatte sie den Ausgang des Hafens erreicht. An der Kontrollstelle drosselte sie das Tempo, obwohl bei dieser Witterung die Fahrbahn frei sein musste. Die rot-weiß gestreifte Schranke war geöffnet. Der Aufseher von Pier 80 trat aus seinem Häuschen, aber in dieser weißen Suppe konnte er sowieso nichts erkennen. Man sah tatsächlich nicht mehr die eigene Hand vor Augen. Zofia fuhr die Third Street hinunter, die an der Hafenzone entlang, dann weiter durch das ganze Chinese Bassin und schließlich in Richtung Stadtzentrum führte. Unbeirrt fuhr Zofia durch die verlassenen Straßen. Wieder ertönte ihr Handy. Sie protestierte laut.

»Ich tue, was ich kann! Ich habe keine Flügel, und die Geschwindigkeit ist beschränkt!«

Sie hatte den Satz kaum zu Ende gesprochen, als ein gewaltiger Blitz grelles Licht in den Nebel entsandte. Fast gleichzeitig ertönte ein Donnerschlag von solcher Heftigkeit, dass die Fensterscheiben der Häuserfassaden vibrierten. Zofia riss die Augen auf und trat das Gaspedal etwas mehr durch. Um die Market Street zu überqueren, verlangsamte sie das Tempo – man konnte nicht einmal mehr die Farbe der Ampeln erkennen – und bog in die Kearny Street ein. Acht Blocks trennten Zofia noch von ihrem Ziel, neun, wenn sie die Fahrtrichtung in den Straßen beachtete, was sie zweifellos tun würde.

Plötzlich ging ein sintflutartiger Regen nieder, große Tropfen, die mit ohrenbetäubendem Lärm auf die Windschutzscheibe prasselten und gegen die die Scheibenwischer nicht mehr ankamen. Nur die Spitze der majestätischen Transamerica Pyramid, des höchsten Gebäudes der Stadt, tauchte aus der dichten schwarzen Wolke hervor, die sich über die Stadt gelegt hatte.

In seinen Sitz in der ersten Klasse gelümmelt, sah Lukas aus dem Fenster und betrachtete dieses diabolische Schauspiel von göttlicher Schönheit. Die Boeing 767 kreiste über der Bucht von San Francisco und wartete darauf, eine Landeerlaubnis zu bekommen. Ungeduldig klopfte Lukas auf das Handy an seinem Gürtel. Das Lämpchen Nr. 7 hörte nicht auf zu blinken. Die Stewardess trat näher und forderte ihn auf, das Gerät jetzt auszuschalten und die Rückenlehne hochzustellen: Die Maschine sei im Landeanflug.

»Mein Gott, hören Sie endlich auf, Kreise zu ziehen, landen Sie lieber diese verdammte Maschine, ich hab's eilig!«

Die Stimme des Flugkapitäns knisterte in den Lautsprechern: Die Wetterbedingungen am Boden seien relativ schwierig, aber die geringen Treibstoffvorräte in den Tanks würden ihn zur Landung zwingen. Er forderte die Crew auf, Platz zu nehmen, und rief den Chefsteward ins Cockpit. Die angespannte Miene der Stewardess der ersten Klasse war einen Oscar wert: Keine Schauspielerin der Welt hätte dieses Charlie-Brown-Lächeln hingekriegt, das sie an ihren Mundwinkeln aufhängte. Die alte Dame, die neben Lukas saß und ihre Angst nicht mehr beherrschen konnte, umklammerte seinen Unterarm. Die Feuchtigkeit ihrer Hand und das leichte Zittern belustigten Lukas. Die Kabine wurde von immer heftigeren Stößen erschüttert. Das Metall schien ebenso zu leiden wie die Passagiere. Durch das Fenster konnte man die Tragflächen in der höchsten von den Boeing-Ingenieuren vorgesehenen Amplitude schwingen sehen.

»Warum wurde der Chefsteward ins Cockpit gerufen?«, fragte die alte Dame, den Tränen nahe.

»Um ein Zuckerstück in den Kaffee des Piloten zu tauchen!«, erwiderte Lukas strahlend. »Haben Sie Angst?«
»Angst ist gar kein Wort! Ich werde um unser Leben beten!«
»Ah, hören Sie mir sofort damit auf! Behalten Sie diese Angst, Sie Glückliche, sie ist gut für die Gesundheit. Das Adrenalin reinigt alles und bringt unser Herz in Schwung. Sie sind dabei, zwei Jahre des Lebens zu gewinnen! Vierundzwanzig Monate Gratis-Abonnement, das ist doch schon mal was, auch wenn, nach Ihrer Miene zu urteilen, das Programm nicht sonderlich lustig sein dürfte!«
Der Mund zu trocken, um sprechen zu können, wischte sich die alte Dame mit dem Handrücken die Schweißtropfen von der Stirn. Ihr Herz hatte zu rasen begonnen, sie atmete schwer, und Tausende kleiner funkelnder Sterne tanzten vor ihren Augen. Lukas tätschelte amüsiert ihr Knie.
»Wenn Sie ganz fest die Augen schließen und sich konzentrieren, dann müssten Sie den Großen Bären sehen.«
Er brach in Gelächter aus. Seine Nachbarin hatte das Bewusstsein verloren, und ihr Kopf fiel auf die Armlehne. Trotz der heftigen Erschütterungen erhob sich die Stewardess. Sie klammerte sich mehr schlecht als recht an die Gepäckablage und kämpfte sich zu der Bewusstlosen vor. Aus ihrer Rocktasche zog sie ein kleines Fläschchen mit Riechsalz, öffnete es und hielt es der ohnmächtigen alten Dame unter die Nase. Lukas betrachtete sie noch belustigter.
»Sie müssen zugeben, dass unsere Oma allen Grund hat, die Haltung zu verlieren. Ihr Pilot übertreibt ein bisschen. Es geht ja hier zu wie in einer Achterbahn. Sagen Sie mal … das bleibt unter uns, Ehrenwort …, soll das Groß-

muttermittelchen für die Omi den Teufel mit dem Beelzebub austreiben?«
Er konnte ein erneutes Lachen nicht unterdrücken. Die Stewardess musterte ihn empört. Sie konnte nichts Lustiges an der Situation finden und ließ es ihn wissen.
Ein gewaltiges Luftloch schleuderte die Stewardess gegen die Tür des Cockpits. Lukas schenkte ihr ein breites Lächeln und verpasste seiner Nachbarin eine Ohrfeige. Die zuckte zusammen und öffnete ein Auge.
»Und schon ist sie wieder unter uns! Wie viele Miles bringt Ihnen diese kleine Reise? Miles and More oder was?«
Er beugte sich vor, um ihr ins Ohr zu flüstern:
»Sie brauchen sich nicht zu schämen; sehen Sie sich nur die anderen an, sie sind alle dabei zu beten, das ist vielleicht lächerlich!«
Ihr blieb keine Zeit zu antworten, denn unter dem dröhnenden Lärm der Motoren hatte die Maschine am Boden aufgesetzt. Der Pilot bremste das Flugzeug, und heftige Wassergarben peitschten gegen den Rumpf. Schließlich kam die Maschine zum Stehen. Die Passagiere applaudierten dem Piloten oder falteten die Hände, um Gott zu danken, dass er sie gerettet hatte. Wütend löste Lukas seinen Sicherheitsgurt, verdrehte die Augen gen Himmel, sah auf seine Uhr und ging zum Vorderausgang.

Der Regen war noch heftiger geworden. Zofia parkte den Ford am Straßenrand vor dem Wolkenkratzer. Sie klappte die Sonnenblende herunter, so dass die kleine Plakette mit den Buchstaben CIA sichtbar wurde. Sie rannte los, suchte in ihrer Tasche nach Kleingeld, steckte die einzige Münze, die sie fand, in die Parkuhr. Dann überquerte sie den Vorplatz und eilte an den drei Drehtüren der Haupthalle des majestätischen Pyramidengebäudes vorbei. Wieder vibrierte das Handy an ihrem Gürtel: Sie verdrehte die Augen gen Himmel.

»Tut mir Leid, aber feuchter Marmor ist äußerst rutschig! Jeder weiß es, nur vielleicht die Architekten nicht …«

Oft scherzte man im oberen Stockwerk des Wolkenkratzers, dass der Unterschied zwischen den Architekten und Gott sei, dass Gott sich nicht für einen Architekten halte. Zofia lief die Außenmauer des Gebäudes entlang, bis sie an eine Steinplatte gelangte, die sie an ihrer helleren Färbung erkannte. Sie legte die Hand darauf. Eine Wand verschwand seitlich in der Fassade. Zofia trat durch die Öffnung, die sich sogleich wieder schloss.

Lukas war aus dem Taxi gestiegen und eilte über den Vorplatz, den Zofia wenige Augenblicke zuvor überquert hatte. Auf der anderen Seite desselben Turms legte er, wie sie, die Hand auf die Steinplatte, die etwas dunkler war als die anderen und zur Seite glitt. Er trat in den westlichen Pfeiler der Transamerica Pyramid.

Zofia hatte keine Mühe, sich an das Halbdunkel des Korridors zu gewöhnen. Nach sieben Biegungen gelangte sie in eine große, mit weißem Granit ausgekleidete Halle mit drei Aufzügen. Die Höhe des Raumes war schwindelerregend. Neun gewaltige Glaskugeln unterschiedli-

cher Größe, an Drähten befestigt, deren Verankerung man nicht sehen konnte, verbreiteten ein milchiges Licht.
Jeder Besuch in der Agency war für sie eine Quelle des Staunens. Die Atmosphäre, die an diesem Ort herrschte, war einzigartig. Sie begrüßte den Pförtner, der sich hinter seinem Schalter erhoben hatte.
»Hallo, Peter, geht's Ihnen gut?«
Zofias Zuneigung zu dem Mann, der seit je über den Eingang der Agency wachte, war echt. Jede Erinnerung an den Zugang zu den so begehrten Türen war mit seiner Gegenwart verbunden. War nicht ihm die friedliche und beruhigende Atmosphäre zu verdanken, die trotz des starken Durchgangsverkehrs an der Pforte zum Hauptsitz herrschte? Selbst an Tagen großen Ansturms, wenn sich Hunderte an den Toren drängten, gestattete Peter, alias Petrus, weder Durcheinander noch Gerangel. Der Sitz der CIA wäre einfach nicht derselbe ohne die Anwesenheit des gelassenen und aufmerksamen Peter.
»Viel Arbeit in der letzten Zeit«, sagte Peter. »Sie werden erwartet. Wenn Sie sich umziehen wollen ... Ich müsste Ihren Garderobenschlüssel irgendwo haben ... Einen Moment, bitte ...«
Er begann in den Schubladen des Empfangsschalters zu wühlen und murmelte:
»Es sind so viele! Wo könnte ich ihn nur hingetan haben?«
»Keine Zeit, Peter!«, sagte Zofia und steuerte auf die Sicherheitstür zu.
Die Glastür öffnete sich. Zofia eilte zum linken Aufzug, Peter rief ihr nach und deutete auf die Expresskabine in der Mitte, diejenige, die direkt bis zur oberen Etage fuhr.
»Sind Sie sicher?«, fragte sie überrascht.
Peter nickte, während sich die Tür beim Klang eines

Glöckchens, der von der Granitwand widerhallte, öffnete.
Zofia stand einen Augenblick sprachlos da.
»Beeilen Sie sich, und guten Tag«, erwiderte er mit einem freundlichen Lächeln.
Die Tür schloss sich hinter ihr, und die Kabine fuhr in die letzte Etage der CIA.

In dem Pfeiler auf der gegenüberliegenden Seite des Turms knisterte die Neonlampe des alten Lastenaufzugs, und das Licht zuckte einige Sekunden. Lukas rückte seine Krawatte zurecht und klopfte das Revers seines Jacketts ab. Das Gitter öffnete sich.
Ein Mann im Anzug, identisch mit seinem, empfing ihn. Ohne das Wort an ihn zu richten, deutete er unwirsch auf die Sitze in der Warteschleuse und nahm erneut hinter seinem Schreibtisch Platz. Der massige Hund mit dem Aussehen eines Zerberus, der angekettet zu seinen Füßen schlief, hob ein Lid, leckte sich über die Lefzen und schloss das Auge wieder, während ein Speichelfaden auf den schwarzen Teppichboden tropfte.

Die Empfangsdame hatte Zofia zu einer niedrigen Couch geführt. Sie deutete auf einen Stapel mit Magazinen, die auf einem Tischchen zur Auswahl lagen. Bevor sie an ihre Empfangstheke zurückkehrte, versicherte sie ihr, dass man sie bald abholen würde.

Im selben Augenblick schlug Lukas eine Zeitschrift zu und sah auf seine Uhr; es war kurz vor zwölf. Er löste das Armband und befestigte es falsch herum an seinem Handgelenk, um nicht zu vergessen, die Uhr auf dem Rückweg wieder richtig zu stellen. Es kam vor, dass die Zeit im Office stehen blieb, und Lukas konnte Unpünktlichkeit nicht ertragen.

~

Zofia erkannte Michael, sobald er am Ende des Gangs erschien, und ihr Gesicht erhellte sich. Das grau melierte, immer ein wenig zerzauste Haar, die dicken Koteletten, die sein Gesicht noch länger machten, und dieser unwiderstehliche schottische Akzent (einige behaupteten, er habe ihn von Sean Connery übernommen, von dem er noch keinen Film versäumt hatte) verliehen ihm eine Ausstrahlung, eine Eleganz, der auch das Alter nichts anzuhaben vermochte. Zofia liebte die Art, wie ihr Pate das S aussprach, noch vernarrter aber war sie in das kleine Grübchen, das sich auf seinem Kinn abzeichnete, wenn er lächelte. Seit ihrer Aufnahme in die Agency war Michael ihr Mentor, ihr Vorbild. Während sie nach und nach die Stufen der Hierarchie erklomm, hatte er jeden ihrer Schritte begleitet und immer dafür gesorgt, dass nichts Negatives in ihrem Dossier erschien. Mit viel Geduld und Hingabe hatte er sich ihrer Ausbildung gewidmet und stets die Fähigkeiten seines Schützlings gefördert. Seine außergewöhnliche Großzügigkeit, seine Geistesgegenwart und Aufrichtigkeit waren ein Ausgleich für die sprichwörtliche Schlagfertigkeit von Zofia, die ihresgleichen bisweilen überraschte. Und was ihre manchmal ungewöhnliche

Art, sich zu kleiden, betraf, nun, da wusste man hier ja – und das seit langem –, dass Kleider noch keine Leute machen.
Michael hatte Zofia stets unterstützt, denn er hatte vom ersten Augenblick ihrer Zulassung an erkannt, dass sie das Zeug zu einer Elitemitarbeiterin hatte, doch er hatte immer darauf geachtet, dass sie es nicht bemerkte. Niemand hätte gewagt, seine Ansichten in Frage zu stellen: Er war bekannt für seine natürliche Autorität, seine Weisheit und seine Loyalität. Seit grauer Vorzeit war Michael die Nummer zwei der *Agency*, der rechte Arm des großen Chefs, den jeder hier oben *Sir* nannte.
Die Akte unter den Arm geklemmt, trat Michael auf Zofia zu. Sie stand auf, um ihn zu begrüßen.
»Wie schön, dich zu sehen! Hast du mich rufen lassen?«
»Ja, das heißt, nicht ganz. Warte hier«, sagte Michael. »Ich werde dich bestimmt gleich holen.«
Er schien angespannt, was sie so gar nicht an ihm kannte.
»Was ist los?«
»Nicht jetzt, ich erklär's dir später. Und bitte, sei so lieb und nimm dieses Bonbon aus dem Mund, bevor du ...«
Die Empfangsdame ließ ihm nicht die Zeit, seine Bitte zu Ende zu sprechen; er wurde erwartet. Er bog eiligen Schrittes in den Korridor ein, drehte sich noch einmal um und warf ihr einen Blick zu, der sie beruhigen sollte. Durch die Trennwand vernahm er bereits Fetzen einer hitzigen Diskussion aus dem großen Office.
»O nein, nicht in Paris! Die streiken doch andauernd ... das wäre viel zu leicht für dich, dort sind fast täglich Demonstrationen ... Besteh nicht darauf ... Das geht ja schon derart lange so, die hören sicher nicht uns zuliebe morgen auf!«

Ein kurzes Schweigen veranlasste Michael, die Hand zu heben, um an die Tür zu klopfen. Doch er hielt in der Bewegung inne, als die Stimme von *Sir* noch etwas lauter fortfuhr:

»Asien und Afrika auch nicht!«

Michael krümmte erneut den Zeigefinger, doch seine Hand verharrte kurz vor der Tür, denn die Stimme erhob sich wieder, diesmal noch erregter.

»Texas? Kommt gar nicht in Frage! Warum nicht gleich Alabama, wenn du schon mal dabei bist?!«

Michael machte einen neuen, ebenso erfolglosen Versuch, doch die Stimme hatte sich beruhigt.

»Was hältst du von *hier*? Das wäre doch letzten Endes gar keine schlechte Idee … Wir könnten uns unnütze Reisen ersparen, und es ist schon eine Ewigkeit her, dass wir uns um dieses Territorium streiten. Also gut, *San Francisco*!«

Die folgende Stille ließ vermuten, dass der rechte Augenblick gekommen war. Zofia lächelte Michael zaghaft zu, als er das Office betrat. Die Tür schloss sich hinter ihm, und Zofia wandte sich an die Empfangsdame.

»Er ist nervös, was?«

»Ja, seit Beginn des abendländischen Tages«, erwiderte sie ausweichend.

»Warum?«

»Ich höre hier eine ganze Menge, trotzdem zähle ich nicht zu seinen Vertrauten … und außerdem kennen Sie die Regel, ich darf nichts sagen, ich möchte meine Stellung nicht aufs Spiel setzen.«

Es gelang ihr nur mit großer Mühe, eine kurze Zeit das Schweigen zu wahren, dann fuhr sie fort:

»Ganz im Vertrauen, nur zwischen Ihnen und mir, kann ich Ihnen versichern, dass nicht nur er angespannt ist. Raphael und Gabriel haben die ganze abendländische Nacht gearbeitet, und Michael hat sich beim morgenländischen Tagesanbruch zu ihnen begeben – es muss also verdammt ernst sein.«

Zofia amüsierte die befremdliche Wortwahl der Agency. Aber war es möglich, dass an diesen Orten in Stunden gedacht wurde, während der Globus doch in unterschiedliche Zeitzonen aufgeteilt war? Ihr Pate hatte sie bei ihrer ersten ironischen Bemerkung daran erinnert, dass die Aktivitäten der Agency von universeller Tragweite waren und die sprachliche Vielfalt ihres Personals eine gewisse Wortwahl und bestimmte Redewendungen rechtfertigten. So war es zum Beispiel untersagt, zur Identifizierung der Agenten die CIA-Nummern zu verwenden. *Sir* hatte die ersten Mitglieder seines Vorstands mit einem Namen versehen, und diese Tradition hatte sich gehalten ... Letztlich erleichterten einige einfache Regeln – weit entfernt von ihrer Bedeutung auf Erden – den operativen und hierarchischen Aufbau der CIA. Seit je unterschied man die Engel durch einen Vornamen.

... und so funktionierte seit grauer Vorzeit das Haus Gottes, das auch CENTRAL INTELLIGENCE OF THE ANGELS genannt wurde.

Die Hände hinter dem Rücken verschränkt, die Miene ernst, lief *Sir* im Raum auf und ab. Gelegentlich blieb *Er* stehen, um aus dem Fenster zu schauen. Der Wolkenteppich unter ihm war so dicht, dass nicht das geringste Stück Erde zu erkennen war. Darüber die blaue unendliche Weite in unermesslichen Dimensionen. *Er* warf einen zornigen Blick auf den Konferenztisch, der die ganze Länge des Raums einnahm. Die überdimensionale Tischplatte er-

streckte sich bis zur Wand des angrenzenden Büros. *Sir* trat an den Tisch und schob einen Aktenstapel zur Seite. All seine Bewegungen verrieten beherrschte Ungeduld.
»Alt! All das ist verstaubt! Soll ich dir sagen, was ich denke? Die Kandidaten sind alt wie Methusalem! Wie sollen wir so gewinnen?«
»All diese Agenten wurden von Ihrem Rat gewählt, Sir …«
»Hör mir bloß auf – mit meinem Rat! Was für ein Mangel an Einfallsreichtum! Immer dieselbe Leier, dieselben Gleichnisse – er altert, mein Rat! Als die Mitglieder noch jung waren, steckten sie voller Ideen, um die Welt zu verbessern. Heute haben sie mehr oder weniger resigniert!«
»Ihre Qualitäten sind nie versiegt, *Sir.*«
»Ich stelle sie nicht in Frage, aber sieh doch, wie weit wir gekommen sind!«
Seine Stimme hatte sich erhoben und brachte die Wände des Raums zum Beben. Mehr als alles andere fürchtete Michael die Zornesausbrüche seines Arbeitgebers. Sie waren zwar selten, aber die Folgen waren verheerend. Man musste nur das Unwetter ansehen, das zur Zeit über der Stadt herrschte, um sich einen Begriff von seiner gegenwärtigen Stimmung zu machen.
»Haben die Lösungen des Rats die Menschheit in letzter Zeit tatsächlich vorangebracht?«, fragte *Sir* nach einer Weile. »Es gibt wirklich keinen Grund, stolz zu sein, oder? Bald haben wir nicht einmal mehr Einfluss auf den simplen Flügelschlag eines Schmetterlings … weder er noch ich übrigens«, fügte *Er* hinzu und deutete auf die Wand am Ende des Raums. »Wenn die werten Mitglieder meines Rats etwas zeitgemäßer wären, müsste ich diese absurde Herausforderung nicht annehmen! Aber die Wette ist ab-

geschlossen, deshalb brauchen wir jemand Neuen, Originellen, Brillanten und vor allem Kreativen! Ein neuer Feldzug beginnt, und das Schicksal dieses Hauses steht auf dem Spiel, zum Teufel!«

Es klopfte dreimal an die Trennwand. *Sir* betrachtete sie mit gereizter Miene und setzte sich ans äußerste Ende des Tisches. Verschmitzt sah *Er* Michael an:

»Jetzt zeig mir doch mal, was du da unter dem Arm versteckst!«

Verwirrt trat sein getreuer Stellvertreter näher und legte ihm eine Mappe vor. *Sir* schlug sie auf und begann darin zu blättern. Im Laufe der Lektüre erhellten sich seine Züge, und seine leuchtenden Augen zeugten von wachsendem Interesse. Schließlich griff *Er* zu der letzten Klarsichthülle und betrachtete aufmerksam die darin enthaltene Fotoserie.

Ob nun blond und andächtig in einer Allee des alten Friedhofs von Prag, ob brünett an einem der Kanäle von Sankt Petersburg, ob rothaarig und kess unter dem Eiffelturm oder mit kurzem Haar in Rabat, mit langem, im Wind flatterndem in Rom, mit gelocktem auf der Plaza de España in Madrid oder bernsteinfarbenem in den Gassen von Tanger – sie war immer reizend anzusehen. Ob von vorn oder im Profil aufgenommen, ihr Gesicht war stets engelsgleich. Fragend deutete *Sir* auf das einzige Bild, auf dem Zofias Schulter entblößt war: Ein Detail erregte seine Aufmerksamkeit.

»Das ist eine kleine Zeichnung«, beeilte sich Michael zu erklären und faltete die Hände. »Ein winziges Paar Flügel, eine kleine Koketterie, eine Tätowierung … ein bisschen zu modern vielleicht? Aber es lässt sich wieder entfernen!«

»Ich sehe wohl, dass es Flügel sind«, knurrte *Sir.* »Wo ist sie? Wann kann ich sie sehen?«
»Sie wartet auf dem Flur ...«
»Dann bring sie herein!«
Michael verließ das Büro und holte Zofia. Unterwegs erteilte er ihr alle möglichen Ratschläge. Sie würde dem großen Chef begegnen, und das sei so außergewöhnlich, dass er selbst Lampenfieber habe ... Sie solle sich zurückhaltend geben und sich damit begnügen zuzuhören, es sei denn, Er würde ihr eine Frage stellen, auf die Er nicht selbst die Antwort gäbe. Es sei untersagt, Ihm in die Augen zu sehen. Michael holte Luft und fuhr fort:
»Binde dein Haar zurück und halte dich gerade. Und noch etwas: Wenn du das Wort an Ihn richtest, beende jeden deiner Sätze mit *Sir* ...«
Michael musterte Zofia und lächelte.
»... und jetzt vergiss, was ich dir gerade gesagt habe, sei natürlich, sei du selbst! Das ist Ihm das Liebste. Und deshalb habe ich dich vorgeschlagen, und sicher hat Er dich deshalb bereits auserwählt! Ich bin erschöpft, all das ist nichts mehr für mein Alter.«
»Auserwählt für was?«
»Das wirst du schon sehen. Atme tief durch und trete ein, dies ist dein großer Tag ... und spuck diesen verdammten Kaugummi aus!«
Zofia konnte es sich nicht verkneifen, einen Knicks zu machen.

Mit seinem zerfurchten Gesicht, seinen schönen Händen, seinen breiten Schultern, seiner tiefen Stimme war Gott noch eindrucksvoller als alles, was sie sich vorgestellt hatte. Sie schob ihren Kaugummi diskret unter die

Zunge und fühlte einen unbeschreiblichen Schauer über ihren Rücken rieseln. *Sir* bat sie, Platz zu nehmen. Da sie nach der Ansicht ihres Paten (*Er* wusste, dass sie Michael so nannte) zu den qualifiziertesten Mitarbeitern seines *Hauptsitzes* gehörte, habe *Er* beschlossen, ihr den wichtigsten Auftrag anzuvertrauen, den die Agency seit ihrem Bestehen zu vergeben hatte. *Er* schaute sie an. Sie senkte den Blick.

»Michael wird Ihnen alle Dokumente und Instruktionen übermitteln, die zum perfekten Ablauf der Operationen nötig sind, die Verantwortung tragen Sie allein …«

Es dürfe ihr kein Fehler unterlaufen, und die Zeit sei begrenzt … Sie habe sieben Tage, um ihren Auftrag auszuführen.

»… Legen Sie Einfallsreichtum und Talent an den Tag. Wie ich höre, mangelt es Ihnen an keinem von beiden. Und gehen Sie mit äußerster Diskretion vor, Sie sind sehr tüchtig, auch das weiß ich.«

Er sprach sehr eindringlich; noch nie hatte es eine Aktion gegeben, bei der die Agency so viel aufs Spiel setzte. Manchmal wusste sogar *Er* nicht mehr, wie *Er* sich auf diese unglaubliche Herausforderung hatte einlassen können.

»Doch, ich glaube, ich weiß es!«, fügte *Er* hinzu.

Aufgrund der Bedeutung des Streitgegenstands würde sie ausschließlich Michael – und nur im äußersten Notfall oder falls dieser nicht verfügbar wäre, auch *Ihm selbst* – Bericht erstatten. Was *Er* ihr jetzt zeigen würde, dürfe niemals diesen Ort verlassen. *Er* öffnete seine Schublade und legte ihr ein Manuskript vor, das mit zwei Unterschriften versehen war. Der Text erklärte die seltsame Mission, die auf sie wartete, in allen Einzelheiten.

Die beiden Mächte, die die Ordnung der Welt bestimmen, ri-

valisieren seit grauer Vorzeit miteinander. Da festgestellt werden muss, dass es keiner von beiden gelingt, das Schicksal der Menschheit nach ihrem Willen zu beeinflussen, fühlt sich jede in der Vollendung ihrer Vorstellung von der Welt durch die andere behindert …
Sir unterbrach Zofia in ihrer Lektüre, um folgenden Kommentar abzugeben:
»Seit dem Tag, da ihm der Apfel im Halse stecken geblieben ist, opponiert Luzifer dagegen, dass ich die Erde dem Menschen anvertraue. Er wird nicht müde, mir beweisen zu wollen, dass mein Geschöpf dessen nicht würdig ist …«
Er hieß sie durch ein Zeichen weiterzulesen, und Zofia widmete sich erneut dem Dokument:
… Alle politischen, wirtschaftlichen und klimatischen Analysen deuten darauf hin, dass die Erde in höllischer Gefahr ist.
Michael erklärte Zofia, der Rat habe diesem voreiligen Schluss von Luzifer entgegengehalten, dass die augenblickliche Situation aus ihrer ständigen Rivalität resultiere, denn diese hemme die Entfaltung der wahren menschlichen Natur.
Es sei viel zu früh, sich dazu zu äußern. Man habe lediglich die Gewissheit, dass die Welt aus der Bahn geraten sei. Zofia las weiter:
Aufgrund der unterschiedlichen Sichtweisen klaffen die Vorstellungen von der Menschheit weit auseinander. Nach ewigen Diskussionen sind wir zu dem Schluss gekommen, dass das nahende dritte Jahrtausend eine neue, von unseren Antagonismen befreite Ära sein soll. Von Nord bis Süd, von West bis Ost ist die Zeit gekommen, unsere erzwungene Zusammenarbeit durch einen effizienteren Operationsmodus zu ersetzen …
»Das kann unmöglich so weitergehen«, sagte *Sir.*

Zofia beobachtete die langsamen Handbewegungen, die seine Worte begleiteten.
»Das zwanzigste Jahrhundert war zu beschwerlich. Und wenn die Entwicklung so weitergeht, verlieren wir am Ende jegliche Kontrolle, er wie auch ich. Das können wir nicht hinnehmen, unsere Glaubwürdigkeit steht auf dem Spiel. Es gibt nicht nur die Erde im Universum – die ganze Welt sieht auf mich. Die heiligen Stätten sind voller Fragen, und die Menschen finden immer seltener Antworten ...«
Verlegen starrte Michael zur Decke und hüstelte, während *Sir* Zofia aufforderte fortzufahren.
... Um festzulegen, wer von uns beiden die Erde im nächsten Jahrtausend rechtmäßig regieren wird, sind wir eine letzte Herausforderung eingegangen, deren Wortlaut folgender ist: Für sieben Tage schicken wir den nach unserem Dafürhalten besten unserer Agenten unter die Menschen. Wem von beiden es gelingt, die Menschheit zum Guten – oder zum Bösen – zu führen, trägt den Sieg davon und leitet die Fusion unserer beiden Institutionen ein. Die Macht, die neue Welt zu verwalten, kommt dem Sieger zu.
Das Manuskript war von der Hand Gottes und der Hand des Teufels unterschrieben.
Zofia hob langsam den Kopf. Sie wollte den Text noch einmal von vorn lesen, um den Anfang des Dokuments zu verstehen, das sie in Händen hielt.
»Es ist eine absurde Wette«, ließ sich *Sir* etwas nervös vernehmen. »Aber was geschehen ist, kann ich nicht rückgängig machen.«
Sie beugte sich wieder über das Manuskript, doch *Er* hatte das Erstaunen in ihren Augen bemerkt.
»Betrachte dieses Schriftstück als meinen Letzten Willen. Auch ich werde alt. Es ist das erste Mal, dass ich Ungeduld

verspüre, also sorge dafür, dass die Zeit sehr schnell verstreicht«, fügte er hinzu, sie plötzlich duzend, und blickte aus dem Fenster. »Vergiss nicht, wie begrenzt sie ist ... Sie war es immer, das war mein erstes Zugeständnis.«
Michael machte Zofia ein Zeichen, sich zu erheben und zu gehen. Sie kam der Aufforderung augenblicklich nach. An der Tür angelangt, konnte sie dem Drang aber nicht widerstehen, sich noch einmal umzudrehen.
»Sir?«
Michael hielt den Atem an. Gott wandte sich zu ihr um, und Zofias Augen leuchteten auf:
»Danke«, sagte sie.
Gott schenkte ihr ein Lächeln.
»Sieben Tage für die Ewigkeit ... Ich zähle auf dich!«
Er sah ihr nach, während sie zur Tür hinaustrat.
Michael war auf dem Flur kaum zu Atem gekommen, als ihn die tiefe Stimme zurückrief. Er ließ Zofia stehen und ging in das große Büro zurück. *Sir* runzelte die Stirn.
»Das Stück Gummi, das sie unter meinen Tisch geklebt hat, schmeckt nach Erdbeere, nicht wahr?«
»Ja, es hat Erdbeergeschmack, *Sir*«, erwiderte Michael verlegen.
»Eine letzte Sache noch: Wenn sie ihre Mission beendet hat, wäre ich dir sehr dankbar, diese kleine Zeichnung auf ihrer Schulter entfernen zu lassen, bevor alle hier meinen, es ihr gleichtun zu müssen. Gegen Moden ist man schließlich nie gefeit.«
»So ist es, *Sir.*«
»Eine Frage noch: Woher wusstest du, dass ich mich für sie entscheiden würde?«
»Weil ich jetzt seit über zweitausend Jahren an Ihrer Seite arbeite, *Sir*!«

Michael schloss die Tür hinter sich. Als *Sir* allein war, setzte er sich ans Ende des langen Tisches und starrte auf die Trennwand gegenüber. Er räusperte sich und rief mit lauter, kräftiger Stimme:
»Wir sind bereit!«
»Wir auch!«, kam die spöttische Stimme von Luzifer zurück.

Zofia wartete in einem kleinen Raum. Michael kam herein und trat ans Fenster. Unter ihnen riss die Wolkendecke auf, vereinzelte Hügel wurden sichtbar.
»Beeil dich, wir haben keine Zeit zu verlieren. Ich muss dich auf deine Aufgabe vorbereiten.«
Sie nahmen an einem kleinen runden Tisch in einem Alkoven Platz. Zofia teilte Michael ihre Sorge mit.
»Wo soll ich denn bei einer solchen Mission beginnen, Pate?«
»Du fängst mit einem gewissen Nachteil an, liebe Sofia. Betrachten wir die Dinge realistisch: Das Böse ist weltweit verbreitet und fast so unsichtbar wie wir. Du spielst defensiv, dein Gegner offensiv. Du musst zunächst die Kräfte identifizieren, die er gegen dich einsetzt. Finde den Ort heraus, von dem aus er versuchen wird zu operieren. Lass ihn vielleicht als Ersten agieren und durchkreuze seine Pläne, so gut du kannst. Erst wenn du ihn unschädlich gemacht hast, wirst du eine Chance bekommen, ein großes Vorhaben zu verwirklichen. Dein einziger Vorteil ist deine Ortskenntnis. Sie haben – und das rein zufällig – San Francisco als Schauplatz der Operation gewählt …

Auf seinem Stuhl wippend, beendete Lukas, vor dem aufmerksamen Auge von *President*, die Lektüre desselben Dokuments. Obwohl die Jalousien heruntergelassen waren, hatte *Luzifer* die dunkle Sonnenbrille, die seine Augen verdeckte, nicht abgenommen. Alle, die ihn kannten, wussten, dass der geringste Lichtstrahl seine Augen, die einst übermäßiger Bestrahlung ausgesetzt gewesen waren, aufs Höchste irritierte.
Umgeben von seinen Kabinettsmitgliedern, die an dem Tisch von gewaltigen Ausmaßen saßen (er erstreckte sich bis zu der Wand, die den riesigen Raum von dem angrenzenden Office trennte), erklärte *President* die Sitzung für beendet. Angeführt vom Kommunikationsdirektor, einem gewissen Blasius, bewegte sich die Versammlung zu der einzigen Ausgangstür. *President*, der sitzen geblieben war, winkte Lukas zurück. Mit einer Geste bedeutete er ihm, sich herabzubeugen, und flüsterte ihm etwas ins Ohr, das niemand verstehen konnte. Als Lukas das Office verließ, trat Blasius auf ihn zu, um ihn zu den Aufzügen zu begleiten.
Unterwegs reichte er ihm mehrere Pässe, Devisen, einen großen Bund mit Autoschlüsseln und zog eine platinfarbene Kreditkarte hervor, mit der er herumwedelte.
»Immer schön sachte mit den Spesen! Treiben Sie's nicht auf die Spitze!«
Mit einer heftigen, gereizten Geste entriss ihm Lukas die Plastikkarte und weigerte sich, die schmierigste Hand der ganzen Organisation zu schütteln. Blasius, der daran gewöhnt war, wischte die Hände an seiner Hose ab und verbarg sie linkisch in den Taschen. Verstecken und verschleiern war eine Spezialität dieses Mannes, der sich bis zu diesem Posten hochgearbeitet hatte – nicht wegen seiner

Kompetenz, sondern durch seine aus Ehrgeiz und Aufstiegswillen geleistete Schurkerei und Heuchelei.
Blasius gratulierte Lukas, beteuerte, dass er sich mit seinem ganzen Gewicht (eine leichte Irome angesichts seiner Physiognomie) für ihn eingesetzt habe, um seine Kandidatur zu unterstützen. Lukas gab keinen Pfifferling auf seine Worte: Blasius war in seinen Augen eine völlige Null, einer, der seine Position in der internen Kommunikationsstruktur allein der Vetternwirtschaft verdankte.
Lukas machte sich nicht einmal die Mühe, die Finger zu kreuzen, als er Blasius versprach, ihm regelmäßig über den Verlauf seiner Mission zu berichten. Innerhalb der Organisation, die ihn beschäftigte, waren Täuschung und Irreführung das sicherste Mittel, über das die Verantwortlichen verfügten, um ihre Macht zu erhalten. Um ihrem *President* zu gefallen, belogen sie sich sogar gelegentlich gegenseitig. Blasius flehte Lukas an, ihm zu verraten, was ihm *President* ins Ohr geflüstert habe. Lukas musterte ihn verächtlich und ging davon.

Zofia küsste die Hand ihres Paten und versicherte ihm, dass sie ihn nicht enttäuschen werde. Sie fragte ihn, ob sie ihm ein Geheimnis anvertrauen dürfe. Michael nickte bejahend. Sie zögerte ein wenig und gestand ihm schließlich, dass *Sir* unglaubliche Augen habe – noch nie habe sie ein solches Blau gesehen.
»Bisweilen ändern seine Augen die Farbe, aber es ist dir strengstens verboten, irgendjemandem zu sagen, was du darin gesehen hast.«
Sie versprach es und trat auf den Korridor. Er begleitete sie

bis zum Aufzug. Kurz bevor sich die Türen öffneten, flüsterte er ihr verschwörerisch ins Ohr:
»Er hat dich charmant gefunden.«
Zofia errötete. Michael tat so, als hätte er nichts bemerkt.
»Für die Gegenseite ist diese Herausforderung vielleicht nur ein weiterer böser Zauber; für uns ist es eine Frage des Überlebens. Wir zählen auf dich.«
Wenige Augenblicke später durchquerte sie erneut die große Halle. Peter warf einen Blick auf seine Kontrollbildschirme, der Weg war frei. Die Tür glitt wieder in die Fassade, und Zofia konnte ins Freie treten.

Im selben Moment verließ Lukas den Turm auf der anderen Seite. Ein letzter Blitz zuckte fern am Himmel über den Hügeln von Tiburon. Lukas winkte ein Taxi herbei; der Wagen hielt vor ihm am Bordstein, und er kletterte in das Yellow Cab.
Auf dem Bürgersteig gegenüber lief Zofia zu ihrem Wagen. Eine Politesse war eben dabei, ihr ein Strafmandat zu verpassen.
»Schöner Tag heute, geht's Ihnen gut?«, sagte Zofia zu der Beamtin in Uniform.
Sie drehte sich langsam zu ihr um, wollte sich vergewissern, ob Zofia sich nicht über sie lustig machte.
»Kennen wir uns?«
»Nicht dass ich wüsste.«
Zweifelnd kaute die Frau an ihrem Stift und musterte Zofia. Sie riss den Zettel vom Block.
»Und Ihnen – geht es Ihnen gut?«, erkundigte sie sich und klemmte das Strafmandat hinter den Scheibenwischer.

»Hätten Sie vielleicht ein Kaugummi mit Erdbeergeschmack?«, fragte Zofia und griff nach dem Zettel.
»Nein, nur mit Pfefferminz.«
Zofia lehnte den ihr angebotenen Kaugummistreifen höflich ab und öffnete die Wagentür.
»Sie machen nicht einmal den Versuch, Ihr Strafmandat loszuwerden?«
»Nein, nein.«
»Wissen Sie denn, dass die Fahrer von Regierungswagen seit Anfang des Jahres ihre Bußgelder selbst bezahlen müssen?«
»Ja«, sagte Zofia. »Ich habe es irgendwo gelesen. Aber das ist doch schließlich normal, oder?«
»Haben Sie in der Schule immer in der ersten Reihe gesessen?«, wollte die Beamtin wissen.
»Ganz ehrlich, ich kann mich nicht mehr erinnern … Aber jetzt, da Sie mich fragen – ich glaube, ich habe mich jedes Mal dort hingesetzt, wo ich sitzen wollte.«
»Sind Sie sicher, dass alles in Ordnung ist?«
»Der Sonnenuntergang wird heute Abend außergewöhnlich schön sein; Sie sollten ihn nicht verpassen. Am besten betrachten Sie ihn zu zweit vom Presidio Park aus, das Schauspiel wird atemberaubend sein. So, ich muss los, ich habe noch eine Menge Arbeit«, sagte Zofia und stieg in ihren Wagen.
Als der Ford anfuhr, fühlte die Politesse, dass ihr ein leichter Schauer über den Rücken lief. Sie steckte den Kugelschreiber in die Tasche und griff nach ihrem Handy. Sie hinterließ eine lange Nachricht auf dem Anrufbeantworter ihres Mannes. Sie fragte ihn, ob er seinen Dienstbeginn nicht um eine halbe Stunde verschieben könne; sie würde alles tun, um etwas früher nach Hause zu kommen. Sie

schlug ihm einen Spaziergang im Presidio Park beim Sonnenuntergang vor. Er würde heute Abend besonders schön sein; eine Angestellte der CIA habe es ihr gesagt! Sie fügte hinzu, dass sie ihn liebe, dass sie, seitdem sie unterschiedliche Dienstzeiten hätten, nie eine geeignete Gelegenheit gefunden habe, ihm zu sagen, wie sehr sie ihn vermisse. Als sie einige Stunden später ihre Einkäufe für das improvisierte Picknick erledigte, bemerkte sie nicht einmal, dass das Päckchen Kaugummi, das sie in ihren Einkaufswagen legte, nicht mit Minzgeschmack war.

~

Im Stau des Finanzviertels steckend, blätterte Lukas in einem Stadtführer. Was immer Blasius auch denken mochte, die Bedeutung seiner Mission rechtfertigte die Forderung nach einer Erhöhung seiner Spesen: Er bat den Chauffeur, ihn zum Nob Hill zu fahren. Eine Suite im Fairmont, dem namhaften Luxushotel der Stadt, würde ihm entsprechen. Auf der Höhe der Grace Cathedral bog der Wagen in die California Street ein, fuhr unter das majestätische Vordach des Hotels und hielt vor dem roten, mit Goldfäden eingefassten Veloursteppich. Der Hoteldiener wollte seinen kleinen Koffer ergreifen, doch Lukas warf ihm einen Blick zu, der ihn auf Distanz hielt. Er dankte dem Portier, der die Drehtür für ihn in Bewegung setzte, nicht und eilte direkt zur Rezeption. Die Empfangsdame fand nicht die Spur von einer Reservierung. Lukas bezichtigte sie mit lauter Stimme der Unfähigkeit. Sofort stürzte der Empfangschef herbei. In unterwürfigem Tonfall, gebräuchlich bei »schwierigen Spezialgästen«, überreichte er Lukas eine Magnetkarte, überschlug sich vor Entschuldigungen und

hoffte, die Kategorie »Special Suite« werde ihn die kleinen Unannehmlichkeiten vergessen machen, die ihm durch eine inkompetente Angestellte entstanden seien. Lukas griff ungeniert nach der Karte und forderte, unter keinen Umständen gestört zu werden. Er tat so, als drücke er ihm einen Schein in die Hand, die so feucht war wie die von Blasius, und steuerte eiligen Schrittes auf den Lift zu. Mit leerer Hand und zorniger Miene wandte sich der Empfangschef ab. Der Liftboy fragte seinen strahlenden Fahrgast höflich, ob er einen angenehmen Tag gehabt habe.
»Was geht dich das an?«, erwiderte Lukas, als er die Kabine verließ.

Zofia parkte den Wagen am Bürgersteig. Sie stieg die Außentreppe des kleinen viktorianischen Hauses im Pacific-Heights-Viertel hinauf, öffnete die Tür und traf auf ihre Vermieterin.
»Wie schön, dass du von deiner Reise zurück bist«, sagte Mrs. Sheridan.
»Aber ich bin doch erst heute Morgen aufgebrochen!«
»Bist du sicher? Mir kam es so vor, als wärst du gestern Nacht nicht da gewesen. Oh, ich weiß, ich mische mich wieder in Sachen ein, die mich nichts angehen, aber ich mag es nicht, wenn das Haus leer ist.«
»Ich bin spät nach Hause gekommen, als Sie schon schliefen; ich hatte mehr Arbeit als gewöhnlich.«
»Du arbeitest zu viel! In deinem Alter – und hübsch, wie du bist – solltest du die Abende mit einem Liebsten verbringen.«
»Ich muss schnell rauf und mich umziehen, aber ich

schaue noch einmal vorbei, bevor ich gehe. Versprochen, Reine.«

Der Schönheit von Reine Sheridan hatte die Zeit kaum etwas anhaben können. Ihre sanfte, tiefe Stimme war betörend, ihre leuchtenden Augen zeugten von einem bewegten Leben, von dem sie nur die guten Erinnerungen bewahrt hatte. Sie war eine der ersten großen Reisereporterinnen gewesen. Die Wände ihres Salons waren mit vergilbten Fotos bedeckt, die von ihren zahlreichen Expeditionen und Begegnungen zeugten. Während ihre Kollegen das Außergewöhnliche fotografiert hatten, hatte Reine das Alltägliche und das, was es in ihren Augen an Schönem enthielt, festgehalten.

Als ihre Beine den Strapazen einer weiteren Expedition nicht mehr gewachsen waren, zog sie sich in ihr Haus im Pacific-Heights-Viertel zurück. Sie war dort geboren, und von hier hatte sie sich am 2. Februar 1936, ihrem zwanzigsten Geburtstag, auf einem Frachter nach Europa begeben. Später war sie von dort zurückgekehrt, um mit ihrer einzigen Liebe – einen zu kurzen Augenblick des Glücks – zu leben.

Seither hatte Reine allein in diesem großen Haus gewohnt, bis zu dem Tag, an dem sie eine kleine Annonce im *San Francisco Chronicle* aufgegeben hatte. »Ich bin Ihre neue *roommate*«, hatte Zofia lächelnd gesagt, als sie sich noch am selben Morgen bei ihr vorstellte. Der entschiedene Tonfall hatte Reine beeindruckt, und schon am Abend desselben Tages war ihre neue Mieterin eingezogen und hatte seither das Leben einer Frau verändert, die sich heute glücklich schätzte, ihre Einsamkeit aufgegeben zu haben. Und Zofia verbrachte ihre freien Abende liebend gerne in Gesellschaft ihrer Vermieterin. Wenn sie nicht zu spät nach Hause kam, sah sie bereits durch die Scheibe der Eingangstür einen Lichtstrahl – das war Mrs. Sheridans Art, sie einzuladen. Unter dem Vorwand, nur nachzuschauen, ob alles in Ordnung sei, steckte Zofia den Kopf durch die Tür. Ein großes Fotoalbum lag aufgeschlagen auf dem Teppich, daneben ein paar Kekse in einer fein ziselierten Schale, die sie aus Afrika mitgebracht hatte. Reine erwartete sie in ihrem Sessel gegenüber dem Olivenbaum, dessen Zweige sich bis zur Eingangshalle ausbreiteten. Dann trat Zofia ein, legte sich bäuchlings auf den Boden und begann, in einem der alten ledergebundenen Alben zu blättern, mit denen die Regale des Raumes vollgestellt waren. Ohne jemals den Olivenbaum aus den Augen zu lassen, kommentierte Reine ein Foto nach dem anderen.

Jetzt stieg Zofia die Stufen in den ersten Stock hinauf, drehte den Schlüssel im Schloss, trat ein und stieß die Tür mit dem Fuß hinter sich zu. Sie warf den Schlüsselbund auf den Konsolentisch, die Jacke in den Flur, die Hemdbluse in den kleinen Salon, entledigte sich im Schlafzimmer schließlich ihrer Hose und trat ins Badezimmer. Sie drehte die Hähne der Dusche weit auf, und die Wasserrohre begannen zu dröhnen. Sie versetzte dem Duschkopf einen kleinen Schlag, und das Wasser strömte über ihr Haar. Durch die geöffnete Fensterluke drang der Glockenschlag der Grace Cathedral. Sie zählte mit.

»O nein, nicht schon sieben!«, stöhnte sie.

Aus dem Bad, das angenehm nach Eukalyptus roch, trat sie in ihr Schlafzimmer. Sie öffnete den Wandschrank, wählte zögernd zwischen einem T-Shirt und einem Männerhemd, das ihr zu groß war, einer Baumwollhose und einer alten Jeans, entschied sich dann für die Jeans und das

Hemd und krempelte die Ärmel hoch. Sie befestigte ihr Handy am Gürtel, schlüpfte in ein Paar Turnschuhe und hüpfte zum Eingang, damit sich die Fersenkappen aufrichteten, ohne dass sie sich bücken musste. Sie griff nach dem Schlüsselbund, beschloss, die Fenster offen zu lassen, und lief die Treppe hinunter.

»Ich komme heute Abend spät zurück. Wir sehen uns morgen. Wenn Sie irgendetwas brauchen, dann rufen Sie mich einfach auf meinem Handy an, einverstanden?«

Mrs. Sheridan murmelte ihre übliche Litanei, die Zofia perfekt zu deuten wusste. Etwas, das so viel heißen sollte wie: »Du arbeitest zu viel, Mädchen, man lebt nur ein Mal.«

Und das stimmte. Zofia war ständig für die anderen tätig, ihre Tage waren ausgefüllt, sie gönnte sich nicht die kürzeste Pause, nicht einmal zum Essen oder zum Trinken, denn Engel stärkten sich nie. Wie großzügig und intuitiv Reine auch war, sie konnte nichts von dem ahnen, was selbst Zofia kaum »ihr Leben« hätte nennen können.

Die schweren Glocken hallten noch vom siebten und letzten Schlag nach. Grace Cathedral, die auf dem Nob Hill thronte, lag den Fenstern von Lukas' Suite gegenüber. Er nagte genussvoll an einem Hähnchenknochen, biss den Knorpel am Ende des Schenkels ab und stand auf, um sich die Hände an den Vorhängen abzuwischen. Er zog sein Jackett an, betrachtete sich im großen Spiegel über dem Kamin und verließ das Zimmer. Er stieg die majestätische Treppe hinab, die die Eingangshalle beherrschte, und warf der Dame am Empfang ein spöttisches Lächeln zu, woraufhin diese den Kopf senkte. Unter dem Vordach winkte ein Hotelboy ein Taxi heran. Lukas stieg ein, ohne dem Boy ein Trinkgeld zu geben. Er hatte Lust auf ein schönes neues Auto, und der einzige Ort, an dem man an einem Sonntag eines aussuchen konnte, war der Handelshafen, wo die unterschiedlichsten Modelle nach dem Ausladen aus den Frachtschiffen zunächst abgestellt wurden. Er bat den Chauffeur, ihn zum Pier 80 zu fahren ... Dort könnte er einen Wagen nach seinem Geschmack stehlen.

»Geben Sie Gas, ich hab's eilig!«, schnauzte er den Fahrer an.

Der Chrysler bog in die California Street ein und fuhr die Straße hinunter zur Unterstadt. Er brauchte kaum sieben Minuten, um das Geschäftsviertel zu durchqueren. An jeder Kreuzung schimpfte der Fahrer und legte seinen Notizblock zur Seite; alle Ampeln wechselten auf Grün und hinderten ihn daran, das Ziel seiner Fahrt zu notieren, wie es das Gesetz vorschrieb. »Als würden sie es absichtlich machen«, knurrte er an der sechsten Ampel. In seinem Rückspiegel bemerkte er Lukas' Lächeln, und die siebte Ampel schaltete auf Grün.

Als sie den Eingang zum Hafen erreichten, stieg plötzlich dichter Rauch aus dem Kühlergrill, der Motor stotterte, und der Wagen blieb am Straßenrand stehen.

»Das hat mir gerade noch gefehlt!«, seufzte der Fahrer.

»Ich zahle nicht«, erklärte Lukas mit schneidender Stimme. »Wir sind noch nicht ganz am Ziel.«

Er stieg aus und ließ die Tür offen stehen. Bevor der Fahrer reagieren konnte, flog die Motorhaube des Taxis auf, und ein Schwall von Rostwasser, das aus dem Kühler drang, schoss in die Luft.

»Zylinderkopfdichtung! Der Motor ist im Eimer, mein Bester!«, rief Lukas und entfernte sich.

Am Eingang zum Hafen präsentierte er dem Wachmann eine Plakette, und die rot-weiß gestreifte Schranke hob sich. Festen Schrittes ging er zum Parkplatz. Dort entdeckte er ein todschickes Chevrolet-Camaro-Cabrio, dessen Schloss er im Handumdrehen öffnete. Er setzte sich ans Steuer, wählte einen Schlüssel aus dem Bund, den er am Gürtel trug, und startete wenige Sekunden später den Motor. Er fuhr den Hauptweg hinunter und ließ keine der Pfützen aus, die sich in den Schlaglöchern gebildet hatten. Auf diese Weise bespritzte er alle Container, die zu beiden Seiten der Fahrbahn standen, und machte ihre Registriernummern unkenntlich.
Am Ende der Straße zog er mit einem heftigen Ruck die Handbremse an; der Wagen geriet ins Schleudern und kam wenige Zentimeter vor dem Frontfenster der Hafenbar Fisher's Deli zum Stehen. Lukas stieg aus, lief pfeifend die drei Stufen der Außentreppe hinauf und stieß die Tür auf.
Das Lokal war fast leer. Normalerweise kamen die Dockarbeiter nach einem langen Arbeitstag hierher, um ihren Durst zu löschen. Wegen des schlechten Wetters aber, das den ganzen Morgen geherrscht hatte, versuchten sie, die verlorenen Stunden wieder reinzuarbeiten. Heute Abend würden sie erst sehr spät aufhören, nämlich dann, wenn sie die Maschinen der Nachtschicht überlassen mussten.
Lukas nahm in einer der Nischen Platz und fixierte Mathilde, die hinter der Theke Gläser abtrocknete. Durch sein sonderbares Lächeln verwirrt, eilte sie an seinen Tisch, um seine Bestellung aufzunehmen. Lukas hatte keinen Durst.
»Etwas zu essen, vielleicht?«, fragte sie.
»Nur, wenn Sie mitessen.«

Sie lehnte sein Angebot freundlich ab; es sei ihr verboten, sich während ihrer Dienststunden zu den Gästen zu setzen. Lukas erklärte, er habe alle Zeit dieser Welt, er sei nicht hungrig und würde sie später gerne in ein anderes Lokal einladen, in ein besseres als dieses.
Mathilde war verlegen, Lukas' Charme ließ sie nicht gleichgültig. In diesem Teil der Stadt war Eleganz ebenso rar wie in ihrem Leben. Während er sie weiter mit seinen durchscheinenden Augen musterte, wandte sie den Blick ab.
»Das ist wirklich sehr freundlich von Ihnen«, murmelte sie.
In diesem Augenblick waren zwei kurze Huptöne zu hören.
»Aber ich kann jetzt nicht«, fuhr sie fort. »Ich gehe heute Abend mit einer Freundin zum Essen. Gerade hat sie gehupt. Ein anderes Mal vielleicht?«
Zofia kam atemlos hereingelaufen und steuerte auf die Theke zu, hinter der Mathilde, um Fassung bemüht, Stellung bezogen hatte.
»Ich bin spät dran, entschuldige, aber ich hatte heute einen Wahnsinnstag«, sagte Zofia und kletterte auf einen der Barhocker.
Männer, die zur Nachtschicht gehörten, strömten ins Lokal, was Lukas sehr missfiel. Einer der Docker blieb neben Zofia stehen und sagte, er finde sie reizend ohne Uniform. Sie dankte dem Kranfahrer für das Kompliment, wandte sich zu Mathilde um und verdrehte die Augen. Die hübsche Kellnerin beugte sich zu ihrer Freundin vor und bat sie, einen diskreten Blick auf den Herrn im schwarzen Jackett in der Nische hinten im Raum zu werfen.
»Hab schon gesehen … lass die Finger davon!«

»Gleich die ganz großen Worte!«, flüsterte Mathilde.
»Mathilde, dein letztes Abenteuer hat dich beinahe das Leben gekostet. Wenn ich dir diesmal das Schlimmste ersparen könnte … wäre mir das sehr lieb.«
»Ich verstehe nicht, warum du das sagst.«
»Weil diese Sorte Männer das Schlimmste ist.«
»Welche Sorte?«
»Die mit dem Blick, der sich so finster gibt.«
»Du schießt ganz schön schnell! Ich hab dich nicht mal den Revolver laden hören!«
»Du hast ein halbes Jahr gebraucht, um dich von all dem Zeug zu entwöhnen, das dein Barmann aus der berüchtigten O'Farrell Street so großzügig mit dir geteilt hat. Willst du dir deine zweite Chance versauen? Du hast einen Job, ein Zimmer und bist seit siebzehn Wochen clean. Willst du gleich wieder von vorne anfangen?«
»Mein Blut ist noch nicht clean!«
»Lass dir ein wenig Zeit und nimm deine Medikamente!«
»Dieser Typ macht einen unheimlich netten Eindruck.«
»Wie ein Krokodil vor einem Schweinefilet!«
»Kennst du ihn?«
»Nie gesehen!«
»Warum dann dieses vorschnelle Urteil?«
»Verlass dich auf mich, ich habe einen Blick für solche Kerle.«
Die tiefe Stimme von Lukas traf Zofias Nacken, und sie fuhr zusammen.
»Ich weiß, Sie wollen den Abend mit Ihrer charmanten Freundin verbringen. Aber seien Sie großzügig und nehmen Sie zusammen mit ihr meine Einladung in eines der besten Restaurants der Stadt an. Wir haben mühelos zu dritt in meinem Cabrio Platz.«

»Sie sind ja ein richtiger Hellseher, denn tatsächlich ist niemand großzügiger als Zofia!«, sagte Mathilde voller Hoffnung, dass ihre Freundin einverstanden sein würde.
Mit der festen Absicht, höflich abzulehnen, drehte sich Zofia um, doch sie war sofort fasziniert von den Augen, die sie fixierten. Beide sahen sich lange an, außerstande, etwas zu sagen. Lukas wollte sprechen, brachte aber kein Wort heraus. Schweigend erforschte er die Züge dieses femininen Gesichts, das so verwirrend wie fremd war. Ihr Mund war plötzlich wie ausgetrocknet, und sie tastete nach einem Getränk. Im gleichen Augenblick wollte er sich auf der Theke abstützen. Eine ungeschickte Bewegung, ihre Hände kollidierten und warfen das Glas um, das über die Theke rollte und am Boden in sieben Scherben zerbrach. Zofia bückte sich, um vorsichtig drei davon aufzuheben, Lukas kniete nieder, um ihr zu helfen, und las die vier anderen auf. Während sie wieder aufstanden, starrten sie sich weiterhin an.
Mathilde hatte die beiden beobachtet und sagte sichtlich verärgert.
»Ich hole den Besen!«
»Zieh deine Schürze aus und lass uns gehen; wir sind schon sehr spät dran«, sagte Zofia knapp.
Sie verabschiedete sich von Lukas mit einem Kopfnicken und zog ihre Freundin ohne weitere Kommentare nach draußen. Auf dem Parkplatz beschleunigte Zofia den Schritt. Nachdem sie Mathilde die Beifahrertür geöffnet hatte, nahm sie hinter dem Steuer Platz und fuhr augenblicklich los.
»Sag mal, was ist denn mit dir los?«, fragte Mathilde verblüfft.
»Nicht weiter erwähnenswert!«

Mathilde drehte den Rückspiegel zu ihrer Freundin hin. »Sieh dich an und erklär mir dann bitte mal das ›nicht weiter erwähnenswert‹.«
Der Wagen fuhr den Pier entlang. Zofia öffnete ihr Seitenfenster, und eiskalte Luft drang ins Wageninnere. Mathilde fröstelte.
»Dieser Mann ist finster«, murmelte Zofia.
»Ich kenne groß, klein, schön, hässlich, dick, dünn, behaart, bartlos, glatzköpfig – aber finster, das kapiere ich nicht!«
»Dann bitte ich dich einfach, mir zu vertrauen. Ich weiß selbst nicht, wie ich es erklären soll. Er ist traurig und wirkt so gepeinigt … ich habe noch nie …«
»Na gut, dann ist er der perfekte Kandidat für dich, mit deiner Schwäche für gepeinigte Seelen. Das wird sicher mit einem kleinen Riss in der linken Herzkammer enden!«
»Sei nicht sarkastisch!«
»Also, das ist wirklich die Höhe! Ich bitte dich um deine unparteiische Meinung über einen Mann, den ich total faszinierend finde. Du siehst ihn dir nicht mal an, vernichtest ihn aber mit einem Giftpfeil, der von einem Indianer hätte geschnitzt sein können. Und wenn du dich schließlich herablässt, dich umzudrehen, saugst du dich mit den Blicken an ihm fest wie eine Saugglocke, mit der ich das Abflussrohr in meinem Badezimmer frei mache. Aber natürlich habe ich kein Recht darauf, sarkastisch zu sein!«
»Hast du denn nichts bemerkt, Mathilde?«
»Doch, das After Shave *Habit Rouge*, wenn du es genau wissen willst, das findet man nur bei Macy's in der Abteilung ›Hochwertig‹, ich dachte, das wäre eher ein gutes Zeichen.«
»Ist dir nicht klar geworden, in welchem Maße er finster ist?«

»Draußen ist es finster. Schalte deine Scheinwerfer ein, sonst kracht's noch!«
Mathilde zog den Kragen ihres Parkas fest um den Nacken und fuhr fort:
»Gut, ich gebe zu, sein Jackett ist ein bisschen dunkel, aber von italienischem Schnitt und aus Kaschmir – sechs Fäden. Verzeih mir, das ist immerhin was!«
»Das meine ich nicht.«
»Soll ich's dir sagen? Ich bin sicher, er gehört nicht zu der Sorte Mann, die Slips ohne Firmenlabel trägt.«
Mathilde nahm eine Zigarette und zündete sie sich an. Sie öffnete das Fenster und blies Rauchkringel nach draußen.
»Auch auf die Gefahr hin, an einer Lungenentzündung zu sterben! Gut, ich gebe zu, es gibt Slips und Slips!«
»Du hörst mir überhaupt nicht zu!«, meinte Zofia beunruhigt.
»Stell dir vor, wie verwirrt die Tochter von Calvin Klein sein muss, wenn sie den Namen ihres Vaters zu sehen kriegt, sobald sich ein Mann vor ihr auszieht!«
»Hast du ihn vorher schon mal gesehen?«, fragte Zofia beharrlich.
»Vielleicht in der Bar von Mario, aber ich kann es dir nicht garantieren. Damals waren die Abende, an denen ich klar gesehen habe, eher selten …«
»Aber all das ist vorbei, das liegt jetzt hinter dir«, sagte Zofia.
»Glaubst du an Déjà-vu-Gefühle?«
»Vielleicht. Warum?«
»Vorhin in der Bar … als er das Glas heruntergeworfen hat … da hatte ich wirklich den Eindruck, es würde in Zeitlupentempo fallen.«

»Du hast einen leeren Magen; ich lade dich zum Chinesen ein!«, sagte Zofia.
»Kann ich dir eine letzte Frage stellen?«
»Natürlich.«
»Ist dir nie kalt?«
»Warum?«
»Wenn ich ein Stäbchen im Mund stecken hätte, könnte man mich für ein Eis am Stiel halten. Bitte mach endlich das Fenster zu!«
Der Ford fuhr an der alten Schokoladenfabrik am Ghirardelli Square vorbei. Nach ein paar Minuten des Schweigens stellte Mathilde das Radio an und betrachtete die Stadt, die an ihr vorüberglitt. An der Kreuzung Columbus Avenue und Bay Street verschwand der Hafen aus ihrem Sichtfeld.

~

»Würden Sie bitte Ihre Hand da wegnehmen, damit ich meine Theke sauber machen kann!«
Der Wirt von Fisher's Deli riss Lukas aus seinen Träumereien.
»Wie bitte?«
»Es sind Splitter unter ihren Fingern, Sie schneiden sich noch.«
»Machen Sie sich meinetwegen keine Sorgen. Wer war sie?«
»Eine hübsche Frau, etwas Außergewöhnliches hier.«
»Ja, deshalb gefällt mir dieses Viertel!«, erwiderte Lukas.
»Sie haben meine Frage nicht beantwortet.«
»Ist es mein Barmädchen, die Sie interessiert? Tut mir Leid, aber ich gebe keine Auskünfte über mein Personal.

Sie müssen schon wiederkommen und sie selbst fragen. Sie fängt morgens um zehn Uhr an.«

Lukas schlug mit der Hand auf die Theke. Die Glasstücke explodierten in tausend Splitter. Der Wirt wich einen Schritt zurück.

»Ihr Barmädchen ist mir völlig egal! Kennen Sie die junge Frau, mit der sie das Lokal verlassen hat?«

»Das ist eine ihrer Freundinnen. Sie arbeitet beim Sicherheitsdienst des Hafens. Das ist alles, was ich Ihnen sagen kann.«

Mit einer abrupten Geste riss Lukas das Geschirrtuch vom Gürtel des Wirts. Er wischte sich über die Handfläche, die seltsamerweise nicht den geringsten Kratzer aufwies. Dann warf er das Tuch gezielt in den Mülleimer hinter der Theke.

Der Wirt des Fisher's Deli runzelte die Stirn.

»Wundere dich nicht, mein Bester«, sagte Lukas und betrachtete seine Hand. »Das ist, als wenn man über heiße Kohlen läuft, da gibt es einen Trick; es ist immer ein Trick dabei!«

Damit wandte er sich ab und ging zur Tür. Auf der Treppe entfernte er einen winzigen Splitter, der zwischen Zeige- und Mittelfinger steckte.

Er lief zu dem Cabrio, beugte sich ins Innere und löste die Handbremse. Der Wagen, den er gestohlen hatte, rollte langsam zum Rand des Piers und kippte vornüber. Als der Kühler in die Fluten drang, erhellten sich Lukas' Züge mit einem Lächeln, so intensiv wie das eines Kindes.

Für ihn war der Augenblick, wenn das Wasser durch die Fenster drang (er sorgte stets dafür, dass sie geöffnet waren), ein Moment reinster Freude. Am meisten aber genoss er es, wenn kurz vor dem Absterben des Motors riesige Blasen aus dem Auspuff kamen und auf der Wasseroberfläche platzten. Ihr »Blubb-Blubb« war für ihn das reine Vergnügen.

Als Schaulustige herbeieilten, um die Rücklichter des Camaro im trüben Wasser des Hafens verschwinden zu sehen, hatte sich Lukas, die Hände in den Taschen vergraben, bereits davongemacht.

~

Zofia und Mathilde aßen an einem Tisch direkt an der großen Fensterfront, die einen Blick auf die Beach Street und die Golden-Gate-Bucht gewährte. Unser bester Tisch, hatte der chinesische Oberkellner mit einem Lächeln erklärt, das sein vorstehendes Gebiss entblößte. Der Ausblick war atemberaubend. Links sah man die Golden Gate Bridge, stolz auf ihre rot-braunen Töne, weiter hinten die ein Jahr ältere silberglänzende Bay Bridge. Davor wiegten sich, geschützt vor der Dünung, sanft die Masten der Yachten in der Marina. Kieswege durchzogen den Rasen, der sich bis zum Wasser erstreckte. Abendspaziergänger schlenderten darüber und genossen die milden Temperaturen dieses beginnenden Herbstes.

Der Ober servierte ihnen zwei Cocktails »nach Art des Hauses« und ein Körbchen mit Naan. »Eine Aufmerksamkeit vom Chef«, sagte er und reichte ihnen die Speisekarte.

Mathilde fragte Zofia, ob sie hier Stammgast sei, denn die Preise erschienen ihr sehr hoch. Zofia antwortete, dass der Wirt sie einladen würde.

»Annullierst du seine Strafzettel?«

»Ich habe ihm nur vor ein paar Monaten einen kleinen

Dienst erwiesen, nicht weiter erwähnenswert«, erwiderte Zofia fast ein wenig verwirrt.

»Bei deinem ›Nicht weiter erwähnenswert‹ habe ich so meine Zweifel. Was für eine Art von Dienst?«

Zofia war dem Besitzer des Restaurants eines Abends auf den Docks begegnet. Er war den Pier auf und ab gelaufen und hatte auf die Verzollung einer Geschirrlieferung aus China gewartet.

Der traurige Ausdruck seiner Augen hatte Zofias Aufmerksamkeit geweckt. Als er sich vorbeugte und lange ins brackige Wasser starrte, hatte sie das Schlimmste befürchtet. Sie war näher getreten und hatte ihn in ein Gespräch verwickelt; er hatte ihr schließlich anvertraut, dass seine Frau ihn nach dreiundvierzig Ehejahren verlassen wollte.

»Wie alt ist seine Frau?«, fragte Mathilde interessiert.

»Zweiundsiebzig!«

»Man denkt sogar noch mit zweiundsiebzig an Scheidung?«, erwiderte Mathilde erstaunt und konnte nur schwer ein Lachen unterdrücken.

»Wenn dein Ehemann dreiundvierzig Jahre lang neben dir schnarcht, kannst du sehr intensiv, um nicht zu sagen jede Nacht, daran denken!«

»Hast du die Ehe wieder gekittet?«

»Ich habe ihn überredet, sich operieren zu lassen, und ihm versichert, dass es nicht wehtut. Männer haben ja solche Angst vor Schmerzen.«

»Glaubst du, er wäre wirklich gesprungen?«

»Er hat seinen Ehering ins Wasser geworfen.«

Mathilde verdrehte die Augen und erblickte fasziniert die Decke, die gänzlich mit buntem Glas im Tiffany-Stil dekoriert war und den Raum wie eine Kathedrale wirken

ließ. Zofia teilte ihre Bewunderung und legte ihr noch etwas vom »Hühnerfleisch süßsauer« auf.
Neugierig strich sich Mathilde mit der Hand durchs Haar.
»Stimmt diese Geschichte mit dem Schnarchen?«
Zofia sah sie an und konnte sich ein Lächeln nicht verkneifen.
»Nein!«
»Ah! Und was feiern wir dann?«, fragte Mathilde und hob ihr Glas.
Zofia sprach vage von einem Sonderauftrag, den sie heute Morgen erhalten habe. Nicht dass sie ihren Posten wechseln, nicht dass sie im eigentlichen Sinne befördert würde, aber es komme ja nicht allein auf materielle Vorteile an. Wenn Mathilde aufhören würde zu kichern, könnte sie ihr vielleicht erklären, dass manche Aufgaben weit mehr als Geld oder Macht bedeuten: nämlich eine subtile Form persönlicher Erfüllung. Die Herrschaft über sich selbst – zugunsten und nicht auf Kosten anderer – könne sehr erfüllend sein.
»Amen!«, spöttelte Mathilde.
»Mit dir bin ich anscheinend wirklich noch lange nicht am Ziel«, entgegnete Zofia resigniert.
Als Mathilde nach der Sake-Flasche griff, um ihnen nachzuschenken, veränderte sich Zofias Gesichtsausdruck blitzartig. Sie ergriff das Handgelenk ihrer Freundin und riss sie praktisch aus ihrem Sessel.
»Sofort raus hier!«, brüllte sie. »Los, renn zum Ausgang!«
Mathilde blieb wie erstarrt stehen. Die Tischnachbarn, ebenso verblüfft, sahen Zofia an, die sich schreiend um die eigene Achse drehte, als erwarte sie etwas Entsetzliches.
»Los! Laufen Sie alle, so schnell Sie können, ins Freie! Beeilen Sie sich!«

Die Gäste sahen sie ratlos an, als fragten sie sich, welche schlechte Posse hier gespielt wurde. Der Geschäftsführer eilte zu Zofia, die Hände gefaltet, als wollte er die junge Frau, die er für seine Freundin hielt, anflehen, um Himmels willen nicht länger die Ordnung seines Lokals zu stören. Zofia fasste ihn energisch bei den Schultern und beschwor ihn, den Saal räumen zu lassen, und zwar sofort; er solle ihr vertrauen; es sei eine Sache von Sekunden. Liu Tran war gewiss kein Weiser, aber sein Instinkt hatte nie versagt. Er klatschte zweimal kurz in die Hände, und die wenigen Worte, die er auf Kantonesisch rief, genügten, um einem ganzen Schwarm von entschlossenen Kellnern Beine zu machen. Die Männer in weißer Livree zogen die Stühle der Gäste zurück und zerrten sie eilig zu den drei Ausgängen des Restaurants.
Liu Tran blieb in der Mitte des sich leerenden Saales stehen. Zofia wollte ihn am Arm zu einem der Ausgänge ziehen, doch er weigerte sich und deutete auf Mathilde, die, wenige Meter entfernt, noch immer wie versteinert dastand.
»Ich gehe als Letzter«, sagte Liu entschlossen. In diesem Augenblick kam ein Gehilfe schreiend aus der Küche gestürzt. Kurz darauf erfolgte eine Explosion von unerhörter Gewalt. Der monumentale Lüster krachte, von der Schockwelle erfasst, zu Boden. Das Mobiliar wurde von der großen Fensterfront, deren zersplitterndes Glas auf die Straße regnete, gleichsam angesogen. Tausende von roten, grünen und blauen Kristallen rieselten auf die Trümmer. Der beißende graue Rauch, der den Saal erfüllte, quoll in dichten Wolken aus der klaffenden Fassade. Auf das Donnern der Explosion folgte bedrückende Stille. Lukas, der unterhalb des Restaurants parkte, schloss

schnell die Seitenfenster seines frisch gestohlenen Wagens. Er hatte einen heiligen Abscheu vor Staub und mehr noch vor Dingen, die sich nicht so abspielten, wie er sie geplant hatte.
Zofia stemmte das massive Büfett, das auf sie gefallen war, hoch. Sie rieb sich die Knie und stieg über einen Serviertisch, der auf dem Kopf stand. Sie ließ den Blick über das Chaos ringsumher schweifen. Unter den Resten des großen Lüsters, der seiner ganzen Pracht beraubt war, lag der Geschäftsführer des Restaurants; sein Atem ging stockend und schwer. Zofia stürzte zu ihm. Liu lächelte mit schmerzverzerrtem Gesicht. Blut strömte in seine Lungen und presste sein Herz mit jedem Atemzug ein wenig mehr zusammen. In der Ferne waren die Sirenen von Feuerwehr und Krankenwagen zu hören.
Zofia flehte Liu an durchzuhalten.
»Ich bin Ihnen so dankbar«, seufzte der alte Chinese.
Sie ergriff seine Hand; Liu legte die ihre auf seine Brust. Selbst in seinem geschwächten Zustand vermochten seine Augen die Wahrheit zu lesen. Er sammelte seine letzten Kräfte und flüsterte ihr zu, dass er keine Angst habe. Er wisse, dass er in seinem ewigen Schlaf nicht schnarchen werde, kicherte und musste wieder husten.
»Was für ein Glück für meine zukünftigen Nachbarn! Sie haben Ihnen viel zu verdanken!«
Ein Blutschwall quoll aus seinem Mund, lief über seine Wange und vereinte sich mit dem Rot des Teppichs. Lius Lächeln wurde matt. Er flüsterte:
»Ich glaube, Sie müssen sich um Ihre Freundin kümmern. Ich habe Sie nicht hinausgehen sehen.«
Zofia blickte sich um, sah aber weder Mathilde noch sonst jemanden.

»Nahe bei der Tür, unter dem Geschirrschrank«, beschwor er sie und begann wieder zu husten.
Zofia wollte sich erheben. Liu hielt sie am Handgelenk fest und sah sie flehend an.
»Woher haben Sie es gewusst?«
Zofia betrachtete den Mann; die letzten Lebensstrahlen entwichen seinen dunklen Augen.
»Sie werden es schon bald verstehen.«
Da erhellte sich Lius Gesicht, ein Lächeln huschte darüber, und er kam zur Ruhe.
»Danke für diesen unschätzbaren Beweis des Vertrauens.«
Das waren die letzten Worte von Liu Tran. Seine Pupillen verengten sich, seine Lider zuckten, und sein Kopf sank in die Hand seines letzten Gastes. Zofia strich ihm sanft über die Stirn.
»Verzeihen Sie mir, dass ich Sie nicht begleite«, sagte sie und zog vorsichtig die Hand unter seinem Kopf heraus.
Sie stand auf, schob eine kleine umgekippte Kommode zur Seite und ging zu dem Geschirrschrank nahe der Tür. Sie nahm alle Kraft zusammen, richtete ihn behutsam auf und entdeckte Mathilde darunter – ohnmächtig, eine große Geflügelgabel im linken Oberschenkel.
Der Strahl der Taschenlampe des Feuerwehrmanns huschte über den Boden, seine Sohlen knirschten im Schutt. Er näherte sich den beiden Frauen, zog sofort sein Funkgerät aus der Tasche, die er am Riemen über der Schulter trug, und meldete, dass er zwei Opfer gefunden habe.
»Nur eines!«, verbesserte Zofia den Mann.
»Umso besser«, meinte ein anderer in schwarzem Jackett, der etwas weiter entfernt die Trümmer absuchte.
Der Feuerwehrhauptmann zuckte die Achseln.

»Das muss ein FBI-Agent sein. Die sind heutzutage fast früher zur Stelle als wir, wenn es irgendwo knallt«, knurrte er und legte Mathilde eine Sauerstoffmaske über Mund und Nase. Dann wandte er sich an einen seiner Kollegen, der näher getreten war.
»Die hat ein Bein gebrochen, vielleicht auch einen Arm. Sie ist bewusstlos. Gib den Sanitätern Bescheid, dass sie sofort in die Klinik gebracht werden muss.« Er deutete auf den Chinesen. »Und was ist mit dem?«
»Für den ist es zu spät!«, rief der Mann mit dem schwarzen Jackett vom anderen Ende des Raumes her.
Zofia hielt Mathilde im Arm und versuchte die Traurigkeit zu unterdrücken, die ihr die Kehle zusammenschnürte.
»Es ist alles meine Schuld; ich hätte dich nicht hierher bringen dürfen.«
Sie blickte durch das zerborstene Fenster zum Himmel hinauf, ihre Unterlippe zitterte.
»Holt sie nicht schon jetzt zurück! Sie könnte es schaffen, sie war auf dem rechten Weg. Wir hatten abgemacht, mehrere Monate zu warten, bevor irgendetwas entschieden wird. Ehrenwort ist Ehrenwort!«
Verblüfft fragten die beiden Fahrer der Ambulanz, ob alles in Ordnung sei. Sie bejahte mit einem knappen Kopfnicken. Die Sauerstoffmaske, die sie ihr anboten, lehnte sie ab. Daraufhin baten sie Zofia, zur Seite zu treten. Sie wich mehrere Schritte zurück, die beiden Männer legten Mathilde auf eine Bahre und trugen sie zum Ausgang. Zofia trat an die Fensterfront, oder das, was davon geblieben war, und ließ ihre Freundin nicht aus den Augen, bis sie im Krankenwagen verschwunden war. Das Blaulicht der Einheit 02 erlosch, sobald die Sirene in Gang gesetzt

wurde und sich die Ambulanz in Richtung San Francisco Memorial Hospital entfernte.
»Machen Sie sich keine Vorwürfe. Es passiert jedem von uns, zur falschen Zeit am falschen Ort zu sein. Das ist Schicksal!«
Zofia zuckte zusammen. Sie hatte die tiefe Stimme des Mannes, der sie so ungeschickt zu trösten suchte, erkannt. Lukas trat näher und kniff die Augen zusammen.
»Was tun Sie hier?«, fragte sie.
»Ich dachte, der Feuerwehrhauptmann hätte es Ihnen bereits gesagt«, meinte er und nahm seine Krawatte ab.
»... Und da alles darauf hinzudeuten scheint, dass es sich um eine banale Gasexplosion in der Küche handelt oder, schlimmstenfalls, um Brandstiftung, kann der freundliche FBI-Agent nach Hause gehen und den Rest den Profis überlassen. Die Terroristen haben wirklich keinen Grund, Pekingenten zu jagen!«
Die heisere, unwirsche Stimme des Polizeiinspektors hatte ihr Gespräch unterbrochen.
»Mit wem haben wir die Ehre?«, fragte Lukas in einem Tonfall, der ebenso spöttisch wie gereizt war.
»Mit Inspektor Pilguez von der Polizei von San Francisco«, antwortete Zofia.
»Ich bin erfreut, dass Sie mich diesmal wiedererkennen!«, sagte Pilguez zu Zofia und ignorierte dabei völlig die Gegenwart von Lukas. »Und bei dieser Gelegenheit sollten Sie mir gleich mal Ihre kleine Vorstellung von heute Morgen erklären.«
»Ich wollte nicht, dass wir die Umstände unserer ersten Begegnung erklären mussten – um Mathilde zu schützen«, fügte Zofia hinzu. »Klatsch verbreitet sich schneller als der Nebel auf den Docks.«

»Ich habe Ihnen vertraut und sie früher als vorgesehen laufen lassen. Deshalb wäre ich Ihnen dankbar, wenn Sie sich mir gegenüber genauso verhalten würden. Takt ist bei der Polizei nicht zwangsläufig untersagt! In Anbetracht des Zustands der Kleinen wäre es allerdings wohl besser gewesen, sie ihre Strafe vollständig absitzen zu lassen.«
»Hübsche Definition von Takt, Inspektor!«, meinte Lukas und verabschiedete sich von beiden.
Er trat durch die klaffende Öffnung der gewaltigen Flügeltür, die der Wirt für teures Geld eigens aus China hatte kommen lassen.
Bevor Lukas seinen Wagen erreichte, rief er Zofia noch zu:
»Tut mir Leid für Ihre Freundin.«
Sein schwarzer Chevrolet verschwand wenige Sekunden später an der Kreuzung Beach Street.
Zofia konnte dem Inspektor keine Erklärung geben. Nichts als eine schreckliche Vorahnung habe sie dazu geführt, die Gäste des Restaurants zum Verlassen des Lokals zu drängen. Pilguez wies sie darauf hin, ihre Erklärungen seien angesichts der Zahl von Menschenleben, die sie gerettet hatte, ein wenig dürftig. Zofia entgegnete, sie habe dem trotzdem nichts hinzuzufügen. Vielleicht habe sie unbewusst den Geruch von Gas wahrgenommen, das durch die Zwischendecke der Küche entwichen sei. Pilguez knurrte: Verworrene Vorgänge, bei denen das Unterbewusstsein eine Rolle spiele, hätten in den letzten Jahren die ärgerliche Neigung, sich an seine Person zu heften.
»Geben Sie mir Bescheid, wenn Sie Ihre Untersuchungen abgeschlossen haben. Ich muss wissen, was passiert ist.«
Er ließ sie gehen, und sie kehrte zu ihrem Wagen zurück. Die Windschutzscheibe war an verschiedenen Stellen gesprungen und die Karosserie mit einer gleichmäßigen

Schicht grauen Staubs überzogen. Auf dem Weg zur Klinik kamen ihr weitere Feuerwehrwagen entgegen, die zum Ort des Unglücks fuhren. Sie parkte den Ford, überquerte den Parkplatz und betrat die Klinik. Eine Krankenschwester kam ihr entgegen und erklärte ihr, Mathilde befinde sich noch im Untersuchungsraum. Zofia dankte der jungen Frau und nahm auf einer der leeren Bänke des Wartezimmers Platz.

Lukas hupte zweimal ungeduldig. Der Aufseher in seinem Häuschen drückte auf einen Knopf, ohne den Blick von dem kleinen Bildschirm zu lösen: Die Yankees lagen sicher in Führung. Die Schranke ging hoch, und der Chevrolet fuhr, die Scheinwerfer ausgeschaltet, langsam zum Rand des Piers. Lukas öffnete das Seitenfenster und warf seinen Zigarettenstummel hinaus. Er stellte den Schalthebel auf Leerlauf und stieg bei laufendem Motor aus dem Wagen. Mit einem Fußtritt gegen die hintere Stoßstange brachte er den Wagen ins Rollen, so dass er vornüber ins Wasser kippte. Die Hände in die Hüften gestemmt, betrachtete er begeistert das Schauspiel. Als die letzte Luftblase geplatzt war, wandte er sich ab und ging auf den Parkplatz zu. Ein olivgrüner Honda schien nur auf ihn zu warten. Lukas brach das Schloss auf, öffnete das Verdeck und riss den Auslöser der Alarmanlage heraus. Er setzte sich ans Steuer und betrachtete missmutig das Armaturenbrett aus Kunststoff. Er wählte den Schlüssel, der ihm geeignet erschien, aus seinem Bund. Der Motor sprang sofort mit einem schrillen Geräusch an.

»Ein grüner Japaner – nicht zu fassen«, knurrte er und löste die Handbremse.

Lukas sah auf seine Uhr; er war bereits spät dran und trat kräftig aufs Gaspedal. Auf einem Poller zum Vertäuen der Leinen saß ein Stadtstreicher Namens Julius und sah dem Wagen nach, während eine letzte Luftblase an der Wasseroberfläche platzte.

~

»Wird sie durchkommen?«
Schon zum dritten Mal an diesem Abend ließ Lukas sie zusammenzucken.
»Ich hoffe«, antwortete sie und musterte ihn von oben bis unten. »Wer sind Sie eigentlich?«
»Lukas. Untröstlich und erfreut zugleich«, sagte er und streckte ihr die Hand entgegen.
Zum ersten Mal verspürte Zofia eine gewisse Erschöpfung. Sie stand auf und ging zum Kaffeeautomaten.
»Wollen Sie auch einen?«
»Ich trinke nie Kaffee«, erwiderte Lukas.
»Ich auch nicht«, sagte Zofia und betrachtete die Zwanzig-Cent-Münze, die sie in ihrer Hand drehte. »Was machen Sie hier?«
»Dasselbe wie Sie«, entgegnete Lukas. »Ich bin hier, um zu erfahren, wie es ihr geht.«
»Warum?«, fragte Zofia und steckte die Münze wieder in die Tasche.
»Weil ich einen Bericht schreiben muss und bislang in die Rubrik mit der Anzahl der Opfer die Zahl Eins eingetragen habe. Ich wollte also überprüfen, ob ich diese Information korrigieren muss oder nicht, da ich meine Berichte gern noch am Tag des Ereignisses vorlege. Ich habe einen heiligen Abscheu vor Verspätungen.«

»Den Eindruck habe ich auch.«
»Sie hätten meine Einladung zum Abendessen annehmen sollen. Dann wären wir jetzt nicht hier!«
»Gut, dass Sie vorhin von Takt gesprochen haben; Sie scheinen was davon zu verstehen.«
»Sie wird erst spät heute Nacht den Operationstrakt verlassen können. So eine Entengabel in einem menschlichen Schenkel richtet verdammte Schäden an. Die brauchen Stunden, um das alles zu nähen. Darf ich Sie in die Cafeteria gegenüber einladen?«
»Nein, das dürfen Sie ganz bestimmt nicht!«
»Wie Sie wollen, dann warten wir eben hier. Ist zwar weniger angenehm, aber wenn Sie es vorziehen … Schade!«
Sie saßen bereits über eine Stunde Rücken an Rücken auf den Bänken, als endlich der Chirurg am Ende des Gangs erschien. Er ließ seine Latexhandschuhe nicht schnalzen (seit je zogen die Chirurgen sie beim Verlassen des Operationstrakts aus und warfen sie in einen dafür vorgesehenen Mülleimer). Mathilde war außer Gefahr, die Arterie war nicht getroffen worden. Der Scanner hatte keine Spur von Schädelverletzung ergeben. Die Wirbelsäule war intakt.
Mathilde hatte zwei einfache Brüche, einen am Bein, einen am Arm. Beide wurden eben eingegipst. Komplikationen waren immer noch möglich, der Arzt war aber zuversichtlich. Trotzdem bestand er darauf, dass sie in den nächsten Stunden völlige Ruhe hatte. Er bat Zofia, den Angehörigen mitzuteilen, dass heute kein Besuch mehr erlaubt sei.
»Das ist schnell erledigt«, erwiderte sie. »Es gibt nur mich.«
Sie gab der Stationsschwester ihre Handynummer. Beim

Hinausgehen kam sie an Lukas vorbei, informierte ihn, ohne ihn eines Blickes zu würdigen, dass er seinen Bericht nicht würde ändern müssen, und verschwand im Drehkreuz der Schleuse. Lukas holte sie auf dem leeren Parkplatz ein, wo sie nach ihren Schlüsseln suchte.
»Wenn Sie aufhören könnten, mich zu erschrecken, wäre ich Ihnen sehr dankbar«, sagte sie zu ihm.
»Ich glaube, es hat schlecht mit uns begonnen«, meinte Lukas mit sanfter Stimme.
»Was begonnen?«, entgegnete sie.
Lukas zögerte, bevor er antwortete:
»Sagen wir es mal so, ich bin manchmal ein bisschen direkt mit meinen Äußerungen, aber ich bin wirklich froh, dass Ihre Freundin durchkommt.«
»Nun, dann haben wir heute wenigstens etwas gemeinsam, soweit das möglich ist. Wenn Sie mich jetzt bitte meine Autotür öffnen lassen würden …«
»Und wenn wir einen Kaffee zusammen trinken würden … bitte?«
Zofia blieb stumm.
»Schlechter Vorschlag!«, sagte Lukas. »Sie trinken keinen und ich auch nicht! Wie wär's mit einem Orangensaft? Es gibt ganz köstlichen, gleich gegenüber.«
»Warum liegt Ihnen so sehr daran, Ihren Durst in meiner Begleitung zu löschen?«
»Weil ich eben erst in San Francisco eingetroffen bin und hier wirklich niemanden kenne. Ich habe drei Jahre extrem einsam in New York gelebt, was nicht sehr originell ist. Der Big Apple hat mich ziemlich wortkarg gemacht, doch ich bin fest entschlossen, mich zu ändern.«
Zofia neigte den Kopf zur Seite und musterte Lukas.
»Gut, ich fange ganz von vorne an«, sagte er. »Vergessen

Sie New York, meine Einsamkeit und den ganzen Rest. Ich weiß nicht, warum ich solche Lust habe, ein Gläschen mit Ihnen zu trinken. Das heißt, das Gläschen ist mir völlig egal, ich möchte Sie einfach kennen lernen. So, jetzt ist es raus. Es wäre ein gutes Werk von Ihnen, ja zu sagen.«

Zofia sah auf ihre Uhr und zögerte ein paar Sekunden. Schließlich lächelte sie und nahm die Einladung an. Sie überquerten die Straße und traten ins Crispy Cream. In dem kleinen Lokal roch es angenehm nach warmem Gebäck; ein Blech mit Donuts kam eben aus dem Backofen. Sie setzten sich ans Fenster. Zofia aß nichts, sah Lukas aber höchst erstaunt zu. Er hatte innerhalb von nur zehn Minuten sieben Donuts mit Puderzucker verputzt.

»Was die Liste der Todsünden betrifft, hat Sie die Naschhaftigkeit nicht geschockt, wie ich sehe«, bemerkte sie belustigt.

»Lächerlich, diese Geschichte mit den Sünden ...«, erwiderte Lukas und leckte sich die Finger ab. »Das ist was für Mönche. Ein Tag ohne Donuts ist schlimmer als ein Tag mit schönem Wetter!«

»Sie mögen die Sonne nicht?«, fragte sie erstaunt.

»Doch, doch, ich liebe die Sonne! All die Verbrennungen und den Hautkrebs. Die Männer krepieren vor Hitze, halb erwürgt von ihrer Krawatte, die Frauen fürchten, ihr Make-up könne zerfließen, und alle holen sich eine Erkältung wegen der Klimaanlagen, die wiederum das Ozonloch vergrößern. Die Luftverschmutzung nimmt zu, die Tiere verdursten, ganz zu schweigen von den alten Menschen, die ersticken. Ach, nein, verzeihen Sie! Aber die Sonne ist wirklich nicht die Erfindung dessen, der sie erfunden haben soll.«

»Sie haben eine sonderbare Einstellung zu den Dingen.«

Zofia interessierte sich noch mehr für Lukas' Ansichten, als dieser in ernstem Tonfall erklärte, dass man bei der Bewertung des Bösen und des Guten ehrlich sein müsse. Die Reihenfolge der Wörter machte sie stutzig. Lukas hatte mehrmals das Böse vor dem Guten erwähnt … Gewöhnlich war das umgekehrt.
Eine Idee schoss ihr durch den Kopf. Sie verdächtigte ihn, ein Kontrollengel zu sein, der sie bei der Abwicklung ihrer Mission beobachten sollte. Sie war schon einigen bei weit weniger schwierigen Aufträgen begegnet. Je mehr sie Lukas so provozierend reden hörte, desto sicherer war sie sich ihrer Sache. Beim neunten Donut verkündete er mit noch halb vollem Mund, dass er sie gerne wiedersehen würde. Zofia lächelte. Er bezahlte, und sie verließen das Lokal.
Auf dem leeren Parkplatz hob Lukas den Kopf.
»Ein bisschen frisch, aber ein erhabener Himmel, nicht wahr?«
Sie hatte seine Einladung zum Abendessen am nächsten Tag angenommen. Wenn sie beide durch den größten aller denkbaren Zufälle für dasselbe Haus arbeiteten, würde derjenige, der sie prüfen sollte, nichts zu beanstanden haben: Sie würde mit Leib und Seele dabei sein. Zofia stieg in ihren Wagen und fuhr heim.
Sie parkte den Wagen vor dem Haus und bemühte sich, keinen Lärm zu machen, als sie die Außentreppe hinauflief. Kein Licht drang in den Flur; die Tür zu Reine Sheridans Wohnung war geschlossen.
Bevor sie ins Haus trat, hob sie die Augen: Es waren weder Wolken noch Sterne am Himmel.

Es wurde Abend, und es wurde Morgen …

Zweiter Tag

Mathilde war im Morgengrauen aufgewacht. Man hatte sie im Laufe der Nacht in ein Zimmer verlegt, in dem die Langeweile sie erwartete. Fünfzehn Monate lang war Hyperaktivität für sie das einzige Mittel gewesen, um die Wunden ihres Vorlebens zu heilen, in dem der fatale Cocktail aus Verzweiflung und Drogen sie fast umgebracht hätte. Das Neonlicht, das über ihrem Kopf leuchtete, erinnerte sie an die langen Stunden des Kampfes gegen die Entzugserscheinungen, die mit unsäglichen Schmerzen ihr Inneres zerrissen hatten. Eine Erinnerung an höllische Tage, an denen Zofia, die sie ihren Schutzengel nannte, ihr die Hände festhalten musste. Denn um zu überleben, hatte sie ihren Körper verstümmelt, ihn zerkratzt, sich Hautfetzen vom Leib gerissen, hatte immer neue Qualen ersonnen als Strafe für vergangene Lust.

Manchmal glaubte sie, in einer der hintersten Kammern ihres Gehirns noch die Schmerzen von den Schlägen zu verspüren, die sie sich selbst zugefügt hatte, damals in den Nächten, als sie den schlimmsten Qualen ausgeliefert gewesen war. Sie betrachtete ihre Armbeuge; die Spuren der Einstiche waren – Zeichen der Erlösung – nach und nach fast unsichtbar geworden. Ein einziger kleiner bläulicher

Punkt auf einer Vene war wie eine Warnung an der Stelle verblieben, wo das weiße Gift eingedrungen war. Zofia stieß die Tür zu ihrem Zimmer auf.
»Gerade rechtzeitig«, sagte sie und legte einen Strauß Pfingstrosen auf den Nachttisch.
»Wieso gerade rechtzeitig?«, fragte Mathilde.
»Ich habe beim Hereinkommen deinen Gesichtsausdruck gesehen, dein Stimmungsbarometer schien auf ›Veränderlich mit Gewitterneigung‹ zu fallen. Ich gehe schnell ins Schwesternzimmer, um eine Vase zu holen.«
»Bleib bei mir«, sagte Mathilde mit schwacher Stimme.
»Die Pfingstrosen sind fast so ungeduldig wie du. Sie brauchen viel Wasser. Ich bin gleich zurück.«
Allein im Zimmer, betrachtete Mathilde die Blumen. Mit ihrer unverletzten Hand strich sie über die seidigen Blüten. Die Blütenblätter fühlten sich an wie das Fell eines jungen Kätzchens; Mathilde liebte Katzen. Zofia kam mit einem Eimer zurück und unterbrach ihre Träumereien.
»Das ist das Einzige, was sie hatten; nicht so schlimm, Pfingstrosen sind nicht snobistisch.«
»Es sind meine Lieblingsblumen.«
»Ich weiß.«
»Wo hast du sie um diese Jahreszeit gefunden?«
»Geheimnis!«
Zofia begutachtete das eingegipste Bein ihrer Freundin, dann die Schiene, die ihren Arm ruhig stellte. Mathilde fing ihren Blick auf.
»Du hast ganz schön gezündelt mit deinem Feuerzeug. Was ist eigentlich genau passiert? Ich kann mich an fast nichts mehr erinnern. Wir haben uns unterhalten, du bist aufgestanden, ich bin sitzen geblieben, und danach war alles nur noch schwarz um mich herum.«

»Es ist Gas in die Zwischendecke ausgeströmt! Wie lange musst du hier bleiben?«
Die Ärzte waren bereit, Mathilde schon am nächsten Tag zu entlassen, aber sie besaß nicht die Mittel, um sich einen ambulanten Pflegedienst zu leisten, und in ihrem Zustand war sie auf Hilfe angewiesen. Als Zofia gehen wollte, brach Mathilde in Tränen aus.
»Lass mich nicht hier allein zurück; dieser Geruch nach Desinfektionsmitteln macht mich ganz verrückt. Ich habe genug gebüßt, das schwöre ich dir. Ich schaffe das einfach nicht mehr. Ich habe solche Angst, wieder in dieses Loch zu fallen, dass ich nur so tue, als nähme ich die Beruhigungsmittel, die sie mir geben. Ich weiß, ich bin eine Last für dich, aber, bitte, hol mich hier raus, sofort, Zofia!«
Zofia trat ans Bett ihrer Freundin und streichelte ihr die Stirn, um sie zu beruhigen. Sie versprach ihr, alles zu tun, um eine Lösung zu finden – so schnell wie möglich. Sie würde am Abend noch einmal vorbeikommen.
Nachdem sie die Klinik verlassen hatte, fuhr Zofia zu den Docks. Ihr Tag war ausgefüllt. Die Zeit verging viel zu schnell: Sie hatte eine Mission auszuführen und mehrere Schützlinge zu betreuen, die sie unter keinen Umständen vernachlässigen durfte. Also machte sie sich auf den Weg zu ihrem alten Freund. Julius hatte die bürgerliche Welt verlassen, ohne jemals herauszufinden, was ihn unter den Brückenbogen Nr. 7 geführt hatte, wo er seinen nicht eben festen Wohnsitz aufgeschlagen hatte … Nichts als eine Reihe von üblen Streichen hatte ihm das Leben gespielt. Personalabbau hatte seiner Karriere ein jähes Ende bereitet. Ein einfacher Brief war ins Haus geflattert, in dem man ihm mitteilte, dass er nicht mehr zu der großen Firma gehörte, die seine ganze Existenz gewesen war.

Mit achtundfünfzig Jahren ist man noch sehr jung … doch selbst wenn die Kosmetikfirmen schworen, dass mit knapp sechzig das Leben noch vor einem liege – sofern man in sein Äußeres investiere –, waren ihre eigenen Personalabteilungen nur wenig davon überzeugt, wenn es um die Neubewertung des Karriereplans ihrer leitenden Angestellten ging. Und so war Julius Minsky plötzlich arbeitslos geworden. Ein Sicherheitsbeamter hatte ihm am Eingang des Gebäudes, in dem er mehr Zeit verbracht hatte als in seinem eigenen Haus, seinen Firmenausweis abgenommen. Ohne ein einziges Wort an ihn zu richten, hatte der Mann in Uniform ihn in sein Büro begleitet. Unter den Blicken seiner stummen Kollegen hatte er seine Sachen einpacken müssen. Nichts als einen kleinen Karton unterm Arm, hatte Julius – an einem finsteren Regentag – nach zweiunddreißig Jahren treuer Mitarbeit das Firmengebäude für immer verlassen müssen.
Obwohl Julius Minsky Statistiker und begeisterter Mathematiker war, war sein eigenes Leben einer höchst unbefriedigenden Gleichung unterworfen: Summierung von Wochenenden, die auf Kosten des Privatlebens über Akten verbracht wurden; Teilung der Macht zugunsten jener, die ihn angestellt hatten (man war stolz, für sie zu arbeiten, man bildete eine große Familie, in der jeder seine Rolle zu spielen hatte, wenn er seine Stellung halten wollte); Häufung von Demütigungen und nicht beachteten Vorschlägen, die von korrupten Vorgesetzten einfach ignoriert wurden; und schließlich die Absprache, seine Berufslaufbahn in Würde zu beenden. So reduzierte sich das Leben von Julius Minsky auf eine Folge haarsträubender Ungerechtigkeiten, deren Lösung ebenso unmöglich war wie die Quadratur des Kreises.

In seiner Kindheit hatte sich Julius gern auf dem Schrottplatz herumgetrieben, auf dem eine riesige Presse die Karosserien alter Wagen zusammendrückte. Um die Einsamkeit zu vertreiben, die seine Nächte heimsuchte, hatte er sich oft das Leben der jungen Führungskraft vorgestellt, die sein Leben zunichte gemacht und für schrottreif erklärt hatte. Seine Kreditkarten waren im Herbst abgelaufen, sein Bankkonto hatte den Winter nicht überlebt, im Frühjahr hatte er sein Haus verlassen müssen. Im folgenden Sommer hatte er eine große Liebe geopfert, um seinen Stolz bei dieser letzten Reise retten zu können. Ohne sich dessen bewusst zu werden, hatte also dieser Julius Minsky, achtundfünfzig Jahre alt, seinen nicht festen Wohnsitz unter dem Brückenbogen Nr. 7 am Pier 80 des Handelshafens von San Francisco bezogen. Er würde dort bald sein zehntes Jubiläum im Freien feiern können. Gern erzählte er jedem, der es hören wollte, dass er sich am Tag seines großen Aufbruchs wirklich über nichts im Klaren gewesen sei.
Zofia bemerkte die nässende Wunde, die durch den Riss in seiner Glencheckhose zu erkennen war.
»Julius, Sie müssen Ihr Bein behandeln lassen!«
»Ach, fang bitte nicht wieder davon an. Meinem Bein geht es sehr gut!«
»Wenn diese Wunde nicht ausgewaschen und desinfiziert wird, ist sie innerhalb einer Woche brandig, das wissen Sie ganz genau.«
»Ich habe schon den schlimmsten aller Wundbrände überstanden, meine Schöne, da kann mir dieser hier nichts mehr anhaben! Nachdem ich Gott nun schon so lange anflehe, mich zu sich zu nehmen, muss ich ihn auch gewähren lassen. Wenn ich mich bei jeder Kleinigkeit behandeln

lasse, was nützt dann mein Flehen, endlich von dieser verdammten Erde verschwinden zu dürfen! Du siehst also, dieses Wehwehchen ist mein Ticket ins Jenseits.«

»Wer setzt Ihnen nur solche dummen Flausen in den Kopf?«

»Niemand. Aber hier kommt oft ein junger Kerl vorbei, der gleicher Meinung ist. Ich unterhalte mich gern mit ihm. Wenn ich ihn sehe, ist mir so, als schaute ich in meine eigene Vergangenheit. Er trägt die gleiche Art von Anzug, wie ich sie früher trug, bevor mein Schneider, als er die gähnende Leere in meinen Taschen entdeckte, von Schwindel erfasst wurde. Ich verkünde ihm Gottes Wort, er mir das des Teufels – ein kleiner Meinungsaustausch, der mich zerstreut.«

Kein Dach überm Kopf, nichts zu essen, nur die Gitterstäbe, die man zu durchsägen träumt ... Die Situation von Julius Minsky war schlimmer als die eines Gefangenen. Wer ums nackte Überleben kämpft, für den kann Träumen zum Luxus werden. Tagsüber muss man etwas Essbares auf der Müllkippe finden, im Winter ständig in Bewegung bleiben, um gegen die tödliche Umarmung der Kälte anzukämpfen.

»Julius, ich fahre Sie zur Ambulanz!«

»Ich dachte, du arbeitest für die Hafenaufsicht und nicht für die Heilsarmee!«

Zofia ergriff den Arm des Stadtstreichers, um ihm beim Aufstehen zu helfen. Er machte ihr die Aufgabe nicht leicht, begleitete sie aber schließlich doch zu ihrem Wagen. Sie öffnete ihm die Tür, und Julius strich sich zögernd über den Bart. Zofia betrachtete ihn schweigend. Die eindrucksvollen Falten um seine azurblauen Augen zeugten von einer Seele voller Gefühle. Um seine vollen und lächelnden Lippen zogen sich andere Kalligraphien – die Zeichen einer Existenz, die nur scheinbar arm war.

»Es wird nicht besonders gut in deiner Karosse riechen. Mit diesem verdammten Bein konnte ich die letzten Tage nicht duschen gehen!«

»Julius, wenn es heißt, Geld stinkt nicht, warum sollte ein bisschen Elend es dann tun? Also, keine Widerrede – steigen Sie ein.«

Nachdem sie ihren Fahrgast der Ambulanz der Klinik überlassen hatte, kehrte sie zu den Docks zurück. Vorher machte sie noch einen Abstecher zu Mrs. Sheridan, denn sie wollte sie um einen großen Gefallen bitten. Sie traf sie vor ihrer Haustür an. Reine hatte Verschiedenes zu erledigen, und in dieser Stadt, berüchtigt für ihre steilen Straßen, in denen für eine ältere Person jeder Schritt eine Herausforderung war, erschien Zofias Besuch zu dieser ungewöhnlichen Stunde wie ein Wunder. Zofia bat sie, in ihren Wagen zu steigen, und lief rasch hinauf in ihre Wohnung. Sie öffnete die Tür, überprüfte ihren Anrufbeantworter, der keine Nachricht für sie bereithielt, und eilte sogleich wieder nach unten. Unterwegs erklärte sie Reine ihre Pläne, und diese war gerne bereit, Mathilde bis zu ihrer Genesung bei sich aufzunehmen. Man müsste eine Möglichkeit finden, sie ins obere Stockwerk zu befördern, und brauche ein Paar kräftige Arme, um das Metallbett vom Speicher herunterzuschaffen.

~

Lukas saß in der Cafeteria an der Market Street 666, kritzelte verschiedene Kalkulationen direkt auf die Resopal-Tischplatte und machte sich so mit seiner neuen Stellung in der größten Immobilienfirma Kaliforniens vertraut. Er tauchte ein siebtes Croissant in seinen Milchkaffee, beugte sich wieder über seine fesselnde Lektüre, die von der Entstehung des Silicon Valley erzählte: Ein breiter Streifen Land, der sich innerhalb von dreißig Jahren zur strategisch wichtigsten Zone der Spitzentechnologie entwickelt hatte und als *Lunge der internationalen Informatik* galt. Für ihn, einen Spezialisten des Identitätswechsels, war es geradezu beängstigend leicht gewesen, dort eine Anstellung zu finden, und er machte sich sogleich mit diebischem Vergnügen an die Vorbereitung seines machiavellistischen, teuflischen Plans.

Am Vortag, auf dem Flug von New York hierher, hatte er mit großem Interesse im *San Francisco Chronicle* einen Artikel über die Immobilien-Firmen A & H gelesen: Die rundliche Physiognomie ihres stellvertretenden Generaldirektors bot sich ungeniert der Kamera des Fotografen dar. Ed Hurt, das H von A & H, war Meister in der Kunst, sich bei Interviews und Pressekonferenzen in Szene zu setzen und unentwegt die unschätzbaren Beiträge seiner Gruppe zum wirtschaftlichen Aufschwung der Region in höchsten Tönen zu preisen. Der Mann, der seit zwanzig Jahren eine Abgeordneten-Karriere anstrebte, ließ zu diesem Zweck keine offizielle Feierlichkeit aus. Gerade schickte er sich mit großem Tamtam an, die offizielle Eröffnung der Saison für den Krebsfang zu zelebrieren. Und bei dieser Gelegenheit hatte Lukas Ed Hurts Weg gekreuzt.

Die eindrucksvolle Liste der Namen von einflussreichen Persönlichkeiten, mit denen Lukas das Gespräch geschickt zu spicken verstand, hatte ihm den eigens für ihn geschaffenen Posten als Berater des stellvertretenden Generaldirektors eingebracht, den er sogleich angenommen hatte. Das Räderwerk des Opportunismus barg kein Geheimnis für Ed Hurt. Und so wurde die Anstellung besiegelt, noch ehe die Nummer zwei der Gruppe die erste Krebsschere in eine Safran-Mayonnaise getunkt und verspeist hatte, nicht ohne dabei sein Smokinghemd ebenso ausgiebig zu bekleckern.

Es war elf Uhr morgens, und in einer Stunde würde Ed ihn seinem Geschäftspartner Antonio Andric, dem Generaldirektor, vorstellen.

Das A der Gruppe A & H herrschte mit eiserner Faust im Samthandschuh über das gewaltige Imperium, das er im Laufe der Jahre geschaffen hatte. Mit angeborenem Sinn fürs Immobiliengeschäft und unermüdlichem Arbeitseifer hatte Antonio Andric ein riesiges Unternehmen aufzubauen vermocht, das inzwischen über dreihundert Makler und fast ebenso viele Juristen, Finanzbuchhalter und Assistenten beschäftigte.

Lukas zögerte, verzichtete aber schließlich doch auf das achte Croissant. Er schnipste mit den Fingern, um einen Cappuccino zu bestellen. An seinem Stift kauend, blätterte er die Unterlagen durch und dachte weiter nach. Die Statistiken, die er sich in der Informatikabteilung von A & H besorgt hatte, sprachen Bände.

Nachdem er sich schließlich doch noch ein Schokoladencrossaint genehmigt hatte, kam er zu dem Schluss, dass es im ganzen Silicon Valley unmöglich war, auch nur das kleinste Büro oder Stück Land zu mieten, zu kaufen oder zu verkaufen, ohne mit der Gruppe zu verhandeln, die ihn am Vorabend engagiert hatte. Die Werbebroschüre und ihr unvergleichlicher Slogan *Das intelligente Immobiliengeschäft* erlaubten es ihm, seine Pläne reifen zu lassen.

Die A & H-Gruppe war ein Firmengebilde mit zwei Köpfen. Seine Achillesferse befand sich an der Verbindungsstelle der beiden Hälse. Es würde genügen, dass die beiden Hirne der Organisation dieselbe Luft einatmeten, damit sie sich am Ende gegenseitig erstickten. Würden sich Andric und Hurt um das Steuer des Schiffes streiten, käme die ganze Firma unweigerlich sofort vom Kurs ab. Der plötzliche Untergang des A & H-Imperiums würde rasch den Appetit des Großkapitals wecken und eine Destabilisierung des Immobilienmarktes zur Folge haben, und das in einem Sektor, in dem die Mieten zu den Grundpfeilern des Wirtschaftslebens zählten. Die Reaktionen der Börse würden nicht lange auf sich warten lassen, und die Unternehmen der ganzen Region würden bald zugrunde gehen.
Lukas dachte verschiedene Möglichkeiten durch, um seine Hypothesen aufzustellen: Am wahrscheinlichsten war, dass eine große Anzahl von Unternehmen eine Mieterhöhung und verschlechterte Börsennotierungen nicht überleben würde. Selbst bei pessimistischster Beurteilung der Lage ließen Lukas' Berechnungen erkennen, dass mindestens zehntausend Menschen ihre Stelle verlieren würden – eine Zahl, die ausreichend war, um die Wirtschaft der gesamten Region implodieren zu lassen und die schönste Embolie hervorzurufen, die man sich vorstellen konnte: die der *Lunge der internationalen Informatik*.
Da die Finanzkreise ihrer kurzlebigen Sicherheit nur ihre langlebige Ängstlichkeit entgegenzusetzen hatten, würden die Milliarden, die an der Wallstreet in die Technologiewerte hineingepumpt worden waren, innerhalb weniger Wochen verpuffen und dem Herzen des Landes einen herrlichen Infarkt bescheren.

»Die Globalisierung hat trotzdem etwas Gutes!«, sagte Lukas zu der Kellnerin, die ihm eine heiße Schokolade brachte.
»Wieso? Beabsichtigen Sie, Ihre Schmierereien mit einem koreanischen Produkt zu entfernen?«, erwiderte sie mit einem zweifelnden Blick auf die bekritzelte Tischplatte.
»Wenn ich gehe, wische ich alles weg«, knurrte er und nahm seine Überlegungen wieder auf.
Da es hieß, schon der Flügelschlag eines Schmetterlings könne einen Wirbelsturm auslösen, wollte Lukas demonstrieren, dass diese Theorie auch für die Wirtschaft zutreffe. Es würde nicht lange dauern, bis die Krise auf Europa und Asien übergegriffen hätte. Die A & H-Gruppe wäre sein Schmetterling, Ed Hurt sein Flügelschlag, und die Docks der Stadt könnten die Bühne seines Sieges werden.
Nachdem er die Resopalplatte seines Tisches ausgiebig mit einer Gabel zerkratzt hatte, verließ er die Cafeteria und ging um das Gebäude herum. Auf der Straße entdeckte er ein Chrysler-Coupé und brach das Türschloss auf. An der Ampel betätigte er den Knopf für das elektrische Verdeck, das sich hinten in einem Gehäuse zusammenfaltete. Als er in die Tiefgarage seines neuen Bürogebäudes fuhr, griff er zu seinem Handy. Er hielt den Wagen vor dem Parkwächter an und bat ihn mit einem freundlichen Handzeichen, sich zu gedulden, bis er sein Gespräch beendet habe. Mit wichtigtuerischer Stimme vertraute er einem imaginären Gesprächspartner an, er habe Ed Hurt dabei erwischt, wie er einer reizenden Journalistin verkündete, dass er das eigentliche Hirn der Gruppe sei und sein Partner nur die Beine darstelle! Dann brach er in schallendes Gelächter aus, öffnete die Wagentür und überreichte dem jungen

Mann, der ihn auf das beschädigte Schloss hinwies, die Schlüssel.

»Ich weiß«, sagte Lukas mit gespielter Betroffenheit, »man ist heute nirgendwo mehr sicher!«

Der Parkwächter, dem kein Wort des Gesprächs entgangen war, sah Lukas zur Eingangshalle des Gebäudes gehen. Er stellte das Coupé mit der Sorgfalt ab, für die er bekannt war … ihm und keinem anderen vertraute die persönliche Assistentin von Antonio Andric jeden Tag die Aufgabe an, den Geländewagen des Generaldirektors zu parken. Es dauerte zwei Stunden, bis das Gerücht in das neunte und letzte Stockwerk der Market Street 666, den noblen Firmensitz der A & H-Gruppe, vorgedrungen war: Die Mittagspause bewirkte eine Verzögerung. Um dreizehn Uhr siebzehn betrat Antonio Andric wutentbrannt das Büro von Ed Hurt, und um dreizehn Uhr neunundzwanzig verließ er das Büro seines Partners türenknallend. Er schrie über den Flur, dass sich die »Beine« auf dem Golfplatz entspannen würden und sich das »Hirn« an seiner Stelle um die monatliche Vertriebssitzung kümmern solle. Als Lukas sein Cabrio wieder in Empfang nahm, warf er dem Parkwächter einen verständnisinnigen Blick zu. Er war erst in einer Stunde mit seinem Arbeitgeber verabredet, was ihm Zeit ließ, noch eine kleine Besorgung zu machen. Er verspürte große Lust, seinen Wagen zu wechseln. Und um denjenigen, den er gerade fuhr, auf seine Weise zu parken, war der Hafen nicht weit entfernt.

Zofia setzte Reine beim Friseur ab und versprach ihr, sie zwei Stunden später wieder abzuholen. So blieb ihr gerade

genug Zeit, um im Bildungszentrum für Sehbehinderte ihr Geschichtsseminar abzuhalten. Zofias Schüler erhoben sich, als sie den Klassenraum betrat.
»Ich bilde mir nichts darauf ein – aber ich bin die Jüngste in dieser Klasse. Also setzen Sie sich bitte!«
Unter allgemeinem Gemurmel nahm die Gruppe wieder Platz, und Zofia fuhr an der Stelle mit dem Unterricht fort, an der sie in der letzten Stunde aufgehört hatte. Sie schlug das Buch in Blindenschrift auf und begann zu lesen. Zofia gefiel diese Schrift, in der sich die Worte mit den Fingerspitzen ertasten ließen und die Texte in der hohlen Hand lebendig wurden. Sie liebte dieses verschwommene Universum, so mysteriös für diejenigen, die glaubten, alles klar zu sehen, obwohl sie bei wesentlichen Dingen oft blind waren. Beim Läuten der Glocke beendete sie ihren Unterricht, gab bekannt, dass die nächste Stunde am kommenden Donnerstag stattfinde, und verabschiedete sich bis zum kommenden Donnerstag von ihren Schülern. Sie holte Reine mit dem Wagen ab und fuhr sie wieder nach Hause, durchquerte dann erneut die Stadt, um Julius von der Ambulanz zum Hafen zurückzufahren. Mit dem Verband um sein Bein sah er aus wie ein Freibeuter, was ihn, als Zofia es ihm sagte, mit gewissem Stolz erfüllte.
»Hast du denn irgendwelche Sorgen?«, fragte Julius plötzlich.
»Nein, ich bin nur überarbeitet.«
»Du bist immer überarbeitet, also raus damit.«
»Julius, ich habe mich auf eine seltsame Herausforderung eingelassen. Wenn Sie etwas unglaublich Gutes tun sollten, etwas, das den Lauf der Welt verändern würde, was würden Sie machen?«

»Wenn ich Utopist wäre oder wenn ich an Wunder glaubte, würde ich versuchen, den Hunger auf der Erde zu beseitigen, alle Krankheiten auszumerzen, ich würde verbieten, dass, von wem auch immer, die Würde eines Kindes verletzt würde. Ich würde alle Religionen miteinander aussöhnen, würde eine reiche Fülle von Toleranz über die Erde ausgießen. Und wahrscheinlich würde ich jede Form von Armut verschwinden lassen. Ja, all das würde ich tun … wenn ich Gott wäre!«
»Und haben Sie sich schon einmal gefragt, warum *Er* es nicht getan hat?«
»Du weißt genauso gut wie ich, dass all das nicht von Seinem Willen abhängt, sondern von dem der Menschen, denen *Er* die Erde anvertraut hat. Es gibt nichts so unermesslich Gutes, das man sich vorstellen könnte, Zofia, ganz einfach deshalb, weil das Gute, im Gegensatz zum Bösen, unsichtbar ist. Es lässt sich nicht errechnen und nicht beschreiben, ohne dass etwas von seiner Erhabenheit und seinem Sinn verloren ginge. Das Gute besteht aus einer unendlichen Zahl von kleinen Aufmerksamkeiten, die zusammengenommen vielleicht eines Tages die Welt verändern. Frag jemanden, ob er dir fünf Personen nennen kann, die den Lauf der Menschheitsgeschichte zum Guten verändert haben. Vielleicht der erste Demokrat, der Erfinder der Antibiotika oder ein Friedensstifter. So merkwürdig es auch erscheinen mag, nur wenige Menschen kennen sie, während sie dir ohne weiteres fünf Diktatoren aufzählen könnten. Wir kennen alle die Namen großer Krankheiten und selten die Namen derjenigen, die sie besiegt haben. Der Gipfel des Bösen, das Schlimmste, was jedermann fürchtet, ist nichts anderes als das Ende der Welt, doch dieser selbe Jedermann scheint nicht zu wissen, dass

der Gipfel des Guten schon stattgefunden hat … am Tag der Schöpfung.«

»Aber was würden Sie tun, Julius, um etwas Gutes, etwas sehr Gutes zu vollbringen?«

»Ich würde genau das tun, was du tust! Ich würde denjenigen, mit denen ich in Berührung komme, die Hoffnung vermitteln, dass alles möglich ist. Du hast vorhin etwas Wunderbares erfunden, ohne dir dessen bewusst zu sein.«

»Was habe ich getan?«

»Als du an meinem Brückenbogen vorbeikamst, hast du gelächelt. Einfach so. Etwas später ist dieser Detektiv, der oft hierher zum Essen kommt, im Wagen vorbeigefahren und hat mich mit seiner ewig mürrischen Miene angesehen. Unsere Blicke sind sich begegnet, und ich habe ihm dein Lächeln anvertraut, und als er weitergefahren ist, sah ich dein Lächeln um seinen Mund spielen. Und mit etwas Zuversicht glaube ich, dass er es weitergegeben hat an den Nächsten, dem er begegnet ist. Verstehst du jetzt, was du getan hast? Du hast eine Art Gegenmittel gegen das Unbehagen erfunden. Wenn jeder Mensch auf dieser Welt das nur ein einziges Mal am Tag tun würde – einfach dem anderen ein Lächeln zu schenken –, kannst du dir die ansteckende Glückswelle ausmalen, die sich auf Erden verbreiten würde? Dann hättest du deine Wette gewonnen.«

Der alte Julius hustete in seine Hand.

»Aber gut, ich habe dir ja gesagt, dass ich kein Utopist bin. Deshalb werde ich mich damit begnügen, dir zu danken, dass du mich zur Ambulanz und wieder zurückgefahren hast.«

Julius stieg aus dem Wagen und steuerte auf seinen Unterschlupf zu. Er drehte sich noch einmal um und machte ihr ein kleines Zeichen mit der Hand.

»Welche Fragen du dir auch stellen magst, vertraue deinem Instinkt und tu weiterhin das, was du bislang getan hast.«

Zofia sah ihn forschend an.

»Was haben Sie gemacht, bevor Sie hierher kamen, Julius?«

Er verschwand, ohne zu antworten.

Zofia suchte Manca im Fisher's Deli auf. Die Dockarbeiter saßen bereits beim Mittagessen, und zum zweiten Mal an diesem Tag musste Zofia jemanden um einen Gefallen bitten. Der Vorarbeiter hatte seinen Teller nicht angerührt. Sie setzte sich an seinen Tisch.

»Essen Sie Ihr Rührei nicht?«

Manca beugte sich vor und flüsterte ihr ins Ohr:

»Wenn Mathilde nicht da ist, schmeckt es hier nicht richtig.«

»Ja, und genau über Mathilde wollte ich mit Ihnen sprechen.«

Eine halbe Stunde später verließ Zofia den Hafen in Begleitung des Vorarbeiters und vier seiner Docker. Als sie am Bogen Nr. 7 vorbeikamen, bremste sie unvermittelt. Sie hatte den Mann im eleganten schwarzen Anzug erkannt, der an Julius' Seite eine Zigarette rauchte. Die beiden Docker, die sie in ihrem Wagen mitgenommen hatte, während die beiden anderen ihr in einem Pick-up folgten, fragten sie, warum sie so abrupt gebremst habe. Ohne zu antworten, gab sie Gas und fuhr weiter zum Memorial Hospital.

Die Scheinwerfer des nagelneuen Lexus flammten auf, als Lukas in die Tiefgarage einfuhr. Er lief eiligen Schrittes zur Tür, die ins Treppenhaus führte. Dann sah er auf seine Uhr; er war zehn Minuten zu früh dran.
Der Aufzug hielt im neunten Stock. Er machte einen kleinen Umweg zum Büro der Assistentin von Antonio Andric, trat, ohne anzuklopfen, ein und setzte sich auf die Kante ihres Schreibtisches. Sie blickte nicht auf und tippte weiter auf der Tastatur ihres Computers.
»Sie lieben Ihre Arbeit, nicht wahr?«
Sie lächelte, ließ sich aber nicht ablenken.
»Wissen Sie, dass die Arbeitszeit in Europa gesetzlich geregelt ist? In Frankreich«, fügte Lukas hinzu, »ist man sogar der Meinung, mehr als fünfunddreißig Arbeitsstunden pro Woche würden der Entfaltung des Menschen schaden.«
Elizabeth stand auf, um sich Kaffee einzuschenken.
»Wenn aber einer mehr arbeiten möchte?«, fragte sie.
»Das ist unmöglich! Frankreich ist ein Land der Lebenskunst.«
Elizabeth setzte sich wieder an ihren Bildschirm und sagte kühl:
»Ich bin achtundvierzig Jahre alt, ich bin geschieden, meine beiden Kinder studieren an der Universität, ich bin Eigentümerin einer kleinen Wohnung in Sausalito und eines hübschen Apartments am Ufer des Tahoe-Sees, das in zwei Jahren abbezahlt sein wird. Kurz und gut – ich zähle die Stunden, die ich hier verbringe, nicht. Mir gefällt, was ich tue, und zwar weit mehr als ein Schaufensterbummel, bei dem ich feststellen muss, dass ich nicht genug gearbeitet habe, um mir dieses oder jenes leisten zu können. Was die Franzosen anbelangt, möchte ich Sie daran erinnern, dass sie Schnecken essen! Mister Hurt ist in seinem Büro, und

Sie haben um vierzehn Uhr einen Termin bei ihm … das trifft sich gut, denn es ist genau vierzehn Uhr!«
Lukas ging zur Tür. Bevor er auf den Flur trat, drehte er sich noch einmal um.
»Sie haben noch nie Schnecken mit Knoblauchbutter gegessen, sonst würden Sie so etwas nicht sagen!«

Zofia hatte Mathildes vorzeitige Entlassung erwirkt: Mathilde musste eine Bescheinigung unterschreiben, und Zofia hatte versprochen, ihre Freundin beim geringsten Anzeichen von Komplikationen augenblicklich in die Klinik zurückzufahren. Der Stationsarzt hatte seine Zustimmung nur unter der Bedingung gegeben, dass die für fünfzehn Uhr vorgesehene Untersuchung den günstigen Genesungsverlauf seiner Patientin bestätigte.
Vier Docker nahmen Mathilde auf dem Klinikparkplatz in Empfang. Sie machten in ihrem üblichen Jargon Scherze über die Zerbrechlichkeit ihrer Last, als handelte es sich um eine Fracht. Sie legten Mathilde behutsam auf eine Trage, die sie hinten auf dem Pick-up fixierten. Zofia fuhr so langsam, wie sie konnte, doch schon die leiseste Erschütterung bewirkte bei Mathilde heftige Schmerzen bis in die Leistengegend. Sie brauchten eine halbe Stunde, um sie wohlbehalten ans Ziel zu bringen.
Die Docker holten das Metallbett vom Dachboden und stellten es in Zofias Wohnzimmer auf. Manca schob es direkt ans Fenster, daneben einen kleinen runden Tisch, der ihr als Nachtkästchen dienen sollte. Und dann begann, unter Mancas Kommando, die schwierige Beförderung der Trage in den ersten Stock. Immer wieder presste

Zofia die Lippen zusammen, wenn sie Mathilde vor Schmerzen aufschreien hörte. Die Männer reagierten darauf, indem sie ein Lied anstimmten. Als man schließlich den oberen Treppenabsatz erreicht hatte, brachen alle in erleichtertes Lachen aus. Vorsichtig betteten sie ihre Lieblingskellnerin auf ihr neues Lager.
Zofia lud sie als Dank zum Mittagessen ein. Manca aber meinte, das sei nicht nötig, Mathilde habe sie im Deli so verwöhnt, dass sie froh seien, sich endlich einmal revanchieren zu können. Zofia fuhr die Männer zum Hafen zurück. Als sie fort waren, ging Reine nach unten in die Küche, um für Mathilde und sich Kaffee zu kochen. Dazu gab es Kekse, die sie in der ziselierten Silberschale servierte.
Nachdem Zofia die Docker am Pier 80 abgesetzt hatte, entschloss sie sich zu einem kleinen Umweg. Sie schaltete das Autoradio ein, fand den Musiksender, auf dem gerade die Stimme von Louis Armstrong ertönte. *What a Wonderful World* war einer ihrer Lieblingssongs, und sie trällerte ihn gemeinsam mit dem Bluessänger vor sich hin. Bei den Lagerhäusern bog sie ab und fuhr auf die Brückenbögen zu, die die Reihe der großen Kräne säumten. Sie gab Gas, und bei jeder Fahrbahnschwelle machte der Ford einen kleinen Satz. Sie lächelte und kurbelte das Fenster ganz herunter, ließ ihr Haar im Wind flattern, drehte das Radio auf volle Lautstärke und machte sich einen Spaß daraus, zwischen den Sicherheitskegeln Slalom zu fahren … bis sie am siebten Bogen angelangt war. Als sie Julius entdeckte, hob sie die Hand, und er winkte zurück. Er war allein … Dann schaltete Zofia das Radio aus, kurbelte das Seitenfenster wieder hoch und fuhr zum Hafenausgang.

Unter heuchlerischem Beifall der Direktoren, die wegen der ihnen soeben gemachten Versprechungen noch völlig verwirrt waren, hatte Hurt den Sitzungssaal verlassen. Mit allen Tricks der Kommunikation vertraut, hatte Ed die Vertriebsversammlung zu einer Art Pressekonferenz gemacht und seine größenwahnsinnig-expansionistischen Visionen hemmungslos und in allen Einzelheiten erläutert. Im Aufzug, der ihn zu seinem Büro zurückbrachte, fühle sich Ed gleichsam wie im siebten Himmel: Menschenführung war letzten Endes gar nicht so schwierig; wenn es sein musste, wäre er durchaus in der Lage, das Schicksal der Gruppe allein in die Hand zu nehmen. Zum Zeichen des Sieges reckte er euphorisch die Faust gen Himmel.

~

Der Golfball war gegen das Fähnchen gestoßen, ehe er im Loch verschwand. Antonio Andric war bei einem »Par four« ein großartiges »Hole in one« gelungen. Zum Zeichen des Sieges reckte er euphorisch die Faust gen Himmel.

~

Der stellvertretende Generaldirektor hatte unter den Führungskräften seines Reiches eine noch nie da gewesene Verwirrung hervorgerufen, und es würde nicht lange dauern, bis diese sich auch in den unteren Etagen ausgebreitet hätte. Zum Zeichen des Sieges reckte Lukas die Faust zur Erde.
Ed erwartete ihn am Getränkeautomaten. Als er ihn erblickte, breitete er die Arme aus.
»Was für eine großartige Sitzung, finden Sie nicht? Mir

wird klar, dass ich mich allzu oft von meinen Leuten absondere! Das muss anders werden, und zu diesem Zweck wollte ich Sie um einen kleinen Gefallen bitten.«
Ed war am Abend mit einer Journalistin verabredet, die für eine lokale Tageszeitung einen Artikel über ihn schreiben sollte. Dieses eine Mal wolle er seine Pflichten gegenüber der Presse den Bedürfnissen seiner treuen Mitarbeiter opfern. Er habe soeben den Entwicklungsleiter, den Marketingleiter und die vier Direktoren des Vertriebs zum Dinner eingeladen. Wegen seines kleinen Streits mit Antonio ziehe er es vor, seinen Geschäftspartner nicht in seine Initiative einzuweihen und ihm einen ruhigen Abend zu gönnen, den er ganz offensichtlich zu brauchen schien. Wenn Lukas ihm dieses Interview abnehmen könne, würde er ihm einen unschätzbaren Dienst erweisen – ganz abgesehen davon, dass Lobreden eines Dritten immer weit überzeugender seien. Ed zähle auf die Kompetenz seines neuen Beraters, den er mit einem freundschaftlichen Schlag auf die Schulter ermutigte. Der Tisch sei für einundzwanzig Uhr im Simbad, einem Fischrestaurant an der Fisherman's Wharf, reserviert. Romantische Atmosphäre, köstliche Krebse, angemessene Preise – der Artikel müsste äußerst positiv ausfallen.

~

Nachdem Mathildes Umlegung erledigt war, kehrte Zofia ins Memorial Hospital zurück – diesmal allerdings in eine andere Station. Sie betrat den Pavillon Nr. 3 und stieg hinauf in den dritten Stock.
Die Kinderstation war wie immer überbelegt. Sobald der kleine Thomas ihre Schritte auf dem Flur erkannt hatte,

erhellte ein Lächeln sein Gesicht. Für ihn waren Dienstage und Freitage Tage ohne Grau. Zofia tätschelte seine Wange, setzte sich auf die Bettkante, hauchte einen Kuss auf ihre Handfläche, blies ihn zu ihm hinüber (das war ihre übliche Begrüßung) und nahm ihre Lektüre auf der Seite mit dem Eselsohr auf. Niemand außer ihr war befugt, dieses Buch zu berühren; nach jedem Besuch legte sie es in die Schublade seines Nachttisches zurück. Thomas wachte darüber wie über einen Schatz. Selbst er gestattete es sich nicht, in ihrer Abwesenheit auch nur ein Wort darin zu lesen. Dem Knirps mit dem kahlen Schädel war der Wert des magischen Augenblicks mehr bewusst als jedem anderen. Nur Zofia konnte ihm diese phantastische Geschichte vom Kaninchen Theodor richtig vorlesen. Ihre Intonation verwandelte jede Zeile in etwas sehr Kostbares. Manchmal stand sie auf und lief im Zimmer auf und ab. Jeder ihrer großen Schritte, die sie mit ausholenden Gesten und lebhafter Mimik begleitete, rief herzliches Lachen bei dem kleinen Jungen hervor. Während dieser feenhaften Stunden, in denen die Gestalten in seinem Zimmer lebendig wurden, kam das Leben zu seinem Recht. Thomas vergaß die Wände, die Angst und den Schmerz.
Sie schlug das Buch zu, legte es an seinen Platz und sah Thomas an, der die Stirn gerunzelt hatte.
»Bedrückt dich etwas?«
»Nein«, erwiderte der Junge.
»Hast du etwas in der Geschichte nicht verstanden?«
»Ja.«
»Was?«, fragte sie und nahm seine Hand.
»Warum erzählst du sie mir?«
Zofia rang nach Worten, um ihre Antwort zu formulieren. Da lächelte Thomas:

»Ich weiß es.«
»Dann sag es mir.«
Er errötete, ließ eine Falte des Baumwolllakens durch die Finger gleiten und murmelte:
»Weil du mich lieb hast!«
Und diesmal waren es Zofias Wangen, die sich purpurrot färbten.
»Du hast Recht, das war genau der Ausdruck, nach dem ich gesucht habe«, sagte sie mit sanfter Stimme.
»Warum sagen die Erwachsenen nicht immer die Wahrheit?«
»Weil sie ihnen manchmal Angst macht, glaube ich.«
»Aber du bist nicht wie sie, oder?«
»Sagen wir mal so, ich tue mein Bestes, Thomas.«
Sie fasste den Jungen unter dem Kinn, hob seinen Kopf und gab ihm einen Kuss. Er schmiegte sich in ihre Arme und drückte sie fest. Nach diesem zärtlichen Augenblick erhob sich Zofia und ging zur Tür. Thomas aber rief sie noch einmal zurück.
»Werde ich sterben?«
Er musterte sie, und Zofia prüfte lange den ernsten Blick des kleinen Jungen.
»Vielleicht.«
»Nicht, wenn du da bist. Dann also bis Freitag«, sagte er.
»Bis Freitag«, antwortete Zofia und warf ihm zum Abschied eine Kusshand zu.

Sie fuhr nun wieder zu den Docks, um das Löschen eines Frachters zu kontrollieren. Sie trat zu dem ersten Palettenstapel; ein Detail hatte ihre Aufmerksamkeit erregt: Sie kniete nieder, um die Plakette zu prüfen, die eine ordnungsgemäße Kühlung garantierte. Die Kontrollplakette hatte sich schwarz verfärbt. Zofia griff sofort zu ihrem Walkie-Talkie und schaltete auf Kanal 5. Das Büro des Veterinärdienstes antwortete nicht. Der Kühlwagen, der bereits am Ende des Piers bereitstand, würde die verdorbene Ware in Kürze an verschiedene Restaurants der Stadt verteilen. Sie musste so schnell wie möglich eine Lösung finden. Sie versuchte es auf Kanal 3.

»Manca, hier ist Zofia, wo sind Sie?«

»Im Ausguck«, sagte Manca. »Das Wetter ist herrlich, falls Sie es noch nicht bemerkt haben. Ich kann fast bis zur chinesischen Küste sehen!«

»Die *Vasco da Gama* wird gerade gelöscht. Könnten Sie ganz schnell kommen?«

»Wieso, gibt's ein Problem?«

»Das würde ich lieber an Ort und Stelle mit Ihnen besprechen«, antwortete sie und legte auf.

Sie erwartete Manca am Fuß des Krans, der die Paletten vom Schiff auf den Pier umlud. Manca erschien wenige Minuten später am Steuer seines Fenwick.

»Also, was kann ich für Sie tun?«, fragte er.

»Dieser Kran hat zehn Paletten mit nicht mehr genießbaren Garnelen abgeladen.«

»Und?«

»Wie Sie selbst feststellen können, ist die Veterinär-Abteilung nicht anwesend, und ich weiß nicht, wie ich sie erreichen kann.«

»Ich habe zwar zwei Hunde und einen Hamster zu Hause, bin deshalb aber noch lange kein Veterinär. Und überhaupt, wieso glauben Sie eigentlich, etwas von Schalentieren zu verstehen?«

Zofia zeigte ihm die verdächtige Plakette.

»Von Garnelen verstehe ich was! Wenn wir uns nicht

darum kümmern, möchte ich niemandem empfehlen, heute Abend ins Restaurant zu gehen ...«
»Na gut, aber was soll ich jetzt tun, außer zu Hause zu bleiben und ein Steak zu essen?«
»... den Kleinen morgen Schulkantinen-Verbot erteilen!«
Den Satz hatte sie mit Absicht gesagt: Manca ertrug es nicht, dass einem Kind auch nur ein einziges Haar gekrümmt wurde; Kinder waren ihm heilig. Er musterte Zofia einen Augenblick und rieb sich das Kinn.
»Gut, einverstanden!«, sagte Manca und griff nach Zofias Funkgerät.
Er änderte die Frequenz, um mit dem Kranfahrer Kontakt aufzunehmen.
»Hallo, Samy, führ die Last über See!«
»Bist du's, Manca? Ich habe dreihundert Kilo am Haken. Kann das nicht warten?«
»Nein!«
Der Ausleger schwenkte langsam herum, seine Ladung schaukelte leicht am Aufzugsseil. Als sie senkrecht über dem Wasser hing, kam der Ausleger zum Stehen.
»Gut!«, sagte Manca ins Mikrofon. »Jetzt übergebe ich dir die Sicherheitsoffizierin, die soeben Mängel an der Vertäuung deiner Ladung festgestellt hat. Sie wird dich auffordern, sofort abzuwerfen, um dich nicht selbst zu gefährden. Und du wirst ihren Befehl auf der Stelle ausführen, weil es ihre Pflicht ist, so zu handeln!«
Mit einem breiten Lächeln reichte er Zofia den Hörer. Zofia zögerte und hüstelte, bevor sie den Befehl erteilte. Zunächst war ein trockenes Geräusch zu hören, dann öffnete sich der Haken. Die Paletten mit den Schalentieren klatschten aufs Wasser. Manca kletterte wieder in seinen Fenwick. Beim Anfahren vergaß er, dass er noch den

Rückwärtsgang eingelegt hatte, und fuhr gegen die schon abgeladenen Paletten. Neben Zofia hielt er noch einmal an.

»Wenn heute Nacht das große Fischsterben ausbricht, ist das Ihr Problem; das geht mich nichts an. Genauso wenig wie die Versicherungspapiere!«

Der Fenwick glitt geräuschlos davon.

Der Nachmittag neigte sich seinem Ende zu. Zofia fuhr quer durch die Stadt. In der Konditorei an der Ecke Richmond, 45th Street, in der Mathildes Lieblingsmakronen hergestellt wurden, erledigte sie verschiedene Einkäufe.

Eine Stunde später stieg sie, mit braunen Papiertüten beladen, die Treppe zu ihrer Wohnung hinauf. Sie stieß die Tür mit dem Fuß zu, sah vor lauter Tüten nicht viel und steuerte direkt auf die Kochnische zu. Noch außer Atem, stellte sie ihre Last auf der Küchentheke ab und hob den Blick: Reine und Mathilde musterten sie mit sonderbar belustigter Miene.

»Dürfte ich erfahren, warum ihr lacht?«, wollte Zofia wissen.

»Wir lachen doch gar nicht!«, meinte Mathilde.

»Noch nicht … aber bald, so wie ihr aus der Wäsche schaut.«

»Du hast Blumen bekommen!«, säuselte Reine.

Zofia starrte die beiden verdutzt an.

»Reine hat sie ins Badezimmer gestellt!«, fügte Mathilde mit unterdrücktem Kichern hinzu.

»Wieso ins Badezimmer?«, fragte Zofia misstrauisch.

»Na, wegen der Feuchtigkeit, nehme ich an!«, erwiderte Mathilde vergnügt.

Zofia trat ins Badezimmer und zog den Duschvorhang zur Seite.
»Diese Art von Pflanzen braucht sehr viel Wasser!«, rief Reine ihr zu.
Dann herrschte Schweigen im Wohnzimmer. Als Zofia nach einer Weile fragte, wer das Feingefühl gehabt habe, ihr eine Seerose zu schenken, brach Reine, gleich darauf auch Mathilde, in herzhaftes Lachen aus. Reine war noch in der Lage, Zofia zu erklären, dass auf dem Badewannenrand ein kleines Briefchen liege. Zögernd öffnete Zofia den Umschlag.
Zu meinem großen Bedauern zwingen mich Verpflichtungen beruflicher Natur, unser Abendessen zu verschieben. In der Hoffnung, Sie mögen mir verzeihen, lade ich Sie um 19.30 Uhr zum Aperitif in die Bar des Hyatt Embarcadero ein. Bitte kommen Sie, Ihre Gesellschaft ist unverzichtbar.
Das kleine Stück Bristolpapier war mit dem Namen Lukas unterzeichnet. Zofia knüllte es zusammen und warf es in den Abfalleimer. Dann kehrte sie ins Wohnzimmer zurück.
»Nun, wer war es?«, erkundigte sich Mathilde und tupfte ihre Wangen trocken.
Zofia ging zum Wandschrank und riss energisch die Tür auf. Sie nahm eine Jacke heraus, griff nach ihren Schlüsseln, die im Flur auf dem Konsolentisch lagen. Bevor sie die Wohnungstür öffnete, drehte sie sich noch einmal um und sagte, sie sei hocherfreut, dass sie beide sich so gut verständen. Auf der Küchentheke lägen die Zutaten für das Abendessen. Sie habe noch zu arbeiten und würde erst spät zurückkommen. Sie machte einen gezwungenen Knicks und verschwand. Mathilde und Reine vernahmen noch ein kühles »Guten Abend« aus dem Treppenhaus,

bevor die Tür ins Schloss fiel. Das Motorengeräusch des Ford verhallte kurz darauf. Mathilde sah Reine an, ohne sich ein Lächeln verkneifen zu können.
»Ob Zofia wohl gekränkt ist?«
»Hast du schon mal eine Seerose geschenkt bekommen?«
Reine trocknete sich die Lachtränen ab.

Zofia saß gereizt am Steuer. Sie schaltete das Radio ein und knurrte vor sich hin:
»Er hält mich wohl für einen Frosch!«
An der Kreuzung zur Third Avenue schlug sie wütend auf das Lenkrad und traf dabei unabsichtlich die Hupe. Ein Fußgänger machte sie mit einer nicht eben freundlichen Geste darauf aufmerksam, dass die Ampel noch rot war. Zofia kurbelte das Fenster hinunter und rief ihm nach:
»Tut mir Leid, Lurche sind farbenblind!«
Sie fuhr mit hoher Geschwindigkeit auf den Hafen zu.
»Verpflichtungen beruflicher Art … blablabla … für wen hält der sich eigentlich!«
Als sie am Pier 80 anlangte, trat der Aufseher aus seinem Häuschen. Er überbrachte eine Nachricht von Manca, der sie dringend sehen wollte. Sie sah auf die Uhr und machte sich auf den Weg zum Büro der Vorarbeiter. Gleich beim Eintreten erkannte sie an Mancas Miene, dass es einen Unfall gegeben haben musste. Er berichtete ihr, dass ein Arbeiter Namens Gomez gestürzt sei. Höchstwahrscheinlich sei der Sturz auf eine defekte Leiter zurückzuführen. Das Schüttgut auf der Laderampe habe den Aufprall nur wenig mildern können, und der Mann sei in einem bedenklichen Zustand in die Klinik gebracht worden. Die Unfallursache habe den Zorn seiner Kollegen erregt. Zofia war, als sich der Unfall ereig-

nete, zwar nicht im Dienst, fühlte sich aber dennoch irgendwie verantwortlich. Seit dem Drama war die Anspannung ständig gestiegen, und zwischen Pier 96 und 80 kursierten bereits Gerüchte von möglichen Arbeitsniederlegungen. Um die Gemüter zu besänftigen, hatte Manca versprochen, das Schiff am Pier versiegeln zu lassen. Sollte sich bei der Untersuchung der Verdacht erhärten, würde die Gewerkschaft als Nebenkläger auftreten und Klage gegen den Reeder erheben. Manca hatte drei Gewerkschaftsfunktionäre der Union of the Dockers zum Abendessen eingeladen, um über die Rechtmäßigkeit eines Streiks zu verhandeln. Mit ernster Miene notierte Manca Adresse und Telefonnummer des Restaurants auf einen Zettel und riss ihn von seinem Block.

»Es wäre gut, wenn Sie dabei sein könnten. Ich habe den Tisch für neun Uhr reserviert.«

Er reichte Zofia den Zettel, und sie verabschiedete sich.

Der kalte Wind, der über den Hafen fegte, peitschte gegen ihre Wangen. Sie sog die Lungen voll mit der eisigen Luft und atmete langsam aus. Eine Möwe hatte sich auf einem der Haltetaue niedergelassen, neigte den Kopf zur Seite und fixierte Zofia mit dem Blick.

»Bist du es, Gabriel?«, fragte sie schüchtern.

Die Möwe erhob sich in die Lüfte und stieß einen schrillen Schrei aus.

»Nein, du bist es nicht …«

Während sie am Wasser entlanglief, überkam sie ein Gefühl, das sie nicht kannte, ein Hauch von Trauer, der sich mit dem Dunst vermischte.

»Ist etwas nicht in Ordnung?«

Julius' Stimme ließ sie zusammenzucken.

»Ich hatte Sie nicht gehört.«

»Ich dich schon«, sagte der alte Mann und kam näher. »Was machst du hier um diese Zeit – du hast doch keinen Dienst mehr!«
»Ich bin hier, um über einen Tag nachzudenken, der nach und nach außer Kontrolle zu geraten scheint.«
»Trau dem Schein nicht; du weißt, er trügt oft.«
Zofia zuckte die Achseln und setzte sich auf die erste Stufe der Steintreppe, die zum Wasser hinabführte. Julius nahm neben ihr Platz.
»Macht Ihnen Ihr Bein nicht zu sehr zu schaffen?«, fragte sie.
»Kümmere dich nicht um mein Bein, bitte. Was ist nicht in Ordnung?«
»Ich glaube, ich bin müde.«
»Du bist nie müde … also, was ist los?«
»Ich weiß nicht, was ich habe, Julius … ich fühle mich irgendwie deprimiert …«
»Nun, da sitzen wir ja schön in der Tinte.«
»Warum sagen Sie das?«
»Ach, einfach nur so. Und woher rührt dieser Anflug von Katzenjammer?«
»Ich weiß es nicht.«
»Man sieht ihn nie kommen, er ist plötzlich da, und eines Morgens ist er wieder verschwunden, man weiß gar nicht, wie.«
Er versuchte, sich zu erheben. Sie hielt ihm die Hand hin, damit er sich auf sie stützen konnte. Er verzog das Gesicht beim Aufstehen.
»Es ist Viertel nach sieben … ich glaube, du musst gehen.«
»Warum sagen Sie das?«
»Hör auf mit dieser Fragerei! Sagen wir einfach, weil es spät ist. Schönen Abend, Zofia.«

Er ging davon, ohne zu hinken. Bevor er unter seinen Bogen trat, drehte er sich um und rief:
»Ist er blond oder braun, dein Katzenjammer?«
Damit verschwand er im Halbdunkel und ließ sie allein auf dem Parkplatz zurück.

Als sie den Zündschlüssel umdrehte, wusste sie sofort, dass es hoffnungslos war: Die Scheinwerfer des Ford erleuchteten kaum den Bug des Schiffs. Der Anlasser gab nur ein Blubbern von sich wie Kartoffelpüree, das man umrührt. Sie stieg aus, knallte die Wagentür zu und lief zu Fuß zum Hafenausgang.
»Mist!«, sagte sie und schlug den Kragen hoch.
Ein Taxi setzte sie eine Viertelstunde später am Embarcadero Center ab. Zofia lief zur Rolltreppe, die in das große Atrium des Hyatt Regency Hotel führte. Von dort aus nahm sie den Aufzug und fuhr direkt ins oberste Stockwerk. Die Panorama-Bar drehte sich langsam um die eigene Achse. Innerhalb von nur einer halben Stunde konnte man auf diese Weise der Reihe nach einen herrlichen Blick auf die Insel Alcatraz, die Bay Bridge, den Finanzdistrikt mit seinen Türmen genießen, auch auf die majestätische Golden Gate Bridge, die das »Goldene Tor« Kaliforniens kühn überspannte … vorausgesetzt allerdings, man saß auf einem Platz dem Fenster gegenüber, aber den hatte bereits Lukas eingenommen …
Er schlug die Karte mit den Cocktails zu und rief den Kellner mit einem Fingerschnippen herbei. Zofia senkte den Kopf. Lukas spuckte den Olivenkern, den er vorher sorgfältig abgelutscht hatte, in die hohle Hand.
»Die Preise hier sind horrend, aber ich muss zugeben, der Blick ist einzigartig«, sagte er und aß eine weitere Olive.

»Ja, Sie haben Recht, der Blick ist schön«, sagte Zofia. »Ich glaube sogar, ein kleines Stück der Golden Gate Bridge in dem kleinen Spiegelstreifen sehen zu können. Aber vielleicht ist es nur die Toilettentür, denn die ist auch rot.«
Lukas streckte die Zungenspitze weit heraus und schielte bei dem Versuch, sie zu sehen. Dann nahm er den blank polierten Kern aus dem Mund, legte ihn auf den Rand des Brotkorbs und sagte:
»Es ist ja ohnehin dunkel, nicht wahr?«
Mit zitternder Hand stellte der Kellner einen Martini und zwei Krabbencocktails auf den Tisch und entfernte sich eiligen Schrittes.
»Finden Sie nicht, dass er ein wenig angespannt wirkt?«, fragte Zofia.
Lukas hatte zehn Minuten auf diesen Tisch gewartet und den Kellner ganz schön drangsaliert.
»Glauben Sie mir, bei diesen Preisen darf man ruhig anspruchsvoll auftreten.«
»Sie haben doch sicher eine Platin-Kreditkarte«, gab Zofia schlagfertig zurück.
»Genau! Woher wissen Sie das?«, fragte Lukas ebenso erstaunt wie entzückt.
»Sie macht den Besitzer oft arrogant ... Glauben Sie mir, die Löhne der Angestellten hier stehen in keinem Verhältnis zur Höhe der Preise.«
»So kann man's auch sehen«, erwiderte Lukas und nahm eine weitere Olive.
Von da an rang er sich bei jeder neuen Bestellung ein ersticktes Dankeschön ab, das jedes Mal in seiner Kehle stecken zu bleiben schien. Als Zofia ihn besorgt fragte, ob irgendetwas nicht in Ordnung sei, brach er in schallendes Gelächter aus. Alles sei bestens, und er sei überglücklich,

ihre Bekanntschaft gemacht zu haben. Siebzehn Oliven später zahlte er die Rechnung, ohne ein Trinkgeld zu geben. Beim Verlassen der Bar steckte Zofia dem Pagen, der Lukas' Wagen geholt hatte, diskret einen Fünfdollarschein zu.

»Kann ich Sie irgendwo absetzen?«, fragte er.

»Nein, danke, ich nehme ein Taxi.«

Mit einer weit ausholenden Geste öffnete er ihr die Beifahrertür.

»Steigen Sie ein, ich setze Sie ab.«

Lukas ließ den Motor aufheulen und fuhr los. Er schob eine CD in den Player, griff mit einem breiten Lächeln nach seiner Platin-Kreditkarte und hielt sie zwischen Daumen und Zeigefinger in die Luft.

»Sie werden zugeben, dass sie nicht nur Nachteile hat.«

Zofia musterte ihn einen Augenblick. Dann entriss sie ihm blitzschnell die silberglänzende Plastikkarte und warf sie im hohen Bogen aus dem Wagen.

»Man sagt doch, sie würden innerhalb von vierundzwanzig Stunden ersetzt!«, rief sie.

Lukas machte eine Vollbremsung und brach in lautes Lachen aus.

»Humor bei einer Frau, das ist etwas Unwiderstehliches!«

Als der Wagen neben dem Taxistand hielt, drehte Zofia den Zündschlüssel, um den dröhnenden Motor auszuschalten. Sie stieg aus und schloss die Tür behutsam.

»Sind Sie sicher, dass ich Sie nicht nach Hause fahren soll?«, fragte Lukas.

»Vielen Dank, aber ich habe noch eine Verabredung. Darf ich Sie trotzdem um einen Gefallen bitten?«

»Alles, was Sie wollen!«

Zofia beugte sich zu Lukas hinab.

»Würden Sie bitte warten, bis ich um die Ecke gebogen bin, ehe Sie Ihren ›Super-Rasermäher‹ wieder anlassen?«
Als sie einen Schritt zurücktreten wollte, ergriff er ihre Hand.
»Ich habe eine himmlische Stunde an Ihrer Seite verbracht.«
Er bat sie, das versäumte Abendessen nachzuholen. Für ihn seien die ersten Augenblicke einer neuen Bekanntschaft immer sehr schwierig, da er schüchtern sei. Sie solle ihnen die Chance geben, sich besser kennen zu lernen. Zofia war völlig überrascht, dass er sich selbst für schüchtern hielt.
»Man kann die Menschen nicht nach dem ersten Eindruck beurteilen, nicht wahr?«
Ein Hauch von Charme lag in seinem Ton ... Sie nahm die Einladung zu einem Mittagessen an und nicht mehr! Dann wandte sie sich ab und lief zum ersten Taxi in der Schlange. Der V12 heulte bereits in ihrem Rücken auf.

~

Das Taxi hielt am Bordstein. Die Glocken der Grace Cathedral hallten von ihrem neunten Schlag wider. Zofia trat ins Simbad, sie war auf die Minute pünktlich. Sie reichte die Menükarte, die der Kellner ihr gegeben hatte, zurück und trank einen Schluck Wasser, fest entschlossen, sofort energisch das Thema anzuschneiden, das sie hergeführt hatte. Sie musste die Gewerkschaftsvertreter überzeugen, die gereizte Stimmung im Hafen zu entschärfen.
»Selbst wenn Sie Ihre Arbeiter finanziell unterstützen, halten sie es nicht mehr als eine Woche ohne Lohn aus. Wenn

die Hafentätigkeit eingestellt wird, brauchen die Frachter nur auf der anderen Seite der Bucht festzumachen. Sie ruinieren unsere Docks«, erklärte sie mit fester Stimme.
Der benachbarte Hafen von Oakland war eine echte Konkurrenz für den von San Francisco. Eine erneute Blockade barg die Gefahr eines Standortwechsels der Transportunternehmen. Die Gier der Baulöwen, die seit zehn Jahren nach dem schönsten Terrain der Stadt schielten, war ohnehin schon stark genug. Da sollte man nicht mit Streikgerüchten ein zusätzliches Risiko eingehen.
»So ist es New York und Baltimore ergangen; und das kann hier genauso gut passieren«, fuhr sie, überzeugt von der Sache, die sie vertrat, fort.
Und wenn der Handelshafen seine Tore schließen würde, hätte das nicht nur für die Docker katastrophale Folgen. Schon sehr bald würde der endlose Strom der Lastwagen, die dann täglich die Brücken überqueren müssten, den Zugang zur Halbinsel verstopfen. Die Leute müssten noch früher von zu Hause aufbrechen, um zu ihrem Arbeitsplatz zu gelangen. Es würde kein halbes Jahr dauern, und viele von ihnen würden beschließen, weiter nach Süden zu ziehen.
»Finden Sie nicht, dass Sie da ein bisschen übertreiben?«, fragte einer der Männer. »Es geht doch lediglich darum, die Risikoprämien neu auszuhandeln. Außerdem bin ich der Überzeugung, dass sich unsere Genossen in Oakland solidarisch verhalten werden.«
»Das nennt man die Theorie vom Flügelschlag des Schmetterlings«, beharrte Zofia und riss ein Stück von der Papiertischdecke ab.
»Was haben denn Schmetterlinge damit zu tun?«, fragte Manca.

Der Mann im schwarzen Anzug, der am Nebentisch mit einer Dame zu Abend aß, drehte sich um und schaltete sich in ihr Gespräch ein. Zofia stockte das Blut in den Adern, als sie Lukas erkannte.
»Es handelt sich hier um ein geophysikalisches Prinzip, dem zufolge der Flügelschlag eines Schmetterlings in Asien eine Luftverdrängung erzeugt, deren Auswirkung sich nach und nach zu einem Wirbelsturm entwickeln kann, der dann die Küste von Florida verwüsten könnte.«
Die Gewerkschaftsvertreter sahen sich schweigend und kopfschüttelnd an. Manca tunkte sein Brot in die Mayonnaise und sagte:
»Statt in Vietnam die Idioten zu spielen, hätten wir lieber die Raupen dort vernichten sollen. Dann wären wir wenigstens zu etwas nutze gewesen!«
Lukas nickte Zofia zu, bevor er sich wieder der Journalistin zuwandte, die ihn gerade interviewte. Zofias Gesicht war feuerrot geworden. Einer der Gewerkschafter fragte, ob sie allergisch auf Schalentiere reagiere, dabei hatte sie überhaupt keines angerührt. Sie fühle sich nicht ganz wohl, erklärte sie und bot ihnen ihren Teller an. Noch einmal beschwor sie ihre Tischgenossen, ernsthaft nachzudenken, bevor sie einen Entschluss mit unabsehbaren Folgen fassen würden. Dann entschuldigte sie sich; sie fühle sich wirklich nicht gut.
Alle erhoben sich, als sie den Tisch verließ. Im Vorübergehen beugte sie sich zu der jungen Journalistin hinab und musterte sie. Überrascht wich diese zurück und wäre fast mit ihrem Stuhl umgekippt. Zofia sagte mit gezwungenem Lächeln:
»Sie müssen ihm sehr gefallen, wenn er Ihnen den Platz mit dem Ausblick überlassen hat! Sie sind eben blond! Ich

wünsche noch einen angenehmen Abend … rein beruflich … Ihnen beiden!«
Damit steuerte sie energischen Schrittes auf die Garderobe zu. Lukas stürzte hinter ihr her, ergriff ihren Arm und zwang sie, sich umzudrehen.
»Was ist denn mit Ihnen los?«
»*Verpflichtungen beruflicher Natur*, dass ich nicht lache! Warum haben Sie nicht *professioneller Natur* gesagt, vielleicht ist es ja eine Professionelle.«
»Sie ist Journalistin!«
»Natürlich, ich bin auch Journalistin: Sonntags übertrage ich meine Notizen der Woche in mein Tagebuch.«
»Aber Amy ist wirklich Journalistin!«
»Und die Regierung scheint im Augenblick sehr daran interessiert zu sein, mit Amy zu verhandeln!«
»Ganz genau! Aber bitte sprechen Sie nicht so laut, Sie versauen mir noch mein Cover!«
»Die Cover-Geschichte ihres Magazins, nehme ich an. Spendieren Sie ihr trotzdem ein Dessert. Ich habe eines für weniger als sechs Dollar auf der Karte gesehen!«
»Nein, Cover im Sinn von Tarnung, verdammt noch mal!«
»Das ist aber wirklich eine tolle Neuigkeit! Später, wenn ich mal Großmutter bin, kann ich meinen Enkelkindern erzählen, dass ich eines Abends mit dem großen Undercover-Agenten James Bond einen Aperitif getrunken habe! Wenn Sie in Rente sind, haben Sie sicher das Recht, das Geheimnis der inneren Sicherheit zu lüften.«
»So, jetzt reicht's aber! Sie haben schließlich auch nicht mit drei Schulfreundinnen zu Abend gegessen, wie ich feststellen konnte!«
»Charmant, Sie sind wirklich charmant, Lukas, Ihre Begleiterin übrigens auch. Sie hat einen eleganten Kopf auf

einem hübschen Vogelhals, die Glückliche: In achtundvierzig Stunden wird sie einen herrlichen Korb erhalten!«
»Was sollen diese Anspielungen? Hat Ihnen meine Seerose etwa nicht gefallen?«
»Ganz im Gegenteil! Ich habe mich sehr geschmeichelt gefühlt, dass Sie mir nicht auch noch das Aquarium und dazu die kleine Leiter haben schicken lassen! Aber jetzt machen Sie, dass Sie wieder an Ihren Tisch kommen; die Arme sieht schon ganz genervt aus. Es ist schrecklich für eine Frau, sich am Tisch eines Mannes zu langweilen. Glauben Sie mir, ich weiß, wovon ich spreche.«
Damit wandte sie sich ab, und die Restauranttür fiel hinter ihr zu. Lukas zuckte die Achseln, warf einen Blick auf den Tisch, den Zofia eben verlassen hatte, und setzte sich wieder zu seinem Gast.
»Wer war das?«, fragte die Journalistin, die schon ungeduldig geworden war.
»Eine Freundin.«
»Ich mische mich vielleicht in Dinge ein, die mich nichts angehen, aber wie eine Freundin wirkte sie nun wirklich nicht.«
»Sie mischen sich tatsächlich in Dinge ein, die Sie nichts angehen!«
Während des ganzen Essens wurde Lukas nicht müde, die Verdienste seines Arbeitgebers lobend hervorzuheben. Er beteuerte, entgegen der allgemeinen Ansicht sei es Ed Hurt, dem die Firma ihren gewaltigen Aufstieg zu verdanken habe. Übermäßige Loyalität seinem Partner gegenüber und seine legendäre Bescheidenheit hätten den stellvertretenden Generaldirektor dazu bewogen, sich mit dem Titel der Nummer zwei zu begnügen, denn für Ed Hurt zähle nur die Sache. Der eigentliche Kopf des Binoms aber

sei er, und er allein! Die Journalistin bediente geschickt die Tasten ihres Taschencomputers. Hinterhältig bat Lukas sie, gewisse Einzelheiten, die er ihr nur anvertraut habe, weil ihre blauen Augen so unwiderstehlich seien, nicht in ihrem Artikel zu erwähnen. Er beugte sich vor, um ihr Wein nachzuschenken, und sie forderte ihn auf, ihr weitere Gerüchte anzuvertrauen, rein freundschaftlich, versteht sich. Er lachte schallend und meinte, dass er dazu noch nicht betrunken genug sei. Während sie den Träger ihres seidenen T-Shirts zurechtrückte, fragte Amy, was ihn denn sonst noch trunken machen könne.

Zofia schlich auf leisen Sohlen die Außentreppe hinauf. Es war spät, aber Reines Tür war noch angelehnt, und Zofia stieß sie behutsam auf. Diesmal lag kein Album auf dem Teppich, kein Schälchen mit Keksen daneben. Mrs. Sheridan erwartete sie in ihrem Sessel. Zofia trat ein.

»Er gefällt dir, der junge Mann, nicht wahr?«

»Wer?«

»Nun tu nicht so, der mit der Seerose, natürlich, mit dem du den Abend verbracht hast.«

»Wir haben nur ein Gläschen miteinander getrunken. Warum fragen Sie?«

»Weil er mir nicht gefällt – darum!«

»Mir auch nicht, das kann ich Ihnen versichern. Er ist unausstehlich.«

»Darum sagte ich ja, dass er dir gefällt!«

»Unsinn! Er ist vulgär, egoistisch und selbstgefällig.«

»Mein Gott, sie ist bereits verliebt!«, rief Reine aus und hob die Arme gen Himmel.

»Nein, wirklich nicht! Er ist jemand, der sich unwohl in seiner Haut fühlt und dem ich helfen könnte.«
»Es ist ja noch schlimmer, als ich angenommen hatte!«, meinte Reine und hob erneut die Arme.
»Also, wirklich!«
»Nicht so laut, du weckst sonst Mathilde auf.«
»Sie sind doch diejenige, die immerzu sagt, es müsse endlich jemanden in meinem Leben geben.«
»Ja, Liebes, das sagen alle jüdischen Mütter zu ihren Kindern … solange sie unverheiratet sind. Von dem Tag an, da diesen Müttern ein Kandidat ins Haus gebracht wird, singen sie dasselbe Lied, allerdings im umgekehrten Sinn.«
»Aber Reine, Sie sind doch gar keine Jüdin!«
»Na und?«
Reine erhob sich und nahm das kleine Tablett vom Büfett; sie öffnete eine Metalldose und legte drei Kekse in die Silberschale. Sie forderte Zofia auf, wenigstens einen – und ohne Widerrede – zu essen. Sie habe schon genug gelitten, da sie den ganzen Abend auf sie gewartet habe!
»Setz dich hin und erzähl mir alles!«, sagte Reine und nahm wieder in ihrem Sessel Platz.
Sie lauschte Zofia, ohne sie zu unterbrechen, versuchte jedoch, die Absichten des Mannes, der mehrmals Zofias Weg gekreuzt hatte, zu erkennen. Sie heftete ihren forschenden Blick auf Zofia und brach das Schweigen, das sie sich auferlegt hatte, und bat sie, ihr einen Keks zu reichen. Sie nahm gewöhnlich nur am Ende ihrer Mahlzeiten etwas Süßes zu sich, die Umstände aber rechtfertigten eine Ausnahme.
»Beschreib ihn mir doch einmal ganz genau«, sagte Reine, nachdem sie an ihrem Keks geknabbert hatte.

Zofia schmunzelte insgeheim über das Verhalten ihrer Vermieterin. Da es schon sehr spät war, hätte sie das Gespräch längst beenden und sich zurückziehen können. Der Anlass aber war perfekt, um diese kostbaren Augenblicke zu genießen, in denen die Liebkosung einer Stimme betörender war als die einer Hand. Bei dem Versuch, Reine möglichst ehrlich zu antworten, stellte Zofia zu ihrem Erstaunen fest, dass sie über den Mann, mit dem sie eine Stunde des Abends verbracht hatte, nichts Positives zu sagen wusste, außer vielleicht, dass sein Denken vor allem von der Logik geprägt zu sein schien.
Reine tätschelte Zofias Knie.
»Diese Begegnung ist kein Zufall! Du bist in Gefahr und weißt es nicht einmal!«
Der alten Dame wurde klar, dass Zofia die Absichten des jungen Mannes nicht durchschaut hatte; sie ließ sich noch tiefer in ihren Sessel sinken.
»Du hast ihn bereits richtig im Blut, und er wird noch bis in dein Herz vordringen. Er wird die Gefühle ernten, die du darin mit solch großer Sorgfalt gepflegt hast. Dann wird er dich mit Hoffnungen speisen. Die Eroberung in der Liebe ist der egoistischste aller Kreuzzüge.«
»Reine, ich fürchte, Sie haben sich da in etwas verrannt!«
»Nein, Liebes, du bist es, die sich bald verrennen wird. Ich weiß, du hältst mich für eine alte Schwätzerin, aber du wirst sehen, ich habe Recht. Jeden Tag, jede Stunde wirst du dich mit deinen Widerständen und deinen Ausweichmanövern zu beruhigen suchen, die Sehnsucht nach ihm aber wird bald stärker sein als eine Droge. Also, täusch dich nicht selbst, das ist alles, worum ich dich bitte. Er wird sich in deinem Kopf einnisten, und nichts kann dich von den Entzugserscheinungen befreien. Weder dein Ver-

stand noch die Zeit, die sich als dein schlimmster Feind entpuppen wird. Nur der Gedanke, ihn wiederzusehen, so wie du ihn dir vorstellst, wird die schlimmste deiner Ängste besiegen können: Die Angst vor dem Verlust … davor, ihn und dich selbst zu verlieren. Das ist die schwierigste Wahl, vor die das Leben uns stellt.«

»Warum sagen Sie mir das alles, Reine?«

Reine richtete den Blick auf eines der Alben in ihrem Regal. Ein Hauch von Wehmut trat in ihre Augen.

»Weil mein Leben hinter mir liegt! Deshalb tu entweder nichts, oder tu alles. Keine Täuschungsmanöver, keine Verstellung und vor allem keine Kompromisse!«

Zofia ließ die Fransen des Teppichs durch ihre Finger gleiten. Reine betrachtete sie liebevoll und strich ihr übers Haar.

»Nun mach nicht so ein Gesicht. Es soll ja manchmal Liebesgeschichten geben, die gut enden. Also, genug der abgedroschenen Worte. Ich wage gar nicht, auf die Uhr zu schauen.«

Zofia schloss behutsam die Tür hinter sich und ging hinauf in ihre Wohnung. Mathilde schlief friedlich wie ein Engel.

~

Mit kristallenem Klirren stießen die beiden Gläser mit Margarita aneinander. Lukas lehnte sich lässig auf seiner Couch zurück und brüstete sich, diesen Cocktail wie kein anderer zubereiten zu können. Amy nippte an ihrem Glas und nickte. Mit unglaublich sanfter, einschmeichelnder Stimme gestand er ihr, eifersüchtig auf die Salzkörner auf ihren Lippen zu sein. Sie ließ sie zwischen ihren Zähnen knirschen und spielte mit ihrer Zunge. Die von Lukas glitt über ihre Lippen, bevor sie sich weiter – viel weiter – vorwagte.

Zofia machte kein Licht. Sie schlich auf Zehenspitzen in ihr Schlafzimmer, trat ans Fenster und öffnete es vorsichtig. Sie setzte sich aufs Fensterbrett und sah hinaus aufs Meer, füllte ihre Lungen mit der frischen salzigen Nachtluft und betrachtete nachdenklich den Himmel. Es waren keine Sterne zu sehen.

… Es wurde Abend, und es wurde Morgen …

Dritter Tag

Seine Hand tastete vergeblich nach der Decke, um sie hochzuziehen. Lukas öffnete ein Auge und rieb sich die stoppeligen Wangen. Er roch den eigenen Atem und sagte sich, dass Zigaretten und Alkohol wirklich eine ekelhafte Mischung abgaben. Die Leuchtziffern des Radioweckers zeigten 6:21 Uhr. Das Kopfkissen neben ihm war leer. Er stand auf und ging splitternackt in den kleinen Salon. Amy hatte sich in die Bettdecke gewickelt und biss in einen roten Apfel, den sie aus dem Obstkorb genommen hatte.

»Habe ich dich geweckt?«, fragte sie.

»Indirekt, ja! Gibt es hier irgendwo Kaffee?«

»Ich habe mir erlaubt, beim Zimmerservice welchen zu bestellen. Ich gehe unter die Dusche und verschwinde dann.«

»Wenn es dich nicht allzu sehr stört, wäre es mir lieber, du würdest bei dir zu Hause duschen«, sagte Lukas, »ich bin zu spät dran!«

Amy war wie vor den Kopf geschlagen. Sie ging sofort ins Schlafzimmer und sammelte ihre Kleidungsstücke ein. Eilig zog sie sich an, schlüpfte in ihre Schuhe und ging durch den kleinen Vorraum zur Tür der Suite. Lukas steckte den Kopf durch die Badezimmertür.

»Willst du keinen Kaffee mehr?«
»Nein, den trinke ich auch zu Hause, danke für den Apfel!«
»Keine Ursache. Willst du noch einen?«
»Nein danke, hat mich sehr gefreut. Schönen Tag noch.«
Sie löste die Sicherheitskette und drehte den Türknauf. Lukas kam zu ihr.
»Darf ich dir eine Frage stellen?«
»Ich höre!«
»Was sind deine Lieblingsblumen?«
»Lukas, du hast zwar Geschmack, aber vor allem einen schlechten! Du hast geschickte Hände, und ich habe wirklich eine unglaubliche Nacht mit dir verbracht, aber dabei wollen wir es belassen!«
Als sie auf den Flur trat, stand sie dem Zimmerkellner gegenüber, der das Frühstück brachte. Lukas sah Amy an.
»Bist du sicher, dass du nicht doch einen Kaffee willst, jetzt, wo er da ist?«
»Ganz sicher!«
»Aber sei doch nicht so, sag mir die Blumen!«
Aufgebracht schnappte Amy nach Luft.
»So was fragt man die Frau nicht, der sie zugedacht sind. Das nimmt der Sache allen Reiz, weißt du das in deinem Alter immer noch nicht?«
»Natürlich weiß ich das«, antwortete Lukas wie ein schmollender kleiner Junge, »aber sie sind ja auch gar nicht für dich.«
Amy drehte sich auf dem Absatz um und wäre fast mit dem Kellner zusammengestoßen, der noch immer vor der Suite wartete. Die beiden Männer hörten sie am anderen Ende des Gangs schreien: »Ein Kaktus! Und du kannst dich

draufsetzen!« Schweigend sahen sie ihr nach. Ein kurzer Ton erklang, der Aufzug war da. Ehe sich die Türen hinter ihr schlossen, fügte Amy hinzu: »Noch eine Kleinigkeit, Lukas, du bist splitternackt!«

~

»Du hast die ganze Nacht über kein Auge zugetan.«
»Ich schlafe immer sehr wenig …«
»Zofia, was bedrückt dich so?«
»Nichts!«
»Eine Freundin hört auch das, was die andere nicht sagt.«
»Ich habe zu viel Arbeit, Mathilde, ich weiß nicht mehr, wo ich anfangen soll. Ich habe Angst, überfordert zu sein, die an mich gestellten Erwartungen nicht zu erfüllen.«
»Es ist wirklich das erste Mal, dass ich solche Zweifel bei dir erlebe.«
»Das bedeutet wohl, dass wir jetzt wirklich Freundinnen sind.«
Zofia ging in die Kochnische und füllte den elektrischen Wasserkocher. Von ihrem Bett im Wohnzimmer aus konnte Mathilde sehen, wie es über der Bucht Tag wurde. Traurige Wolken verdüsterten den Himmel, leichter Nieselregen fiel.
»Ich hasse den Oktober«, sagte Mathilde.
»Was hat er dir getan?«
»Es ist der Monat, der den Sommer begräbt. Der Herbst ist kleinlich: Die Tage werden kürzer, die Sonne zeigt sich kaum noch, die Kälte ist noch nicht da, wir sehen unsere Pullover an und können sie noch nicht tragen. Der Herbst ist nur eine miese, faule Jahreszeit, nichts als Feuchtigkeit, Regen und noch mal Regen.«

»Und du behauptest, ich hätte schlecht geschlafen!«
Der Wasserkocher begann zu gurgeln. Ein Klicken, und das Wasser hörte auf zu sprudeln. Zofia öffnete eine Metalldose und nahm einen Beutel Earl Grey heraus, goss das dampfende Wasser in eine große Tasse und ließ den Tee ziehen. Sie stellte Mathildes Frühstück auf ein Tablett, holte die Zeitung, die Reine, wie jeden Morgen, vor die Tür gelegt hatte, und brachte ihr alles. Sie half der Freundin, sich aufzurichten, schob ihr das Kopfkissen in den Rücken und ging ins Schlafzimmer. Mathilde öffnete das Schiebefenster ein wenig. Die herbstliche Feuchtigkeit drang bis in ihr Bein und löste einen stechenden Schmerz aus. Sie verzog das Gesicht.
»Ich habe gestern Abend den Mann mit den Seerosen wiedergesehen«, rief Zofia aus dem Badezimmer.
»Ihr lasst euch nicht mehr aus den Augen«, erwiderte Mathilde ebenso laut.
»Pah! Er hat nur im selben Restaurant wie ich zu Abend gegessen.«
»Mit wem?«
»Mit einer Blondine.«
»Welcher Typ?«
»Blond!«
»Und sonst?«
»Na ja, der Typ ›Hasch mich, ich bin der Frühling‹!«
»Habt ihr miteinander gesprochen?«
»Kaum. Er hat gestammelt, sie sei Journalistin und würde ein Interview mit ihm machen.«
Zofia ging unter die Dusche. Sie drehte die alten quietschenden Hähne auf und versetzte dem Duschkopf einen kurzen Schlag, der daraufhin zweimal spuckte, bis das Wasser über ihr Gesicht und ihren Körper rann. Mathilde

schlug die *San Francisco Chronicle* auf. Ein Foto erregte ihre Aufmerksamkeit.
»Er hat nicht gelogen«, rief sie.
Zofia, die ausgiebig ihr Haar schamponierte, öffnete ein Auge. Mit dem Handrücken versuchte sie, den Schaum wegzuwischen, erreichte aber genau das Gegenteil.
»Aber sie hat eher braunes Haar …«, fuhr Mathilde fort, »und ist gar nicht übel!«
Das Rauschen der Dusche hörte auf, und Zofia erschien im Wohnzimmer. Sie hatte ein Handtuch um die Hüften geschlungen, ihr Haar war noch voller Schaum.
»Was sagst du da?«
Mathilde betrachtete ihre Freundin.
»Du hast ja wirklich zwei süße Äpfelchen!«
»Äpfel sollen ja auch süß sein.«
»Das versuche ich meinen jeden Morgen vor dem Spiegel zu sagen, aber es hilft nichts.«
»Wovon redest du eigentlich, Mathilde?«
»Von deinem Busen! Wenn sich meiner nur auch so stolz vorrecken würde.«
Zofia verdeckte ihre Brüste mit dem Arm.
»Und wovon hast du vorher gesprochen?«
»Wahrscheinlich von etwas, das dich hat aus der Dusche springen lassen, ohne den Schaum abzuspülen!«, sagte sie und wedelte mit der Zeitung.
»Wie kann der Artikel denn schon veröffentlicht sein?«
»Digitalkameras und Internet. Du gibst ein Interview, einige Stunden später bist du auf der Titelseite der Zeitung, und am nächsten Tag wickelt man den Fisch darin ein!«
Zofia wollte ihr das Blatt aus der Hand nehmen, doch Mathilde schüttelte den Kopf.
»Nicht anfassen! Du bist ganz nass!«

Mathilde begann, die ersten Zeilen des zweispaltigen Artikels mit dem Titel DER WAHRE AUFSTIEG DER GRUPPE A & H laut vorzulesen: Eine regelrechte Lobeshymne auf Ed Hurt, in der die Journalistin in dreißig Zeilen die Karriere dessen besang, der zum phantastischen wirtschaftlichen Aufschwung der Region maßgeblich beigetragen habe. Der Text schloss mit der Feststellung, aus der kleinen, in den fünfziger Jahren gegründeten Firma sei eine riesige Firmengruppe geworden, deren Verantwortung heute ganz auf seinen Schultern laste.
Zofia griff nach der Zeitung und las den von Amy Steven gezeichneten Bericht zu Ende. Neben dem Namen war ein kleines Farbfoto.
»Sie ist blond!«, erklärte Zofia.
»Trefft ihr euch wieder?«
»Ich habe eine Einladung zum Mittagessen angenommen.«
»Wann?«
»Dienstag.«
»Um wie viel Uhr?«
Zofia antwortete, Lukas komme sie gegen Mittag abholen.
Mathilde deutete auf die Badezimmertür und schüttelte den Kopf.
»In zwei Stunden also!«
»Ist heute Dienstag?«, rief Zofia und sammelte ihre Kleider ein.
»So steht es in der Zeitung.«
Einige Minuten später kam Zofia aus dem Schlafzimmer. Sie trug Jeans und einen grobmaschigen Pullover und zeigte sich der Freundin in der uneingestandenen Hoffnung auf ein Kompliment. Mathilde warf ihr einen flüchtigen Blick zu und vertiefte sich wieder in ihre Lektüre.

»Was stimmt denn nicht? Beißen sich die Farben? Es sind die Jeans, oder?«, fragte Zofia.
»Darüber können wir reden, wenn du dir die Haare ausgespült hast«, meinte Mathilde und blätterte in der Fernsehbeilage.
Zofia sah in den Spiegel auf dem Kaminsims. Sie zog vorsichtig den Pullover über den Kopf und ging mit hängenden Schultern ins Bad.
»Es ist das erste Mal, dass du dir Gedanken über deine Kleidung machst … Erzähl mir doch noch einmal, dass er nicht dein Typ ist, dass er zu ernst ist … Ich möchte nur hören, wie du das herausbringst!«, fügte Mathilde hinzu.
Ein leichtes Klopfen an der Tür kündigte Reines Besuch an. Sie trug einen Korb mit frischem Gemüse im Arm und eine Schachtel, deren hübsches Band einen köstlichen Inhalt verhieß.
»Das Wetter scheint heute nicht zu wissen, was es will«, erklärte sie und legte den Kuchen auf einen Teller.
»Damit scheint es aber nicht allein zu sein!«, trumpfte Mathilde auf.
Reine wandte sich um, als Zofia aus dem Bad kam, das Haar diesmal bauschig geföhnt. Sie knöpfte ihre Jeans zu und schnürte die Turnschuhe.
»Gehst du aus?«, fragte Reine.
»Ja, ich bin zum Mittagessen verabredet«, antwortete Zofia und küsste sie auf die Wange.
»Ich leiste Mathilde Gesellschaft. Wenn sie will! Und übrigens auch dann, wenn es sie langweilt, denn unten ganz allein zu sein langweilt mich noch mehr als sie.«
Von der Straße ertönte wiederholtes Hupen. Mathilde beugte sich zum Fenster.
»Es scheint wirklich Dienstag zu sein«, meinte sie.

»Ist er das?«, erkundigte sich Zofia, die einige Schritte Abstand hielt.
»Nein, es ist Federal Express! Sie liefern ihre Päckchen jetzt im Porsche-Cabrio aus. Seit sie Tom Hanks eingestellt haben, schrecken sie vor nichts mehr zurück.«
Es klingelte zweimal. Zofia umarmte Reine und Mathilde, verließ die Wohnung und eilte die Treppe hinab.
Lukas, der hinter dem Steuer saß, nahm die Sonnenbrille ab und bedachte sie mit einem strahlenden Lächeln. Kaum hatte Zofia die Tür geschlossen, brauste das Cabrio schon die Hügel der Pacific Heights hinauf, durchquerte den Presidio Park und nahm dann die Ausfahrt, die zur Golden Gate Bridge führte. Auf der anderen Seite der Bucht schälten sich die Hügel von Tiburon mühsam aus dem Nebel.
»Wir essen am Wasser!«, brüllte Lukas gegen den Wind. »Die besten Krebse in der ganzen Gegend! Sie mögen doch Krebse, oder?«
Zofia nickte höflich. Der Vorteil, sich nicht ernähren zu müssen, lag darin, dass man problemlos auch das akzeptieren konnte, was man nicht essen würde.
Die Luft war mild, der Asphalt zog sich wie ein endloses Band unter den Rädern des Wagens entlang. Die Musik, die aus dem Radio klang, war betörend. Der Augenblick ähnelte zum Verwechseln einem Stück vom Glück, das man nur noch teilen brauchte. Der Wagen verließ den Highway und bog in eine kleine Straße, die in Serpentinen zum Fischerhafen Sausalito führte. Lukas stellte ihn auf dem Parkplatz an der Mole ab. Er ging um das Auto herum und öffnete Zofia die Tür.
»Wenn Sie mitkommen wollen.«
Er reichte ihr den Arm und half ihr beim Aussteigen. Sie

gingen auf dem meerseitigen Bürgersteig. Auf der anderen Straßenseite kam ihnen ein Mann mit einem wunderschönen Golden Retriever mit sandfarbenem Fell entgegen. Auf ihrer Höhe drehte sich der Mann plötzlich nach Zofia um und prallte mit voller Wucht gegen einen Laternenpfahl.

Sie wollte die Straße überqueren und ihm zu Hilfe eilen, doch Lukas hielt sie zurück und zog sie in das Lokal. Die Empfangsdame führte sie sogleich auf die Terrasse und reichte ihnen zwei Speisekarten. Lukas bot Zofia den Platz auf der Bank mit Blick aufs Meer an. Er bestellte einen leicht moussierenden Weißwein. Sie nahm ein Stück Brot und warf es einer Möwe zu, die auf der Brüstung hockte und sie zu belauern schien. Der Vogel fing das Brot im Flug auf und schwang sich mit kräftigen Flügelschlägen in die Lüfte.

Einige Kilometer von dort entfernt, am anderen Ufer der Bucht, lief Julius mit großen Schritten die Mole auf und ab. Er trat an den Rand und kickte mit einem kurzen Fußtritt einen Stein über das Wasser, der sieben Mal auf der Oberfläche aufhüpfte, ehe er unterging. Er schob die Hände tief in die Taschen seiner alten Glencheckhose und betrachtete das gegenüberliegende Ufer, das sich über dem Wasser abzeichnete. Seine Miene war ebenso finster wie die Fluten, seine Stimmung ebenso aufgewühlt. Der Wagen von Inspektor Pilguez, der mit heulender Sirene vom Fisher's Deli in die Stadt hinauffuhr, riss ihn aus seinen Gedanken. Eine Schlägerei in Chinatown, die zum Aufstand auszuarten drohte; nun wurden alle Einheiten zur Verstärkung angefordert. Julius runzelte die Stirn, dann brummte er etwas und kehrte unter seinen Brückenbogen zurück. Er setzte sich auf eine Holzkiste und dachte nach: Irgendetwas ging ihm gegen den Strich. Ein Zeitungsblatt flatterte durch die Luft und landete in der Pfütze genau vor ihm. Es sog sich voll Wasser, und allmählich schien das Foto von Lukas, das auf der Rückseite abgebildet war, durch. Ein höchst unangenehmer Schauer kroch Julius über den Rücken.

Die Kellnerin stellte eine dampfende Schüssel auf den Tisch, aus der Krebsscheren herausragten. Lukas bediente Sofia und warf einen kurzen Blick auf die beiden Lätzchen, die neben den Fingerschalen lagen. Er reichte ihr eines, doch sie lehnte ab. Auch Lukas verzichtete darauf.
»Ich muss zugeben, dass diese Dinger nicht eben kleidsam sind. Essen Sie nichts?«, fragte er.
»Nein, ich glaube nicht.«
»Sie sind Vegetarierin!«
»Die Vorstellung, Tiere zu essen, kommt mir immer etwas befremdlich vor.«
»Das ist der Lauf der Dinge, daran ist nichts Befremdliches.«
»Ein bisschen doch!«
»Aber alle Lebewesen auf dieser Erde essen andere, um zu überleben.«
»Ja, aber die Krebse haben mir nichts getan. Tut mir Leid«, sagte sie und schob den Teller, augenscheinlich angewidert, ein wenig zurück.
»Sie haben Unrecht, das ist das Gesetz der Natur. Würden sich die Spinnen nicht von Insekten ernähren, so würden die Insekten uns fressen.«
»Genau, und Krebse sind große Spinnen, man muss sie in Ruhe lassen!«

Lukas drehte sich um und machte der Kellnerin ein Zeichen. Er bat um die Dessertkarte und erklärte höflich, sie seien fertig.
»Ich möchte Sie nicht am Essen hindern«, sagte Zofia errötend.
»Sie haben mich für die Sache der Schalentiere gewonnen!«
Er klappte die Karte auf und deutete auf einen Schokoladenfondant.
»Ich denke, damit tun wir niemandem etwas Schlechtes außer uns selbst. Das Ding hat bestimmt um die tausend Kalorien!«
Zofia, die sich vergewissern wollte, ob sie Recht hatte mit der Eingebung, er könnte ein Kontrollengel sein, fragte Lukas nach seiner wirklichen Tätigkeit, doch er gab eine ausweichende Antwort. Es gebe andere, interessantere Themen, über die er gerne mit ihr reden wolle, angefangen bei der Frage, was sie im Leben tue, wenn sie gerade nicht über die Sicherheit des Handelshafens wache. Wie sie ihre freien Zeit ausfülle. Selbst im Singular, sagte sie, komme ihr dieser Ausdruck sonderbar vor. Wenn sie nicht auf den Docks arbeite, betätige sie sich in verschiedenen Vereinen, sie unterrichte an einem Institut für Sehbehinderte, kümmere sich um alte Menschen und Kinder in den Krankenhäusern. Sie fühle sich wohl in ihrer Gesellschaft, es bestehe eine magische Beziehung zwischen ihnen. Nur Kinder und Alte sähen das, was viele Menschen ignorierten – die verlorene Zeit des Erwachsenseins. Nach ihrer Auffassung seien die Falten des Alters die schönste Handschrift des Lebens, in der die Kinder lernen könnten, ihre Träume zu lesen.
Lukas sah sie fasziniert an.

»Das alles tun Sie wirklich?«
»Ja!«
»Aber warum?«
Zofia antwortete nicht. Um sich den Anschein von Haltung zu geben, trank Lukas den letzten Schluck Kaffee und bestellte einen neuen. Er trank ihn bedächtig, was machte es schon, wenn er kalt und der Himmel immer dunkler wurde. Er wünschte sich, dieses Gespräch möge nicht enden, nicht schon jetzt. Er schlug Zofia vor, ein wenig am Ufer spazieren zu gehen. Sie zog den Kragen ihres Pullovers fester um den Hals und erhob sich. Sie dankte ihm für den Kuchen, es sei das erste Mal, dass sie Schokolade gegessen und ihren himmlischen Geschmack gekostet habe. Lukas meinte, sie mache sich über ihn lustig, an ihrer glücklichen Miene aber erkannte er, dass sie die Wahrheit sagte. Und etwas anderes verwirrte ihn noch mehr: In ebendiesem Moment las er in Zofias Augen das Unbeschreibliche – sie log nie! Zum allerersten Mal kamen ihm Zweifel, und er starrte sie mit offenem Mund an.
»Lukas, ich weiß nicht, was ich gesagt habe, aber wenn es keine Spinnen mehr gibt, gehen Sie wirklich ein großes Risiko ein!«
»Wie bitte?«
»Wenn Sie weiter den Mund so aufsperren, werden Sie eine Fliege verschlucken!«
»Ist Ihnen nicht kalt?«, fragte Lukas und nahm eine kerzengerade Haltung an.
»Nein, es geht, aber wenn wir jetzt aufbrechen würden, wäre es noch besser.«

Das Ufer lag wie ausgestorben da. Eine riesige Möwe lief gleichsam übers Wasser, um Schwung für ihren Abflug zu

holen. Die Füße lösten sich von den Wellen und wühlten einige Schaumkronen auf. Schließlich erhob sich der Vogel in die Luft, beschrieb einen weiten Bogen und entfernte sich träge in einem Lichtstrahl, der durch die Wolkendecke drang. Das Geräusch ihres Flügelschlags ging im Plätschern der Brandung unter. Zofia stemmte sich gegen den Wind, der ihr in Böen entgegenschlug und den Sand bürstete. Ein leichtes Frösteln durchlief ihren Körper. Lukas zog seine Jacke aus und legte sie ihr um die Schultern. Die feuchte Luft peitschte ihre Wangen. Ein strahlendes Lächeln erhellte ihr Gesicht wie ein letzter Wall vor dem Lachen, das sie überkam, ein Lachen, für das es keinen Vorwand, keinen ersichtlichen Grund gab.
»Warum lachen Sie denn jetzt plötzlich?«, fragte Lukas verblüfft.
»Ich habe nicht die geringste Ahnung!«
»Dann hören Sie bloß nicht auf, das steht Ihnen nämlich gut.«
»Das steht allen Menschen gut.«
Ein feiner Regen begann zu fallen und grub tausend kleine Krater in den Sand.
»Schauen Sie nur«, sagte sie, »sieht aus wie die Mondoberfläche, finden Sie nicht?«
»Doch, etwas!«
»Sie sehen plötzlich traurig aus.«
»Ich wünschte, die Zeit würde stehen bleiben.«
Zofia senkte die Augen und ging weiter.

Lukas drehte sich um, so dass er ihr beim Gehen zugewandt war. Er lief jetzt rückwärts vor Zofia her, die sich einen Spaß daraus machte, ihre Füße genau in die Abdrücke der seinen zu setzen.

»Ich weiß nicht, wie man so etwas sagt«, fuhr er mit kindlicher Miene fort.
»Dann sagen Sie nichts.«
Der Wind wehte Zofia das Haar ins Gesicht; sie strich es zurück, doch eine Strähne hatte sich in den langen Wimpern verfangen.
»Darf ich?«, fragte er und streckte seine Hand aus.
»Merkwürdig, plötzlich wirken Sie schüchtern.«
»Das habe ich gar nicht bemerkt.«
»Dann hören Sie bloß nicht auf ... Das steht Ihnen nämlich gut.«
Lukas trat vorsichtig auf Zofia zu, und der Ausdruck ihrer Gesichter veränderte sich. Sie spürte etwas, das sie nicht beherrschen konnte: *ein kaum wahrnehmbares Schlagen tief in ihrer Brust, das bis in ihre Schläfen widerhallte.* Lukas' Finger bargen das Versprechen einer zarten verheißungsvollen Liebkosung und zitterten leicht, als er sie auf Zofias Wange legte.
»So«, sagte er und befreite ihre Augen von der Haarsträhne.
Ein Blitz zerriss den dunklen Himmel, Donner krachte, und schwerer Regen prasselte auf sie nieder.
»Ich möchte Sie wiedersehen«, sagte Lukas.
»Ich Sie auch, aber vielleicht an einem etwas trockeneren Ort«, erwiderte Zofia.
Er legte den Arm um sie und zog sie im Laufschritt zum Restaurant. Die weiß gestrichene Holzterrasse war leer. Sie stellten sich unter das mit Schiefer gedeckte Vordach und beobachteten, wie das Wasser aus der Regenrinne schwappte. Vom Regen unbeeindruckt, saß die gefräßige Möwe auf der Brüstung und beobachtete sie. Zofia bückte sich, hob einen durchnässten Brotkanten auf, drückte ihn

aus und warf ihn in die Luft. Der Vogel flog mit vollem Schnabel zum offenen Meer hinaus.
»Wie kann ich Sie wiedersehen?«, fragte Lukas.
»Aus welcher Welt kommen Sie?«
Er zögerte.
»Aus einer, die Ähnlichkeit mit der Hölle hat!«
Nun zögerte Zofia, musterte ihn und lächelte.
»Das sagen viele der Leute, die in Manhattan gelebt haben, wenn sie hierher kommen.«
Ein heftiger Sturm kam auf, und sie mussten fast schreien, um sich verständigen zu können. Zofia ergriff Lukas' Hand und sagte sanft:
»Zunächst einmal rufen Sie mich an. Sie erkundigen sich, wie es mir geht, und im Laufe des Gesprächs schlagen Sie ein Treffen vor. Ich antworte, dass ich zu arbeiten habe, dass ich sehr beschäftigt bin; dann schlagen Sie ein anderes Datum vor, und ich sage, dass es perfekt ist, weil ich soeben etwas abgesagt habe.«
Ein weiterer Blitz zuckte am Himmel, der jetzt tiefschwarz geworden war. Sturmböen fegten über den Strand – eine Witterung, die an den Weltuntergang erinnerte.
»Wollen wir uns nicht etwas besser unterstellen?«, fragte Zofia.
»Wie geht es Ihnen?«, antwortete Lukas nur.
»Gut. Warum?«, erkundigte sie sich verwundert.
»Weil ich Sie gerne eingeladen hätte, den Nachmittag mit mir zu verbringen … Aber Sie haben keine Zeit, Sie müssen arbeiten, Sie sind beschäftigt. Wie wäre es dagegen mit einem gemeinsamen Abendessen?«
Zofia lächelte. Er legte schützend den Arm um sie und zog sie zum Wagen. Das aufgewühlte Meer überspülte fast schon die menschenleere Promenade. Lukas half Zofia auf

die andere Straßenseite. Er hatte Mühe, die Wagentür gegen die Kraft der Windböen zu öffnen. Sobald sie im Inneren saßen, ließ der ohrenbetäubende Lärm des Sturms nach, und sie machten sich im strömenden Regen auf den Rückweg. Lukas setzte Zofia, wie sie gebeten hatte, vor einer Werkstatt ab. Ehe er losfuhr, sah er auf seine Uhr. Sie beugte sich zu seinem Fenster hinab.
»Ich war heute Abend zum Essen verabredet, aber ich versuche abzusagen. Ich rufe Sie auf Ihrem Handy an.«
Er lächelte und fuhr los. Zofias Blick folgte ihm, bis der Wagen im Strom der anderen Fahrzeuge auf der Van Ness Avenue verschwand.

Sie zahlte die Rechnung für den Abschleppdienst und das Aufladen der Batterie. Als sie in den Broadway einbog, war das Gewitter vorbei. Der Tunnel mündete direkt in das heiße Viertel der Stadt. An einem Zebrastreifen bemerkte sie einen Taschendieb, der gerade zur Tat schreiten wollte. Sie parkte in zweiter Reihe, stieg aus dem Ford und lief zu ihm.
Ohne Umschweife sprach sie den Mann an, der einen Schritt zurückwich. Seine Haltung war drohend.
»Wirklich keine gute Idee«, sagte Zofia und deutete auf die Frau mit der Aktentasche, die sich entfernte.
»Bist du ein Bulle?«
»Darum geht es nicht!«
»Hau ab, du blöde Kuh!«
Er eilte seinem Opfer nach. Als er die Frau fast erreicht hatte, stolperte er und fiel der Länge nach hin. Die junge Frau stieg in einen Cablecar, ohne irgendetwas von der ganzen Sache zu bemerken. Zofia wartete, bis er sich wieder aufgerappelt hatte, und ging dann zu ihrem Wagen zurück.

Als sie die Tür öffnete, biss sie sich, unzufrieden mit sich selbst, auf die Unterlippe. Irgendetwas hatte ihre Absichten durchkreuzt. Das Ziel war erreicht, aber nicht so, wie sie es gewollt hatte: Den Angreifer zurechtzuweisen, das war nicht ausreichend. Sie machte sich wieder auf den Weg und fuhr zu den Docks.

~

»Soll ich Ihren Wagen parken?«
Lukas zuckte zusammen und hob den Kopf, er sah den Parkwächter an, der sich zu ihm hinunterbeugte und ihn eigenartig musterte.
»Was sehen Sie mich so an?«
»Seit über fünf Minuten sitzen Sie nun schon reglos in Ihrem Wagen, da habe ich mir gedacht ...«
»Was haben Sie sich gedacht?«
»Ich dachte, es gehe Ihnen nicht gut, vor allem, als Sie den Kopf auf das Lenkrad gelegt haben.«
»Dann lassen Sie das Denken, das erspart Ihnen viele Enttäuschungen!«
Lukas stieg aus dem Sportwagen und warf dem jungen Mann die Schlüssel zu. Als sich die Aufzugtüren öffneten, stand er Elizabeth gegenüber, die ihn begrüßen wollte. Lukas wich einen Schritt zurück.
»Sie haben mich schon heute morgen begrüßt, Elizabeth«, sagte Lukas und verzog das Gesicht.
»Was die Schnecken angeht, so hatten Sie Recht, einfach köstlich! Einen schönen Tag!«
Im neunten Stock öffneten sich die Türen, und sie verschwand auf dem Gang.
Ed empfing Lukas mit offenen Armen.

»Ein wahrer Segen, dass ich Sie getroffen habe, mein lieber Lukas!«
»So kann man es auch nennen«, meinte Lukas und schloss die Tür hinter sich.
Er ging zum Schreibtisch des stellvertretenden Generaldirektors und ließ sich in einem Sessel nieder. Hurt schwenkte den *San Francisco Chronical.*
»Zusammen werden wir es weit bringen.«
»Daran hege ich keine Zweifel.«
»Es scheint Ihnen nicht gut zu gehen?«
Lukas seufzte. Ed spürte seine Gereiztheit. Wieder wedelte er enthusiastisch mit der Zeitungsseite, auf der Amys Artikel abgedruckt war.
»Ausgezeichnet, der Bericht. Besser hätte ich es auch nicht machen können.«
»Ist er schon erschienen?«
»Heute Morgen! Wie versprochen. Diese Amy ist wirklich wundervoll, finden Sie nicht? Sie hat bestimmt die ganze Nacht daran gearbeitet.«
»Ja, so ungefähr.«
Er deutete auf das Foto von Lukas.
»Ich bin blöd, ich hätte Ihnen vor dem Treffen ein Foto von mir geben sollen, aber, na ja, Sie sind auch nicht schlecht.«
»Vielen Dank.«
»Sind Sie sicher, dass alles in Ordnung ist, Lukas?«
»Ja, ja, Mr. Hurt, es geht mir gut.«
»Ich weiß nicht, ob mein Instinkt mich täuscht, aber irgendwie kommen Sie mir etwas merkwürdig vor.«
Ed griff nach der großen Kristallkaraffe, schenkte Lukas ein Glas Wasser ein und sagte mit gespielter Anteilnahme:
»Wenn Sie Sorgen haben, auch privater Natur, mir können

Sie sich immer anvertrauen. Wir sind ein großes Haus, aber vor allem eine große Familie!«

»Sie wollten mich sprechen, Mr. Hurt?«

»Nennen Sie mich Ed!«

Begeistert berichtete Hurt von dem Dinner am Vorabend, das all seine Erwartungen übertroffen hatte. Er hatte seine Mitarbeiter von seiner Absicht unterrichtet, innerhalb der Gruppe eine neue Abteilung zu gründen, die den Namen »Division Innovations« bekommen solle. Aufgabe dieser Abteilung solle es sein, Mittel und Wege zu finden, um neue Märkte zu erobern. Er, Ed, würde die Leitung übernehmen: Diese Erfahrung sei für ihn wie ein Jungbrunnen. Es mangele ihm an Herausforderungen und Aktivitäten. Schon jetzt würden sich verschiedene Führungskräfte an der Vorstellung erfreuen, künftig die Vertrauten des neuen Generaldirektors zu sein. Judas würde also niemals altern ... Er vermochte sich sogar pluralistisch zu geben, dachte Lukas. Zum Abschluss seiner Ausführungen erläuterte Hurt, Konkurrenz mit seinem Partner könne nicht schaden, ganz im Gegenteil, frischer Wind sei immer segensreich.

»Sind Sie nicht auch meiner Meinung, Lukas?«

»Ganz und gar«, antwortete dieser und nickte.

Lukas war entzückt: Hurts Absichten übertrafen seine Hoffnungen und verhießen das Gelingen seines Plans. In der Market Street 666 würde die Luft in der Chefetage bald knapp werden. Die beiden Männer tauschten sich über Antonios mögliche Reaktion aus. Es war mehr als wahrscheinlich, dass sich sein Partner gegen die neuen Vorhaben stellen würde. Es bedurfte eines Geniestreichs, um diese Abteilung ins Leben zu rufen. Doch es würde nicht einfach werden, eine groß angelegte Operation zu planen, und nähme, wie Hurt zu bedenken gab, viel Zeit in Anspruch. Der stellvertretende Direktor träumte von einem großen Coup, der die geplante Machtübernahme legitimieren würde. Lukas erhob sich und legte die Mappe, die er unter dem Arm trug, vor Ed hin. Dieser öffnete sie und zog eine dicke Broschüre heraus:

Das Hafengebiet von San Francisco erstreckte sich über viele Kilometer, das heißt praktisch über die gesamte Ostküste der Stadt. Es befand sich in ständigem Umbruch. Und die Tätigkeit am Hafen ging weiter – sehr zum Bedauern der Immobilienfirmen, die sich energisch für eine Erweiterung des Segelhafens und die Befestigung der am Meer entlangführenden Straßen eingesetzt hatten. Die kleinen Segelschiffe hatten einen Liegeplatz in einer zweiten Marina gefunden, ein Sieg ebenjener Baulöwen, denen es gelungen war, ihren Kampf etwas mehr nach Norden zu verlagern. Die damit verbundene Schaffung eines vornehmen Wohnviertels hatte in der Geschäftswelt heftigen Neid erweckt, und man hatte sich um die teuren Grundstücke gerissen. Weiter vorne waren riesige Anlagen erbaut worden, an denen die Überseedampfer anlegten. Die Ströme von Passagieren, die diese Schiffe verließen, ergossen sich über eine erst kürzlich angelegte Promenade, die zum Pier 39 führte. In diesem Touristengebiet waren zahlreiche Geschäfte und Restaurants entstanden. Die vielfältigen Aktivitäten an den Piers waren Quelle ungeheuren Profits und Gegenstand erbitterter Interessenkämpfe. Seit zehn Jahren lösten sich die Chefs der Immobiliengesellschaften im Hafenbereich fast jährlich ab – ein Zeichen dafür, mit welcher Härte um die Einflussnahme auf Ankauf und Nutzung dieses Uferstreifens gekämpft wurde.

»Worauf wollen Sie hinaus?«, fragte Ed.
Lukas lächelte schelmisch und breitete eine Karte aus, auf deren Deckblatt zu lesen war »Hafen von San Francisco, Dock 80«.
»Auf zum Angriff auf diese letzte Bastion!«
Der stellvertretende Generaldirektor wollte einen Thron, und Lukas bot ihm einen an – und was für einen!
Lukas nahm wieder Platz, um seinen Plan in allen Einzelheiten zu erläutern. Die Situation auf den Docks war prekär. Die Arbeit war hart und oft gefährlich, das Temperament der Docker hitzig. Ein Streik konnte sich dort schneller ausbreiten als ein Virus, und Lukas hatte bereits das Nötige unternommen, um eine äußerst explosive Atmosphäre zu schaffen.
»Ich weiß nicht, was uns das nutzen soll«, erklärte Ed gähnend.
Lukas fuhr unbeirrt fort:
»Solange die Fracht- und Logistikunternehmen ihre Löhne und Mieten bezahlen, wagt niemand, sie hinauszuwerfen. Aber das könnte sich schnell ändern. Eine erneute Lähmung der Hafentätigkeit würde ausreichen.«
»Die Hafenleitung würde nie in diese Richtung gehen. Wir werden auf erheblichen Widerstand stoßen.«
»Das ist eine Frage des Einflusses«, entgegnete Lukas.
»Mag sein«, meinte Hurt und wiegte den Kopf, »aber für ein Projekt dieses Ausmaßes brauchen wir Unterstützung von der obersten Spitze.«
»Gerade Ihnen muss ich ja wohl nicht die Grundregeln des Lobbyismus erklären! Der Immobilienverwalter des Hafens steht kurz vor der Entlassung. Ich bin sicher, eine kleine Abfindung würde ihn sehr interessieren.«
»Ich verstehe nicht, wovon Sie sprechen!«

»Ed, dabei hätten Sie der Erfinder der Umschläge sein können, die unter dem Tisch zirkulieren!«
Der stellvertretende Generaldirektor richtete sich in seinem Sessel auf. Er wusste nicht recht, ob er sich durch diese Bemerkung geschmeichelt oder beleidigt fühlen sollte. Auf dem Weg zur Tür sagte Lukas zu seinem Chef:
»In dem blauen Aktenordner finden Sie auch ausführliche Informationen über unseren Anwärter auf eine üppige Rente. Er verbringt jedes Wochenende am Tahoe-See und ist total verschuldet. Sehen Sie zu, dass Sie möglichst schnell ein Treffen mit ihm arrangieren können. Wählen Sie einen vertraulichen Ort, und überlassen Sie mir den Rest.«
Nervös blätterte Hurt die Akten durch. Er sah Lukas verblüfft an und runzelte die Stirn.
»Waren Sie in New York in der Politik?«
Die Tür schloss sich.
Der Aufzug war da, doch Lucas ließ ihn leer weiterfahren. Er schaltete sein Handy ein und wählte hastig seine Mailbox an. »Sie haben keine neuen Nachrichten«, wiederholte die metallische Stimme zwei Mal. Er legte auf und klickte den kleinen Briefumschlag an: keine SMS. Er schaltete das Handy aus und trat in den Lift. Als er in der Parkgarage ankam, gestand er sich ein, dass ihn etwas verwirrte, das er nicht zu identifizieren vermochte: *ein kaum wahrnehmbares Schlagen tief in seiner Brust, das bis in seine Schläfen widerhallte.*

~

Die Versammlung dauerte schon über zwei Stunden an. Die Folgen von Gomez' Sturz im Laderaum der *Valparaiso* nahmen beängstigende Ausmaße an. Der Mann war noch immer auf der Intensivstation. Stündlich rief Manca im Krankenhaus an, um sich nach seinem Zustand zu erkundigen: Die Ärzte wollten noch keine endgültige Diagnose abgeben. Sollte der Mann seinen Verletzungen erliegen, würde niemand den Zorn zügeln können, der schon dumpf auf den Piers grollte. Der Gewerkschaftsvorsitzende der Westküste hatte sich eigens hierher begeben, um an der Versammlung teilzunehmen. Er erhob sich, um sich noch eine Tasse Kaffee einzuschenken. Zofia nutzte die Gelegenheit und verließ diskret den Sitzungssaal. Sie trat aus dem Gebäude und versteckte sich einige Schritte entfernt hinter einem Container. Vor neugierigen Blicken geschützt, wählte sie eine Nummer. Die Ansage auf der Mailbox war knapp: »Lukas«, dann erklang sofort der Piepton.

»Hier ist Zofia. Ich habe heute Abend Zeit, rufen Sie mich an, um mir zu sagen, wo wir uns treffen. Bis später.«

Als sie auflegte, sah sie ihr Handy an und lächelte, ohne eigentlich zu wissen, warum.

Am späten Nachmittag hatten die Delegierten einstimmig beschlossen, ihre Entscheidung zu vertagen. Sie brauchten Zeit, um sich ein klares Bild von der Lage zu verschaffen. Die Untersuchungskommission würde ihr Gutachten über die Ursache des Dramas erst spät in der Nacht veröffentlichen. Und auch im San Francisco Memorial Hospital wartete man auf die morgigen Auswertungen der Tests, bevor man sich zu den Überlebenschancen des Dockers äußern wollte. Deshalb wurde die Sitzung abgebrochen und auf den nächsten Tag verschoben. Sobald die beiden Berichte vorlägen, würde Manca die Gewerkschaftler zu einer Vollversammlung zusammenrufen.

Zofia brauchte Luft. Sie genehmigte sich ein paar Minuten Pause, um am Pier spazieren zu gehen. Wenige Schritte entfernt schaukelte der rostige Bug der *Valparaiso* an den Leinen. Das Schiff war angekettet wie ein unglücklicher Sklave. Der Schatten des großen Frachters spiegelte sich auf der öligen Wasseroberfläche, die sich im Rhythmus der Wellen bewegte. An Deck sah man uniformierte Männer, die alle möglichen Überprüfungen vornahmen. Der Kapitän lehnte an der Brüstung des Ausgucks und beobachtete sie. Die Art, wie er seine Zigarette über Bord warf, ließ befürchten, dass die kommenden Stunden noch trüber werden würden als das Wasser, in dem die Kippe erlosch.

»Da möchte man nicht reinspringen, was? Außer es wäre der letzte Sprung!«, ertönte plötzlich die Stimme von Julius.

Zofia wandte sich um und musterte ihn liebevoll. Seine blauen Augen waren müde, sein Bart widerspenstig, seine Kleider verblichen, aber die Ärmlichkeit tat seinem Charme keinen Abbruch. Dieser Mann trug seine Eleganz im Herzen. Julius hatte die Hände in den Taschen seiner alten karierten Hose vergraben.

»Das ist Glencheck, aber ich glaube, der Glanz ist schon lange dahin.«

»Und Ihr Bein?«

»Nun, es steht noch immer neben dem anderen, und das ist ja schon mal was.«

»Haben Sie den Verband erneuern lassen?«

»Und wie geht es dir?«

»Ich habe leichte Kopfschmerzen, diese Versammlung will kein Ende nehmen.«

»Und das Herz schmerzt auch ein wenig?«

»Nein, warum?«

»Die Male, die ich dich die letzte Zeit hier gesehen habe, warst du sicherlich nicht da, um die Sonne zu genießen.«
»Alles in Ordnung, Julius, ich hatte nur Lust, etwas frische Luft zu schnappen.«
»Und die frischeste, die du gefunden hast, ist die Luft aus diesem Becken, das nach totem Fisch stinkt. Aber ich denke, du hast Recht, es geht dir sicher sehr gut!«
Die Männer, die das alte Schiff inspiziert hatten, gingen über das Fallreep von Bord. Sie stiegen in zwei schwarze Wagen, deren Türen sich lautlos schlossen, und fuhren langsam zum Hafenausgang.
»Falls du morgen deinen freien Tag nehmen wolltest, kannst du das vergessen. Ich befürchte, er wird noch arbeitsreicher als gewöhnlich.«
»Ich auch.«
»Nun, wo waren wir stehen geblieben?«, fuhr Julius fort.
»An der Stelle, wo ich mich mit Ihnen streiten wollte, um Sie zum Verbandswechsel zu bringen! Bleiben Sie hier, ich hole den Wagen.«
Zofia ließ ihm keine Zeit zu protestieren.
»Schlechte Verliererin«, brummte er in seinen Bart.
Nachdem sie Julius wieder zurückgebracht hatte, machte sie sich auf den Weg nach Hause. Sie lenkte den Wagen mit einer Hand und suchte mit der anderen nach ihrem Handy. Wahrscheinlich lag es wieder ganz unten in der großen Tasche … An der ersten roten Ampel kippte sie den Inhalt auf dem Beifahrersitz aus und fand es inmitten der Unordnung.
Lukas hatte eine Nachricht hinterlassen, er würde um halb acht vor ihrem Haus auf sie warten. Sie sah auf ihre Uhr, es blieben ihr genau siebenundvierzig Minuten, um Mathilde und Reine zu begrüßen und sich umzuziehen.

Einmal ist keinmal ... Und so beugte sie sich zum Handschuhfach, nahm das kleine Blaulicht heraus und fixierte es auf dem Dach. Sie schaltete die Sirene ein, gab Gas und raste sie die Third Street hinauf.

~

Lukas wollte gerade sein Büro verlassen. Er nahm den Gabardinemantel vom Bügel, zog ihn an und schaltete das Licht aus. Die Stadt tauchte hinter der großen Glasscheibe auf. Als er gerade die Tür schließen wollte, klingelte das Telefon. Er ging zurück und nahm den Hörer ab. Ed teilte ihm mit, das Treffen, um das er gebeten habe, finde um Punkt 19 Uhr 30 statt. Im Halbdunkel kritzelte Lukas die Adresse auf einen Zettel.
»Ich rufe Sie an, sobald ich eine Verständigungsgrundlage mit unserem Gesprächspartner gefunden habe.«
Ohne weitere Höflichkeitsfloskeln legte Lukas auf und trat ans Fenster. Er betrachtete die Straßen unten ihm. Aus dieser Höhe wirkten die weißen und roten Lichterbänder der Autoscheinwerfer wie ein riesiges Spinnennetz, das in der Nacht funkelte. Lukas drückte die Stirn an die Scheibe. Vor seinem Mund beschlug das Glas kreisförmig, und ein kleiner blauer Punkt blinkte in der Mitte. In der Ferne fuhr ein Blaulicht zu den Pacific Heights hinauf. Lukas seufzte, schob die Hände in die Manteltaschen und verließ das Zimmer.

~

Zofia schaltete das Blaulicht aus und verstaute es wieder im Handschuhfach. Vor der Haustür war ein freier Platz, und sie parkte sofort ein. Immer zwei Stufen auf

einmal nehmend, lief sie die Treppe zu ihrer Wohnung hinauf.
»Wie viele haben dich verfolgt?«, fragte Mathilde.
»Wie bitte?«
»Na, du bist ja völlig außer Atem; wenn du dein Gesicht sehen würdest!«
»Ich muss mich fertig machen, ich bin spät dran! Wie war dein Tag?«
»Gegen Mittag habe ich einen kleinen Sprint mit Carl Lewis gemacht und habe gewonnen!«
»Hast du dich sehr gelangweilt?«
»In deiner Straße sind vierundsechzig Autos vorbeigefahren, neunzehn davon waren grün!«
Zofia kam zu ihr und setzte sich aufs Fußende des Bettes.
»Morgen versuche ich, früher nach Hause zu kommen.«
Mathilde warf einen Blick auf die Uhr, die auf dem Beistelltisch stand, und nickte.
»Ich will mich ja nicht in Dinge einmischen, die mich nichts angehen …«
»Heute Abend gehe ich aus, aber ich komme nicht spät zurück. Wenn du noch nicht schläfst, können wir reden«, sagte Zofia und erhob sich.
»Du oder ich?«, murmelte Mathilde und sah ihr nach, als sie in ihrem Schlafzimmer verschwand.

Zehn Minuten später kam sie ins Wohnzimmer zurück. Sie hatte ein Handtuch um das nasse Haar gewickelt, ein anderes um die noch feuchte Taille. In der Hand hielt sie einen kleinen Stoffbeutel, stellte ihn auf dem Kaminsims ab und betrachtete ihr Gesicht im Spiegel.
»Isst du mit dem kleinen Lu zu Abend?«
»Hat er angerufen?!«

»Nein, absolut nicht.«
»Woher weißt du das dann?«
»Einfach so.«
Zofia wandte sich um, stemmte die Hände in die Hüften und baute sich sehr entschlossen vor Mathilde auf.
»Du hast einfach so erraten, dass ich mit Lukas essen gehe?«
»Wenn ich mich nicht irre, nennt man das, was du in deiner rechten Hand hältst, Wimperntusche, das in der linken einen Rougepinsel.«
»Ich sehe da keinen Zusammenhang?«
»Soll ich dir einen Tipp geben?«, fragte Mathilde ironisch.
»Das wäre ganz entzückend!«, gab Zofia leicht verärgert zurück.
»Seit zwei Jahren bist du meine beste Freundin …«
Zofia neigte den Kopf zur Seite. Über Mathildes Gesicht glitt ein breites Lächeln.
»… und zum ersten Mal sehe ich, dass du dich schminkst.«
Ohne zu antworten, wandte sich Zofia wieder dem Spiegel zu. Mathilde griff lässig zur Fernsehbeilage und begann sie zum sechsten Mal an diesem Tag zu studieren.
»Wir haben doch gar keinen Fernseher!«, sagte Zofia und verteilte vorsichtig mit dem Finger etwas Gloss auf ihre Lippen.
»Gott sei Dank, ich hasse fernsehen«, antwortete Mathilde schlagfertig und blätterte weiter.
Das Handy klingelte in Zofias Tasche, die sie auf dem Bett hatte liegen lassen.
»Soll ich drangehen?«, fragte Mathilde mit Unschuldsmiene.
Zofia eilte zu ihrer Tasche und griff hinein. Sie nahm das Handy und ging ans andere Ende des Zimmers.

»Nein, das soll ich nicht!«, brummte Mathilde und nahm das Programm für den nächsten Tag in Angriff.
Es tue Lukas Leid, er habe sich verspätet und könne sie nicht abholen. Er hatte für 20 Uhr 30 einen Tisch im Restaurant in der letzten Etage der Bank of America in der California Street reserviert. Das Dreisternerestaurant bot einen wundervollen Blick über die Stadt und die Golden-Gate-Bucht. Zofia sollte ihn dort treffen. Sie ging zur Kochnische und sah in den Kühlschrank. Mathilde hörte ihre Freundin mit Grabesstimme fragen:
»Was hättest du denn gerne? Ich habe etwas Zeit und kann dir Abendessen machen.«
»Ein ›Omelette-Salat-Joghurt‹.«
Etwas später nahm Zofia ihren Mantel aus dem Schrank, umarmte Mathilde und schloss leise die Wohnungstür.

Sie setzte sich ans Steuer des Ford. Ehe sie den Wagen anließ, klappte sie die Sonnenblende herunter und sah sich einige Sekunden in dem kleinen Spiegel an. Mit zweifelnder Miene schloss sie ihr Fenster und drehte den Zündschlüssel um. Als das Auto am Ende der Straße verschwand, senkte sich bei Reine langsam die Gardine vor der Fensterscheibe.
Zofia ließ ihren Wagen am Eingang zum Parkplatz stehen und dankte dem Boy in roter Livree, der ihr einen Zettel reichte.
»Ich wäre gerne derjenige, mit dem Sie heute zu Abend essen!«, sagte der junge Mann.
»Vielen Dank«, sagte sie errötend und entzückt.
Die Tür drehte sich, und Zofia betrat die Halle. Nach Büroschluss waren nur die Bar im Erdgeschoss und das Panoramarestaurant für die Öffentlichkeit zugänglich. Sie

ging mit entschlossenem Schritt auf den Aufzug zu, doch plötzlich spürte sie ein eigenartiges Gefühl von Trockenheit im Mund. Zofia hatte zum ersten Mal Durst. Sie sah auf ihre Uhr. Da sie zehn Minuten zu früh war, steuerte sie auf die Theke hinter der großen Scheibe zu. Als sie gerade eintreten wollte, erkannte sie Lukas im Profil, der in angeregtem Gespräch mit dem Immobilienverwalter des Hafens an einem Tisch saß. Sie zog sich verwirrt zurück und ging zum Aufzug.

Wenig später ließ sich Lukas vom Oberkellner an den Tisch führen, an dem Zofia ihn erwartete. Sie erhob sich, er küsste ihr die Hand und bat sie, sich so zu setzen, dass sie die Aussicht genießen könne.

Während des Essens stellte Lukas Hunderte von Fragen, auf die Zofia mit tausend anderen antwortete. Ihm schmeckte das Menü, während sie keines der Gerichte anrührte, sondern sich damit begnügte, das Essen auf dem Teller vorsichtig umzuverteilen. Die Unterbrechungen durch den Kellner schienen ewig zu dauern. Als er wieder einmal auftauchte, diesmal mit einer Krümelbürste, die an eine bärtige Sichel erinnerte, erhob sich Lukas, setzte sich neben Zofia und blies einmal kräftig auf das Tischtuch.

»So, jetzt ist es sauber! Sie können gehen, vielen Dank«, sagte er zu dem Kellner.

Sofort wurde das Gespräch fortgesetzt. Lukas' Arm lag auf der Rückenlehne der Bank, Zofia spürte die Wärme seiner Hand, die ihrem Nacken nahe war.

Zu Lukas' Ärger tauchte der Kellner noch einmal auf. Er stellte einen Teller mit einem Schokoladenfondant und zwei Löffeln vor sie hin. Er drehte den Teller herum, um

ihn zu präsentieren, richtete sich kerzengerade auf und verkündete stolz den Inhalt.
»Wie gut, dass Sie es erklären«, sagte Lukas, »wir hätten ihn leicht mit einem Karottensoufflé verwechseln können!«
Der Kellner entfernte sich diskret. Lukas beugte sich zu Zofia.
»Sie haben nichts gegessen.«
»Ich esse meist nur sehr wenig«, sagte sie und senkte den Kopf.
»Kosten Sie, um mir eine Freude zu machen. Die Schokolade ist wie ein Stückchen Paradies im Mund.«
»Und die Hölle für die Hüften!«, fuhr sie fort.
Er ließ ihr keine Wahl, nahm ein Stückchen Fondant, führte den Löffel an Zofias Lippen und ließ die warme Schokolade auf ihre Zunge gleiten. In Zofias Brust schlug das Herz heftiger.
»Das ist warm und kalt zugleich, es ist süß«, sagte sie.
Das Tablett, das der Sommelier trug, neigte sich leicht, und das Cognacglas glitt herunter. Es fiel auf den Steinboden und zerbrach in sieben fast identische Teile. Im Restaurant wurde es still, Lukas hustete, und Zofia brach das Schweigen.
Sie hatte Lukas noch zwei Fragen zu stellen, aber er sollte ihr versprechen, ohne Ausflüchte zu antworten, und er versprach es.
»Was hatten Sie mit dem Immobilienverwalter des Hafens zu bereden?«
»Eigenartig, dass Sie mich darauf ansprechen.«
»Wir haben gesagt, ohne Ausflüchte!«
Lukas sah Zofia eindringlich an. Sie hatte die Hand auf den Tisch gelegt, und seine Hand näherte sich ihrer.

»Wie beim letzten Mal handelte es sich um eine geschäftliche Besprechung.«
»Das war zwar keine richtige Antwort, aber Sie kommen meiner zweiten Frage zuvor. Was ist Ihr Beruf? Für wen arbeiten Sie?«
»Man könnte sagen, ich hätte eine Mission.«
Lukas trommelte nervös mit den Fingern auf den Tisch.
»Welche Art von Mission?«, beharrte Zofia.
Lukas wandte die Augen kurz ab, denn ein anderer Blick hatte seine Aufmerksamkeit angezogen: In einer Ecke des Restaurants hatte er Blasius entdeckt, der ihn hinterhältig lächelnd betrachtete.
»Was ist?«, fragte sie. »Fühlen Sie sich nicht gut?«
Lukas war plötzlich wie verwandelt. Zofia erkannte kaum den Mann in ihm wieder, mit dem sie diesen Abend, so reich an unausgesprochenen zärtlichen Gefühlen, verbracht hatte.
»Stellen Sie mir keine Fragen mehr«, sagte er. »Holen Sie Ihren Mantel an der Garderobe und fahren Sie nach Hause. Ich melde mich morgen, ich kann jetzt nichts erklären, es tut mir Leid.«
»Aber was ist denn mit Ihnen los?«, fragte sie verblüfft.
»Gehen Sie jetzt!«
Sie erhob sich und steuerte auf die Garderobe zu. Ihre Sinne waren geschärft, und sie nahm die kleinste Kleinigkeit wahr: das Besteck, das zu Boden fiel, die Gläser, die aneinander stießen, den alten Herrn, der sich die Oberlippe mit einem Taschentuch abwischte, das fast so alt war wie er selbst, die schlecht gekleidete Frau, die gierig auf die Süßspeisen starrte, den Geschäftsmann, der seine eigene Rolle spielte, indem er eine Zeitung las, jenes Paar, das nicht mehr sprach, seit sie sich erhoben hatte. Sie be-

schleunigte den Schritt, und endlich schlossen sich die Lifttüren hinter ihr. In ihrem Inneren tobten die widersprüchlichsten Gefühle.
Sie trat ins Freie, wo ihr der Wind entgegenschlug. Im Wagen gab es nur noch sie und einen Hauch von Melancholie.

Als Blasius den Platz einnahm, den Zofia frei gemacht hatte, ballte Lukas die Fäuste.
»Nun, wie steht unsere Sache?«, meinte Blasius vergnügt.
»Was haben Sie hier zu suchen?«, fragte Lukas mit einer Stimme, die seinen Ärger nicht zu verbergen suchte.
»Ich bin für die interne und externe Kommunikation verantwortlich, also bin ich hier, um mit Ihnen zu kommunizieren!«
»Ich bin Ihnen keine Rechenschaft schuldig!«
»Aber, aber, Lukas! Wer spricht denn hier von Rechenschaft? Ich bin nur gekommen, um mich nach der Gesundheit meines Schutzbefohlenen zu erkundigen, und nach dem zu urteilen, was ich gesehen habe, scheint es ihm prächtig zu gehen.«
Blasius gab sich zuckersüß und heuchlerisch.
»Ich wusste, dass Sie brillant sind, aber ich muss zugeben, dass ich Sie noch unterschätzt habe.«
»Wenn das alles ist, was Sie mir zu sagen haben, möchte ich Sie bitten, sich jetzt zu verabschieden!«
»Ich habe beobachtet, wie Sie sie mit Ihren schönen Reden eingelullt haben, und beim Dessert war ich ehrlich beeindruckt! Denn das, mein Lieber, grenzt an Genialität!«
Lukas musterte Blasius aufmerksam und versuchte herauszufinden, was diesen Vollidioten so heiter stimmen mochte.

»Die Natur hat Sie eher stiefmütterlich behandelt, Blasius, aber verzweifeln Sie nicht. Es wird eines Tages eine Sünderin bei uns geben, die etwas so Schlimmes angestellt hat, dass sie dazu verurteilt wird, ein paar Stunden in Ihren Armen zu verbringen!«

»Keine falsche Bescheidenheit, Lukas! Ich habe alles verstanden, und ich bin ganz Ihrer Meinung. Ihre Intelligenz überrascht mich immer wieder.«

Lukas wandte sich um und verlangte mit einem Handzeichen nach der Rechnung. Blasius nahm sie und reichte dem Oberkellner seine Kreditkarte.

»Lassen Sie, das mache ich!«

»Worauf wollen Sie eigentlich hinaus?«, fragte Lukas und nahm Blasius die Rechnung hastig aus der feuchten Hand.

»Sie sollten mir mehr Vertrauen schenken. Muss ich Sie daran erinnern, dass Ihnen wegen meiner Fürsprache diese Mission übertragen wurde? Also spielen wir einander kein Theater vor, schließlich wissen wir es beide!«

»Was wissen wir?«, fragte Lukas und erhob sich.

»Wer sie ist!«

Lukas setzte sich langsam wieder und musterte Blasius.

»Und wer ist sie?«

»Sie ist die andere, mein Lieber … Ihr Gegenpart!«

Lukas' Mund öffnete sich leicht, so als bekäme er plötzlich nicht mehr genug Luft. Blasius fuhr fort:

»Diejenige, die sie gegen uns ins Feld geschickt haben. Sie sind unser Teufel, und sie ist ihr Engel, ihre Beste.«

Blasius beugte sich zu Lukas vor, der zurückwich.

»Nun seien Sie nicht so verärgert, mein Bester«, fuhr er fort. »Es ist mein Job, alles zu wissen. Ich war es Ihnen schuldig, Sie zu beglückwünschen. Die Versuchung des

Engels ist nicht nur ein Sieg für unser Lager, sondern ein Triumph! Und genau darum geht es ja, nicht wahr?«
Lukas hatte in der letzten Frage von Blasius einen Anflug von Sorge wahrgenommen.
»Ist es nicht Ihr Job, alles zu wissen, mein Bester?«, bemerkte Lukas mit einer Mischung aus Ironie und Ärger.
Er verließ den Tisch. Als er das Restaurant durchquerte, hörte er Blasius' Stimme:
»Ich bin auch gekommen, um Ihnen zu sagen, dass Sie Ihr Handy wieder einschalten sollen. Sie werden gesucht! Die Person, der Sie sich in den letzten Stunden angenähert haben, würde gerne noch heute Abend ein Abkommen schließen.«
Die Aufzugtüren schlossen sich hinter Lukas. Blasius blickte auf den noch halb vollen Dessertteller. Er setzte sich wieder und tauchte seinen feuchten Finger in die Schokolade.

Zofias Wagen fuhr über die Van Ness Avenue, und alle Ampeln sprangen auf Grün, sobald sie sich näherte. Sie schaltete das Radio ein und suchte einen Rock-Sender. Auf dem Lenkrad trommelten ihre Finger den Takt des Schlagzeugs immer heftiger mit, bis sie zu schmerzen begannen. Sie bog nach Pacific Heights ab und parkte direkt vor dem kleinen Haus.

Die Fenster im Erdgeschoss waren dunkel. Zofia wollte in den ersten Stock hinauf. Als sie den Fuß auf die dritte Stufe setzte, öffnete sich Mrs. Sheridans Tür einen Spaltbreit. Zofia folgte dem Lichtstrahl bis in Reines Wohnung.

»Ich habe dich gewarnt!«
»Guten Abend, Reine.«
»Setz dich zu mir, einen guten Abend kannst du mir wünschen, wenn du gehst. Deinem Gesicht nach zu urteilen, wäre es allerdings möglich, dass man sich dann auch schon einen guten Morgen wünschen könnte.«
Zofia trat zu dem Sessel. Sie setzte sich auf den Boden und ließ den Kopf gegen die Lehne sinken. Reine strich ihr übers Haar, ehe sie das Wort ergriff:
»Ich hoffe, du hast eine Frage, denn ich habe eine Antwort parat!«
»Ich bin außerstande, Ihnen zu beschreiben, was ich empfinde.«
Zofia erhob sich, ging zum Fenster und schob die Gardine ein wenig zur Seite. Der Ford schien auf der Straße zu schlafen. Reine fuhr fort:
»Ich will auf keinen Fall indiskret sein. Aber niemand ist gezwungen, Unmögliches zu vollbringen. In meinem Alter schrumpft die Zukunft zusehends, und wenn man, so wie ich, weitsichtig ist, gibt es allen Grund zur Sorge. Also sehe ich jeden Tag nach vorn, und zwar mit dem unguten Gefühl, der Weg könnte an meinen Schuhspitzen aufhören.«
»Warum sagen Sie das, Reine?«
»Weil ich deine Großzügigkeit, aber auch dein Schamgefühl kenne. Für eine Frau meines Alters sind Freude und Kummer derer, die man liebt, wie Kilometer, die man der bevorstehenden Nacht abgerungen hat. Eure Hoffnungen und Wünsche erinnern uns daran, dass der Weg nach uns weitergeht, dass unser Leben einen Sinn hatte, und sei er noch so gering – ein kleines Stückchen Daseinsberechtigung. So, und jetzt erzähl mir, was los ist!«

»Ich weiß es nicht!«
»Was du empfindest, nennt man Sehnsucht!«
»Es gibt so viele Dinge, die ich Ihnen gerne erzählen würde.«
»Mach dir keine Gedanken, ich erahne sie …«
Reines Fingerspitze legte sich unter Zofias Kinn und hob es sanft an.
»Nun zeig dein Lächeln wieder; ein winziges Samenkorn der Hoffnung reicht aus, um ein ganzes Feld Glück zu säen … Und etwas Geduld, damit es Zeit hat zu wachsen.«
»Haben Sie jemanden geliebt, Reine?«
»Siehst du all die alten Fotos in den Alben, nun, sie sind zu rein gar nichts nutze! Die meisten Menschen, die darauf zu sehen sind, sind schon lange tot, für mich aber sind die Bilder sehr wichtig. Weißt du, warum? Weil ich sie gemacht habe! Wenn du wüsstest, wie sehr ich mir wünsche, meine Beine würden mich noch einmal dorthin tragen! Genieß das Leben, Zofia! Verlier keine Zeit! Unsere Montage sind manchmal anstrengend, unsere Sonntage sind trübe, aber wie köstlich ist es doch, wenn wieder eine Woche anfängt!«
Reine öffnete die Hand, nahm Zofias Zeigefinger und zeichnete damit ihre Lebenslinie nach.
»Weißt du, was der Bachert ist, Zofia?«
Zofia antwortete nicht, und Reines Stimme wurde noch sanfter:
»Hör mir gut zu, es ist die schönste Geschichte der Welt: Bachert ist die Person, die Gott dir vorbestimmt hat, es ist die andere Hälfte deiner selbst, deine wahre Liebe. Also ist es die größte Aufgabe deines Lebens, sie zu finden … und vor allem, sie zu erkennen.«

Zofia sah Reine schweigend an. Sie erhob sich, küsste sie zärtlich auf die Stirn und wünschte ihr eine gute Nacht. Ehe sie hinausging, blieb sie stehen, um eine letzte Frage zu stellen:

»Eines Ihrer Alben würde ich gerne sehen.«

»Welches? Du hast sie alle ein Dutzend Mal durchgeblättert!«

»Ihr persönliches Album, Reine.«

Dann schloss sie die Tür leise hinter sich.

Zofia schlich die Treppe hinauf. Vor ihrer Wohnung besann sie sich, ging lautlos wieder hinunter und weckte den alten Ford. Die Stadt war fast menschenleer. Sie fuhr über die California Street. Eine Ampel zwang sie, vor dem Gebäude zu halten, in dem sie zu Abend gegessen hatte. Der Boy winkte ihr freundlich zu, sie wandte den Kopf ab und blickte auf Chinatown, das zu ihrer Linken lag. Einige Häuserblocks weiter parkte sie am Straßenrand, ging über den Vorplatz, legte die Hand auf die Steinplatte in der östlichen Außenmauer des Pyramidengebäudes und betrat die Halle.

Sie begrüßte Peter und ging zum Aufzug, der sie in den letzten Stock brachte. Als sich die Türen öffneten, fragte sie nach Michael. Die Empfangsdame bedauerte, doch der morgenländische Tag habe begonnen, und ihr Pate habe am anderen Ende der Welt zu tun.

Sie zögerte und fragte, ob *Sir* zu sprechen sei.

»Eigentlich ja, aber im Moment könnte es etwas schwierig sein.«

Zofia sah sie so erwartungsvoll an, dass die Empfangsdame nicht widerstehen konnte:

»Ihnen kann ich es ja sagen! *Sir* hat ein Steckenpferd, ein Hobby, wenn Sie so wollen: Raketen! *Er* ist ganz verrückt danach. Die Vorstellung, dass die Menschen sie in den Himmel schießen, belustigt ihn. *Er* verpasst nie einen Start! Dann schließt er sich in seinem Office ein, schaltet alle Bildschirme ein und ist für niemanden mehr zu sprechen. Ich will Ihnen nicht verheimlichen, dass die Sache etwas problematisch geworden ist, seit die Chinesen auch damit angefangen haben.«

»Und jetzt gerade gibt es einen Start?«, fragte Zofia ungerührt.

»Wenn es keine technischen Schwierigkeiten gibt, in siebenunddreißig Minuten und vierundzwanzig Sekunden! Soll ich *Ihm* etwas ausrichten, ist es wichtig?«

»Nein, stören Sie *Ihn* nicht, ich hatte nur eine Frage, ich komme ein andermal wieder.«

»Wo sind Sie später? Wenn ich unvollständige Nachrichten hinterlasse, muss ich immer mit einen kleinen Tadel rechnen.«

»Ich werde wohl am Pier spazieren gehen, das habe ich zumindest vor. Also, eine gute abendländische Nacht oder einen schönen morgenländischen Morgen, was Ihnen lieber ist!«

Zofia verließ das Gebäude. Obwohl ein feiner Regen fiel, schlenderte sie langsam zu ihrem Wagen und fuhr in Richtung Pier Nr. 80, ihrem zweiten Zufluchtsort in dieser Stadt.

Da sie sich nach reiner Luft und Bäumen sehnte, entschied sie sich aber für den Norden. Sie fuhr über den Martin-Luther-King-Weg in den Golden Gate Park und weiter bis zum See. Zu beiden Seiten der kleinen Straße zeichneten die Laternen unzählige Lichtkreise in die Sternennacht. Die Scheinwerfer trafen auf die kleine Holzhütte, in der an schönen Sommertagen die Spaziergänger Boote mieteten. Der Parkplatz war leer. Sie stellte den Ford ab, ging zu einer Bank unter einer Laterne und setzte sich. Von einer leichten Brise getrieben, glitt ein weißer Schwan mit geschlossenen Augen über das Wasser, vorbei an einem schlafenden Frosch und einer Seerose. Zofia seufzte.

Sie sah *Ihn* am anderen Ende der Allee. Unbekümmert, die Hände in den Taschen, kam *Sir* auf sie zu. *Er* stieg über den kleinen Zaun und ging quer über den Rasen, sorgfältig um die Blumenbeete herum. *Er* kam näher und setzte sich neben sie.

»Du wolltest mich sprechen?«

»Ich wollte Sie nicht stören, *Sir.*«

»Du störst mich nie. Hast du ein Problem?«

»Nein, eine Frage.«

Sirs Augen wurden noch heller.

»Ich höre, meine Tochter.«

»Wir verbringen unsere Zeit damit, Liebe zu predigen, aber wir Engel verfügen nur über Theorien. Also, *Sir,* was ist die Liebe auf Erden wirklich?«

Er betrachtete den Himmel und legte den Arm um Zofias Schulter.

»Es ist die schönste Sache, die ich erfunden habe! Die Liebe ist ein Stückchen Hoffnung, die ständige Erneuerung der Welt, der Weg ins Gelobte Land. Ich habe den Unterschied geschaffen, damit die Menschheit ihre Intelligenz entwickelt: Eine homogene Welt wäre zum Sterben traurig! Und für denjenigen, der es verstanden hat, zu lieben und geliebt zu werden, ist der Tod nur ein Augenblick des Lebens.«

Fieberhaft zeichnete Zofia einen Kreis mit der Fußspitze in den Kies.

»Aber die Geschichte mit dem Bachert, ist die wahr?«

Gott lächelte und ergriff ihre Hand.
»Derjenige, der seine zweite Hälfte findet, bringt es weiter als die ganze Menschheit. Eine schöne Geschichte, nicht wahr? Nicht der Mensch als solcher ist einmalig – wenn ich ihn so gewollt hätte, hätte ich ihn so erschaffen –, sondern er wird es erst dann, wenn er anfängt zu lieben. Die Schöpfung ist vielleicht nicht vollkommen, aber es gibt nichts Vollkommeneres auf der Welt als zwei Menschen, die sich lieben.«
»Jetzt verstehe ich es besser«, sagte Zofia und zog eine gerade Linie durch die Mitte des Kreises.
Er erhob sich, schob die Hände wieder in die Taschen und schickte sich zum Gehen an, doch plötzlich legte *Er* eine Hand auf Zofias Kopf und sagte mit sanfter, verschwörerischer Stimme:
»Ich will dir ein großes Geheimnis anvertrauen, die einzige und große Frage, die ich mir vom ersten Tag an stelle: Habe ich wirklich die Liebe erfunden, oder hat die Liebe mich erfunden?«
Gott entfernte sich mit leichtem Schritt und betrachtete seinen Schatten im Wasser. Zofia hörte ihn brummen:
»*Sir* hier, *Sir* da, es wird wirklich Zeit, dass ich in diesem Haus einen Vornamen finde, mit dem Bart haben sie mich schon alt genug gemacht.«
Er wandte sich zu Zofia um und fragte:
»Was hältst du von *Houston* als Vorname?«
Verblüfft sah Zofia ihn davongehen, die wundervollen Hände im Rücken verschränkt und weiter vor sich hinmurmelnd:
»*Sir Houston*, vielleicht ... Nein, *Houston,* das ist ideal!«
Schließlich verklang die Stimme hinter einem großen Baum.

Zofia blieb eine lange Weile alleine sitzen. Der Frosch auf seiner Seerose starrte sie an. Er quakte zwei Mal. Zofia beugte sich vor und sagte zu ihm:
»Was, was?!«
Dann erhob sie sich, ging zu ihrem Wagen zurück und verließ den Golden Gate Park. Auf dem Nob Hill schlug eine Kirchenglocke.

~

Die Vorderräder blieben einige Zentimeter vor dem Rand des Piers stehen, der Kühlergrill des Aston Martin schwebte über dem Wasser. Lukas stieg aus und ließ die Tür geöffnet. Er stellte den rechten Fuß auf die hintere Stoßstange, seufzte tief und ließ von seinem Vorhaben ab. Er entfernte sich einige Schritte und spürte, wie ihm schwindelig wurde. Er beugte sich über das Hafenbecken und erbrach sich.
»Ihnen geht es offenbar nicht sehr gut.«
Lukas richtete sich auf und sah den alten Stadtstreicher, der ihm eine Zigarette anbot.
»Schwarzer Tabak, etwas stark, aber unter den gegebenen Umständen …«, sagte Julius.
Lukas nahm eine, Julius gab ihm Feuer, und für einen Augenblick erhellte die Flamme die beiden Gesichter. Lukas nahm einen tiefen Zug und hustete sofort.
»Sie sind gut«, sagte er und warf die Kippe weg.
»Eine Magenverstimmung?«, fragte Julius.
»Nein!«, antwortete Lukas.
»Dann vielleicht Ärger!«
»Und wie geht es Ihrem Bein, Julius?«
»Wie allem anderen, es lahmt!«
»Dann legen Sie Ihren Verband wieder an, ehe es sich entzündet«, sagte Lukas und entfernte sich.

Julius sah, wie er auf ein altes Gebäude in etwa einhundert Meter Entfernung zusteuerte. Lukas stieg die Stufen der rostigen Treppe hinauf und ging dann über den Balkon, der um den ersten Stock herumführte. Julius rief ihm nach:
»Ist Ihr Ärger eher blond oder brünett?«
Doch Lukas hörte ihn nicht. Die Tür zu dem einzigen Büro, dessen Fenster erleuchtet waren, schloss sich hinter ihm.

Zofia hatte keine Lust, nach Hause zu fahren. Auch wenn sie Mathilde gerne bei sich hatte, musste sie doch auf einen Teil an Intimität verzichten. Sie ging an dem alten roten Ziegelturm entlang, der die verlassenen Piers überragte. Die in das kegelförmige Dach eingelassene Uhr schlug die halbe Stunde. Sie trat näher ans Wasser. Der Bug des alten Frachters tanzte im Licht des von einem leicht milchigen Schleier verhüllten Mondes.
»Ich mag diesen alten Kahn, wir haben dasselbe Alter! Er knarrt auch in allen Fugen, wenn er sich bewegt, und ist noch eingerosteter als ich!«
Zofia drehte sich um und lächelte Julius an.
»Ich habe nichts gegen ihn, aber wenn seine Leitern in besserem Zustand wären, wäre er mir noch lieber.«
»Das Material spielt bei diesem Unfall keine Rolle.«
»Woher wissen Sie das?«
»Die Mauern der Docks haben Ohren, kleine Wortfetzen hier und dort setzen sich zu Satzfetzen zusammen ...«
»Wissen Sie, wie Gomez gestürzt ist?«
»Darin liegt das ganze Geheimnis. Bei einem jungen Mann hätte man von einer kurzen Unaufmerksamkeit

ausgehen können. Im Fernsehen hört man schließlich schon lange genug, dass die Jungen blöder sind als die Alten … Aber ich habe kein Fernsehen, und der Docker war ein alter Fuchs. Keiner wird glauben, dass er einfach so auf einer Sprosse ausgerutscht ist.«

»Vielleicht hat er sich plötzlich unwohl gefühlt?«

»Das wäre möglich. Aber dann bleibt die Frage, warum er sich unwohl gefühlt hat.«

»Sie scheinen eine Vermutung zu haben!«

»Mir ist vor allem etwas kalt, diese verflixte Feuchtigkeit kriecht mir in die Knochen. Ich würde unser Gespräch gerne fortsetzen, aber an einem anderen Ort. In der Nähe der Treppe, die zu den Büros da oben führt, herrscht eine Art Mikroklima. Hättest du etwas dagegen, wenn wir die paar Meter zusammen gehen?«

Zofia reichte dem alten Mann den Arm. Sie stellten sich unter den Balkon, der um das Gebäude führte. Julius trat einige Meter zur Seite, so dass er sich genau unter dem einzigen zu dieser späten Stunde noch erhellten Fenster befand. Zofia wusste, dass alte Menschen ihre Eigenarten haben und dass man ihnen, wenn man sie gerne hatte, nicht widersprechen durfte.

»So, hier ist es gut«, sagte er, »hier ist es sogar am besten!«

Sie setzten sich auf den Boden und lehnten sich an die Wand. Julius strich die Falten seiner Glencheckhose glatt.

»Nun?«, fragte Zofia. »Was wissen Sie über Gomez?«

»Ich weiß nichts! Aber wenn du gut zuhörst, ist es durchaus möglich, dass uns diese kleine Brise etwas erzählen wird.«

Zofia runzelte die Stirn, doch Julius legte den Finger auf

die Lippen. In der Stille der Nacht hörte Zofia Lukas' tiefe Stimme in dem Büro genau über ihrem Kopf.

Hurt saß am Ende des Resopaltischs. Er schob ein kleines, in Packpapier gewickeltes Päckchen vor den Immobilienverwalter des Hafens. Terence Wallace hatte Lukas gegenüber Platz genommen.

»Ein Drittel jetzt. Das zweite Drittel gibt es, wenn Ihr Verwaltungsrat für die Enteignung der Docks gestimmt hat, und das letzte, sobald ich die Vollmacht für die exklusive Vermarktung des Geländes unterschreibe«, sagte der stellvertretende Generaldirektor.

»Wir sind uns darüber einig, dass der Aufsichtsrat vor Ende der Woche tagen muss«, fügte Lukas hinzu.

»Die Zeit ist furchtbar knapp«, stöhnte der Mann, der noch nicht gewagt hatte, nach dem braunen Päckchen zu greifen.

»Die Wahlen stehen vor der Tür! Die Stadtverwaltung wird begeistert sein, bekannt geben zu können, dass ein umweltverschmutztes Areal in ein sauberes Wohnviertel verwandelt wird. Das wird ein Geschenk des Himmels sein«, trumpfte Lukas auf und schob das Päckchen näher zu Wallaces Hand. »So schwierig kann Ihre Aufgabe doch nicht sein!«

Lukas erhob sich, ging zum Fenster, öffnete es ein wenig und fügte hinzu:

»Und da Sie es bald nicht mehr nötig haben zu arbeiten … können Sie sogar die Beförderung ablehnen, die sie Ihnen zum Dank dafür anbieten werden, dass Sie sie reich gemacht haben …«

»Weil ich eine Lösung für eine vorhersehbare Krise gefun-

den habe«, sagte Wallace mit gekünstelter Stimme und reichte Ed einen großen weißen Umschlag.
»In diesem vertraulichen Bericht ist der Wert jeder Parzelle angegeben«, sagte er. »Erhöhen Sie die Preise um zehn Prozent, und mein Verwaltungsrat wird Ihr Angebot nicht ablehnen können.«
Wallace griff nach seinem Lohn und schüttelte erfreut das Päckchen.
»Spätestens am Freitag werde ich ihn einberufen.«
Lukas' Blick wanderte aus dem Fenster und wurde von einem Schatten angezogen, der unten davonlief. Als Zofia in ihren Wagen stieg, hatte er den Eindruck, sie sähe ihm direkt in die Augen. Die Rücklichter des Fords verschwanden in der Ferne. Lukas senkte den Kopf.
»Haben Sie nie Gewissensbisse, Terence?«
»Ich provoziere diesen Streik schließlich nicht!«, antwortete er und verließ das Büro.
Lukas lehnte Eds Angebot, ihn nach Hause zu bringen, ab, und blieb allein.

Die Glocke der Grace Cathedral schlug Mitternacht. Lukas zog seinen Gabardinemantel an und schob die Hände in die Taschen. Als er die Tür öffnete, strichen seine Fingerspitzen über den Einband des kleinen Buches, das er an sich genommen hatte und seither ständig bei sich trug. Er lächelte, betrachtete die Sterne und rezitierte aus Genesis, Kapitel 1:
»Licht soll am Himmelsgewölbe sein, um Tag und Nacht zu scheiden … und um das Licht von der Finsternis zu scheiden. Gott sah, dass es gut war.«

Es wurde Abend, und es wurde Morgen …

Vierter Tag

Mathilde hatte die ganze Nacht vor Schmerzen kaum ein Auge zugetan und war erst im Morgengrauen eingeschlafen. Zofia war aufgestanden, hatte sich leise im Bad angezogen und auf Zehenspitzen die Wohnung verlassen. Durch das Fenster im Flur drang mildes Sonnenlicht. Am Fuß der Treppe traf sie auf Reine, die, einen riesigen Blumenstrauß im Arm, die Haustür mit dem Fuß zustieß.

»Guten Morgen, Reine.«

Da ein Brief zwischen ihren Lippen klemmte, konnte Reine nicht antworten. Zofia nahm ihr den prachtvollen Strauß ab und legte ihn auf den Konsolentisch im Eingang.

»Sie werden aber verwöhnt, Reine.«

»Nicht ich, sondern du! Hier, der kleine Brief ist offenbar auch für dich«, sagte sie und reichte Zofia den Umschlag, den diese neugierig öffnete.

Ich bin Ihnen eine Erklärung schuldig, rufen Sie mich bitte an. Lukas.

Zofia steckte die Karte in die Tasche. Halb bewundernd, halb belustigt betrachtete Reine die Blumen.

»Na sag mal, der hat sich aber nicht lumpen lassen. Fast dreihundert, und lauter verschiedene Sorten! Ich habe bestimmt keine Vase, die groß genug ist!«

Mrs. Sheridan kehrte in ihre Wohnung zurück, und Zofia folgte ihr, den gewaltigen Strauß im Arm.
»Leg die Blumen in die Spüle, ich teile sie in mehrere Sträuße von halbwegs menschlichen Dimensionen auf. Du kannst sie mit nach oben nehmen, wenn du nach Hause kommst. Geh jetzt, ich sehe, du bist spät dran.«
»Danke, Reine, ich komme heute Abend vorbei.«
»Ja, ja, nun geh schon! Ich hasse es, dich nur halb bei mir zu haben, weil du im Geist schon woanders bist!«
Zofia umarmte ihre Vermieterin und ging. Reine nahm fünf Vasen aus dem Schrank, stellte sie nebeneinander auf den Tisch, holte die Rosenschere aus der Küchenschublade und begann ihre Komposition. Sie entdeckte einen langen Fliederzweig und legte ihn für sich beiseite. Als sie im ersten Stock die Dielen knarren hörte, unterbrach sie ihre Arbeit und bereitete das Frühstück für Mathilde vor. Kurz darauf ging sie die Treppe hinauf und brummte vor sich hin:
»Kellnerin, Floristin … was denn sonst noch, bitte schön?«

Zofia parkte vor dem Fisher's Deli. Als sie das Lokal betrat, sah sie Inspektor Pilguez, der sie einlud, an seinem Tisch Platz zu nehmen.
»Wie geht es unserem Schützling?«
»Sie erholt sich langsam. Das Bein macht ihr allerdings mehr zu schaffen als der Arm.«
»Das ist ganz normal«, sagte er. »Man hat heutzutage eben keine Veranlassung mehr, auf den Händen zu gehen.«
»Was führt Sie hierher, Inspektor?«
»Der Sturz des Dockers.«
»Und was führt dazu, dass Sie so schlecht gelaunt sind?«

»Die Untersuchungen zum Sturz des Dockers! Möchten Sie etwas trinken?«, fragte Pilguez und wandte sich zur Theke.

Seit Mathildes Unfall gab es nur noch einen Minimalservice: Wer außerhalb der Stoßzeiten einen Kaffee wollte, musste sich in Geduld üben.

»Weiß man, warum er gestürzt ist?«

»Die Untersuchungskommission glaubt, eine morsche Leitersprosse sei die Ursache.«

»Das ist eher eine schlechte Nachricht«, murmelte Zofia.

»Ihre Untersuchungsmethoden überzeugen mich nicht! Ich bin auch schon mit dem Verantwortlichen aneinander geraten.«

»Warum?«

»Ich hatte den Eindruck, dass er mit dem Wort ›wurmstichig‹ regelrecht gurgelte! Das Problem ist«, fuhr Pilguez gedankenverloren fort, »dass der Sicherungskasten keinen der Inspekteure zu interessieren scheint.«

»Was hat der Sicherungskasten damit zu tun?«

»Im Laderaum ziemlich viel. Es gibt nicht hunderttausend Gründe für den Sturz eines erfahrenen Dockers. Entweder war die Leiter morsch – ich will nicht sagen, dass sie nagelneu war –, oder es war eine Unaufmerksamkeit: Das ist aber bei Gomez eher unwahrscheinlich. Außer es wäre im Laderaum dunkel gewesen, was der Fall ist, wenn plötzlich das Licht ausgeht. Dann ist ein Unfall fast unvermeidlich.«

»Wollen Sie damit sagen, es handelt sich um Sabotage?«

»Ich will sagen, das beste Mittel, um Gomez zu Fall zu bringen, wäre gewesen, die Scheinwerfer auszuschalten, als er auf der Leiter stand. Man braucht fast eine Sonnenbrille, um da drin zu arbeiten, wenn der Laderaum erhellt ist. Was passiert Ihrer Meinung nach, wenn plötzlich alles dunkel ist? Bis sich die Augen an die Dunkelheit gewöhnt haben, haben Sie das Gleichgewicht verloren. Ist Ihnen nie schwindelig geworden, wenn Sie aus der Helligkeit in ein dunkles Geschäft oder in ein Kino kommen? Stellen Sie sich diesen Effekt vor, wenn Sie in zwanzig Meter Höhe auf einer Leiter stehen!«

»Haben Sie Beweise für Ihre Behauptung?«

Pilguez griff in seine Tasche und zog ein Taschentuch heraus, das er auf den Tisch legte. Er faltete es auseinander, und ein kleiner zylinderförmiger Gegenstand kam zum Vorschein, der über die ganze Länge verkohlt war. Angesichts von Zofias fragender Miene erklärte er:

»Ich habe eine verkohlte Sicherung mit einer zehnfach zu geringen Amperezahl.«

»Ich verstehe nicht viel von Elektrizität …«

»Das Ding war zehn Mal zu schwach, um eine solche Strombelastung auszuhalten!«

»Ist das ein Beweis?«

»Es zeugt auf alle Fälle von böswilliger Absicht! Die Sicherung konnte höchstens fünf Minuten halten.«

»Aber was soll all das beweisen?«

»Dass man nicht nur im Laderaum der *Valparaiso* nicht klar sieht.«

»Was hält die Untersuchungskommission davon?«

Pilguez drehte die Sicherung zwischen den Fingern, der Zorn war ihm deutlich anzumerken.

»Die meinen, was ich in Händen halte, beweist überhaupt nichts, weil ich es nicht im Sicherungskasten gefunden habe!«

»Und Sie sind vom Gegenteil überzeugt?«

»Ja!«

»Warum?«
Pilguez ließ die Sicherung über den Tisch rollen, Zofia griff danach und betrachtete sie aufmerksam.
»Ich habe sie unter der Treppe gefunden; sie wurde beim Kurzschluss offenbar weggeschleudert. Derjenige, der die Spuren beseitigen wollte, hat sie anscheinend nicht gefunden. Im Sicherungskasten steckte eine nagelneue Sicherung.«
»Werden Sie eine strafrechtliche Untersuchung einleiten?«
»Noch nicht, auch das ist ein Problem.«
»Inwiefern?«
»Das Motiv! Warum hat jemand Interesse daran, dass Gomez im Laderaum des Frachters stürzt? Wem kann der Unfall nützen? Haben Sie eine Ahnung?«
Zofia wehrte sich gegen das Unwohlsein, das sie überkam. Sie hüstelte und schlug die Hände vors Gesicht.
»Nicht die geringste.«
»Wirklich nicht?«, fragte Pilguez argwöhnisch.
»Nicht die Allergeringste«, erklärte sie und hüstelte wieder.
»Schade«, meinte Pilguez und erhob sich.
Er ging zur Tür, ließ Zofia den Vortritt und steuerte dann auf seinen Wagen zu. Ehe er einstieg, wandte er sich zu ihr um.
»Versuchen Sie nie zu lügen, dazu haben Sie absolut kein Talent.«
Er bedachte sie mit einem gezwungenen Lächeln und setzte sich ans Steuer. Zofia trat an seinen Wagen.
»Es gibt etwas, das ich Ihnen nicht gesagt habe!«
Pilguez sah auf seine Uhr und seufzte.
»Die Untersuchungskommission hat die Verantwortlichen des Frachters gestern Abend von jedem Verdacht

freigesprochen. Seither hat ihn sich niemand mehr angesehen.«

»Und was, glauben Sie, hat die Kommission dazu bewegen können, ihre Meinung über Nacht zu ändern?«, fragte der Inspektor.

»Ich weiß nur, dass ein neuer Streik bevorsteht, falls das Schiff wieder als Ursache in Betracht kommt.«

»Warum könnte das für die Untersuchungskommission von Vorteil sein?«

»Es wird da schon eine Verbindung geben. Finden Sie sie heraus!«

»Das einzig mögliche Bindeglied ist derjenige, der Gomez' Unfall in Auftrag gegeben hat.«

»Ein Unfall, seine Folgen, und beides mit demselben Ziel«, murmelte Zofia verwirrt.

»Ich werde erst mal die Vergangenheit des Opfers unter die Lupe nehmen, um andere Hypothesen auszuschließen.«

»Ich denke, das ist das Beste, was Sie tun können«, stimmte Zofia zu.

»Und wohin gehen Sie jetzt?«

»Nur Gewerkschaftsversammlung der Docker.«

Sie trat zurück, Pilguez ließ den Wagen an und fuhr davon.

Als er das Hafengelände verlassen hatte, rief er sein Büro an. Die Leiterin der Überwachungszentrale nahm nach dem siebten Klingeln ab, und Pilguez erklärte:

»Hallo, hier ist das städtische Bestattungsinstitut. Inspektor Pilguez hatte einen Zusammenbruch; bei dem Versuch, Sie anzurufen, ist er verstorben. Wir wollten uns erkundigen, ob wir seine Leiche ins Kommissariat oder direkt zu Ihnen bringen sollen.«

»Endlich! Zwei Blocks weiter ist eine Mülldeponie, laden

Sie ihn dort ab, ich gehe hin, sobald ich eine Vertretung habe und nicht mehr alle zwei Minuten das Telefon abnehmen muss«, antwortete Nathalia.
»Bezaubernd!«
»Was willst du?«
»Hast du dir nicht mal eine Sekunde Sorgen gemacht?«
»Seit ich deinen Blutzucker und deine Cholesterinwerte überwache, hast du keine Zusammenbrüche mehr. Trotzdem sehne ich mich manchmal nach der Zeit zurück, als du deine Eier noch heimlich gegessen hast. Damals hat sich deine schlechte Laune wenigstens ab und zu mal gebessert. Wolltest du dich mit diesem äußerst charmanten Anruf erkundigen, wie es mir geht?«
»Ich möchte dich um einen Gefallen bitten.«
»Das fängst du sehr geschickt an! Aber ich kann es mir ja mal anhören …«
»Sieh im Zentralserver nach, was du unter Felix Gomez, sechsundfünfzig Fillmore Street, Dockerkarte fünf-vier-sechs-acht-sieben findest. Außerdem wüsste ich gerne, wer dir erzählt hat, dass ich heimlich Eier esse!«
»Stell dir vor, auch ich arbeite bei der Polizei. Du hast beim Essen ebenso gute Manieren wie beim Sprechen!«
»Und was beweist das?«
»Wer bringt deine Hemden in die Wäscherei? Gut, ich muss aufhören, ich habe sechs Anrufe in der Warteschleife, und vielleicht ist ein echter Notfall dabei.«
Sobald Nathalia aufgelegt hatte, schaltete Pilguez die Sirene ein und wendete den Wagen.

Es hatte eine gute halbe Stunde gedauert, bis sich die Menge beruhigt hatte, und die Versammlung hatte gerade erst begonnen. Manca verlas den Bericht des San Francisco Memorial Hospital. Gomez hatte drei Operationen hinter sich. Die Ärzte konnten nicht sagen, ob er eines Tages wieder arbeitsfähig sein würde, doch die Risse in den beiden Lendenwirbeln hatten keine Rückenmarksschädigung zur Folge: Er war noch immer bewusstlos, aber außer Lebensgefahr. Ein erleichtertes Murmeln ging durch die Versammlung; trotzdem blieb die Stimmung angespannt. Die Dockarbeiter standen vor der zwischen zwei Containern improvisierten Tribüne, Zofia etwas abseits in der letzten Reihe. Manca bat um Ruhe.

»Die Untersuchungskommission hat festgestellt, dass wahrscheinlich die Überalterung der Leiter im Laderaum Ursache des Unfalls ist.«

Das Gesicht des Gewerkschaftsvertreters wurde ernst. Die Arbeitsbedingungen, die man ihnen aufzwang, hatten das Leben eines ihrer Kollegen gefährdet. Wieder hatte einer von ihnen bezahlen müssen.

Rauchschleier drangen durch die angelehnte Tür des Containers neben der Tribüne, auf der Manca stand und zu seinen Kollegen sprach. Beim Anzünden seiner Zigarre hatte Ed Hurt das Fenster seines Jaguars heruntergelassen. Er steckte den Zigarettenanzünder wieder in die Halterung und spuckte ein paar Tabakkrümel aus, die an seiner Zunge klebten. Entzückt über den nur wenige Meter entfernten wachsenden Groll, rieb er sich die Hände.

»Ich kann euch nur dazu auffordern, für eine unbefristete Arbeitsniederlegung zu stimmen«, schloss Manca.

Drückendes Schweigen breitete sich aus. Eine Hand nach der anderen erhob sich, hundert Hände reckten sich in die Luft, und Manca nahm die einstimmige Entscheidung seiner Kollegen mit einem Kopfnicken zur Kenntnis. Zofia holte tief Luft und ergriff das Wort:

»Tut es nicht! Ihr lauft in eine Falle!«
Auf den Gesichtern, die sich zu ihr umwandten, las sie Erstaunen und Zorn.
»Nicht die Leiter ist Schuld an Gomez' Sturz«, fuhr sie etwas lauter fort.
»Was mischt die sich da ein?«, schrie ein Docker.
»Es kommt dir wohl gelegen, wenn deine Verantwortung als Sicherheitsoffizierin nicht in Frage gestellt wird!«, brüllte ein anderer.
»Ein solcher Vorwurf ist erbärmlich!«, gab Zofia zurück.
Sie spürte, dass sich die Aggressivität jetzt gegen sie richtete.
»Man wirft mir ständig vor, zu viele Vorsichtsmaßnahmen für euch zu treffen, das wisst ihr genau!«
Das Gemurmel erstarb für wenige Sekunden, bis ein dritter Mann fortfuhr:
»Warum ist Gomez dann gestürzt?«
»Auf alle Fälle nicht wegen der Leiter!«, entgegnete Zofia und senkte die Stimme und den Kopf.
Ein Docker trat auf sie zu und schlug mit einer Eisenstange auf seinen Handballen:
»Verschwinde, Zofia! Du bist hier nicht mehr willkommen.«
Sie fühlte sich plötzlich bedroht von den sich nähernden Dockern. Sie wich einen Schritt zurück und stieß mit dem Mann, der hinter ihr stand, zusammen.
»Eine Hand wäscht die andere!«, flüsterte Pilguez ihr ins Ohr. »Sie erklären mir, wem dieser Streik nutzt, und ich hole Sie hier raus. Ich denke, Sie wissen etwas darüber, und Sie brauchen mir nicht einmal zu sagen, wen Sie zu decken versuchen!«
Sie sah ihn an, und Pilguez lächelte verschmitzt.

»Der Instinkt des Polizisten, meine Liebe«, meinte er und rollte die Sicherung zwischen den Fingern.
Er stellte sich vor sie, zeigte seinen Ausweis, und die Männer hielten inne.
»Es ist sehr wahrscheinlich, dass die junge Dame Recht hat«, sagte er und genoss das tiefe Schweigen, das seine Worte auslösten. »Ich bin Inspektor Pilguez von der Kriminalpolizei San Francisco, und ich möchte Sie bitten, einige Schritte zurückzutreten, ich leide nämlich an Platzangst!«
Keiner gehorchte, und von der Tribüne schrie Manca herüber:
»Warum sind Sie hier, Inspektor?«
»Um Ihre Freunde daran zu hindern, eine Dummheit zu begehen und – wie die junge Dame sagt – in eine Falle zu tappen!«
»Was geht Sie das an?«, rief der Gewerkschaftsvertreter.
»Das hier geht mich etwas an!«, erklärte Pilguez und hielt die Sicherung in die Höhe.
»Was ist das?«, fragte Manca.
»Das, was die Beleuchtung in dem Laderaum hätte sichern sollen, in dem Gomez gestürzt ist!«
Alle Docker blickten auf Manca, der die Stimme hob:
»Wir sehen nicht, worauf Sie hinauswollen, Inspektor.«
»Wie Gomez, der im Laderaum nicht viel sehen konnte.«
Der kleine Zylinder flog über die Köpfe der Docker hinweg, Manca fing ihn auf.
»Der Unfall Ihres Kollegen ist auf Sabotage zurückzuführen«, fuhr Pilguez fort. »Diese Sicherung ist zehn Mal zu schwach, überzeugen Sie sich selbst.«
»Und warum hätte das jemand tun sollen?«, fragte eine anonyme Stimme.

»Damit ihr anfangt zu streiken«, antwortete Pilguez lakonisch.
»Sicherungen gibt es überall auf dem Schiff«, rief einer der Männer.
»Was Sie da sagen, stimmt nicht mit dem Bericht der Untersuchungskommission überein!«, schrie ein anderer.
»Ruhe!«, brüllte Manca. »Nehmen wir an, Sie hätten Recht. Wer hätte die Sache dann angezettelt?«
Pilguez sah Zofia an und seufzte, ehe er dem Gewerkschaftsvertreter antwortete:
»Nun, diese Seite der Sache ist noch nicht ganz klar!«
»Dann verschwinden Sie mit Ihren albernen Geschichten«, rief der Docker, der die Brechstange hielt.
Die Hand des Polizisten glitt langsam zu seinem Holster. Die Menge bewegte sich auf sie zu wie eine bedrohliche Flutwelle, die sie bald überspülen würde. Zofia erkannte den Mann, der neben der Tribüne stand und sie ansah.
»Ich weiß, wer das Verbrechen in Auftrag gegeben hat!«
Lukas' ruhige Stimme ließ die Docker erstarren. Alle Gesichter wandten sich jetzt ihm zu. Er stieß die angelehnte Tür des Containers auf, die in den Angeln quietschte und den Blick auf den Jaguar freigab. Lukas deutete mit dem Finger auf den Fahrer, der mit fieberhafter Eile den Zündschlüssel ins Schloss steckte.
»Es werden saftige Schmiergelder verteilt, um den Grund zu kaufen, auf dem ihr arbeitet … nach dem Streik, natürlich. Fragt ihn, er ist der Käufer!«
Hurt legt hastig den ersten Gang ein, die Reifen drehten auf dem Asphalt durch, und der Dienstwagen des stellvertretenden Generaldirektors der A & H-Gruppe begann eine wilde Flucht zwischen den Kränen hindurch, um dem Zorn der Docker zu entkommen.

Pilguez befahl Manca, seine Männer im Zaum zu halten.
»Beeilen Sie sich, ehe es zu Lynchjustiz kommt!«
Der Gewerkschaftsabgeordnete verzog das Gesicht und rieb sich das Knie.
»Ich habe furchtbare Arthrose«, jammerte er, »die Feuchtigkeit hier im Hafen, was wollen Sie, das bringt der Beruf mit sich!«
Er entfernte sich hinkend.
»Rührt euch nicht vom Fleck, ihr beiden!«, brummte Pilguez.
Er ließ Lukas und Zofia stehen, um den Dockern nachzurennen. Lukas folgte ihm mit den Blicken.
Als die Silhouette des Inspektors hinter einem Traktor verschwand, trat Lukas auf Zofia zu und nahm ihre Hände in die seinen. Sie zögerte, bevor sie ihre Frage stellte.
»Sie sind kein Kontrollengel, nicht wahr?«, sagte sie mit hoffnungsvoller Stimme.
»Nein, ich weiß nicht, wovon Sie sprechen!«
»Und Sie gehören auch nicht der Regierung an?«
»Sagen wir, ich arbeite für … für etwas Ähnliches. Aber ich bin Ihnen doch ein paar Erklärungen schuldig.«
Ein Scheppern von Blech war aus der Ferne zu hören. Lukas und Zofia sahen einander an und rannten beide in die Richtung los, aus der das Geräusch gekommen war.
»Wenn die ihn erwischen, wird er seine Haut nicht retten können«, keuchte Lukas.
»Dann beten Sie, dass es nicht passiert«, rief Zofia, die ihn eingeholt hatte.
»Sie ist ohnehin nicht viel wert«, meinte Lukas, jetzt wieder zwei Schritte voraus.
Zofia überholte ihn.
»Sie sind ganz schön aufgeblasen!«

»Was das Atmen angeht, bin ich unschlagbar!«
Er verzog das Gesicht und legte sich mächtig ins Zeug, um in dem schmalen Durchgang zwischen zwei Containerstapeln wieder die Führung zu übernehmen. Zofia aber konnte ihr Tempo noch einmal beschleunigen.
»Da hinten sind sie«, stieß sie atemlos, aber noch immer an erster Stelle, hervor.
Lukas setzte zum Sprint an, um sie einzuholen. In der Ferne stieg weißer Rauch vom Kühler des Jaguars auf, der auf die Gabel eines Frachters gespießt war. Zofia atmete tief durch, um ihr Tempo halten zu können.
»Ich kümmere mich um ihn, und Sie nehmen sich die Docker vor … sobald Sie mich eingeholt haben«, sagte sie und gab ihr Letztes.
Sie umrundete die Menge, die sich um das Autowrack aufgestellt hatte. Um nicht eine kostbare Sekunde zu verlieren, blickte sie sich nicht nach ihm um, sondern begnügte sich damit, sich vorzustellen, was Lukas hinter ihr wohl für ein Gesicht machte.
»Einfach lächerlich! Wir machen doch keinen Wettlauf, soweit ich weiß!«, hörte sie ihn drei Schritte hinter sich keuchen.
Die Docker standen schweigend um den leeren Wagen. Einer kam angerannt: Der Pförtner hatte niemanden an seinem Häuschen vorbeikommen sehen. Ed musste also noch im Hafen sein, wahrscheinlich hinter einem der unzähligen Container versteckt. Die Versammlung löste sich auf, jeder lief in eine andere Richtung, fest entschlossen, den Flüchtigen als Erster zu finden. Lukas trat zu Zofia.
»Ich möchte nicht an seiner Stelle sein!«
»Die Sache scheint Sie zu belustigen!«, entgegnete sie ge-

reizt. »Helfen Sie mir lieber, ihn vor den anderen zu finden!«

»Ich bin etwas aus der Puste, und wer ist wohl schuld daran?«

»Das ist doch die Höhe!«, rief Zofia, die Fäuste in die Hüften gestemmt. »Wer hat denn angefangen?«

»Sie!«

Die Stimme von Julius unterbrach die beiden:

»Eure Unterhaltung scheint ja sehr anregend zu sein. Aber wenn ihr sie später fortsetzen würdet, könnten wir vielleicht ein Menschenleben retten. Kommt mit!«

Unterwegs erklärte Julius ihnen, Ed habe sein Auto nach dem Aufprall verlassen und versucht, zum Hafenausgang zu gelangen. Auf der Höhe des Brückenbogens Nr. 7 sei ihm die Meute gefährlich dicht auf den Fersen gewesen.

»Wo ist er jetzt?«, fragte Zofia, die neben dem alten Stadtstreicher ging, besorgt.

»Unter einem Haufen alter Kleider!«

Julius hatte größte Mühe gehabt, ihn dazu zu bringen, sich in seinem Einkaufswagen zu verstecken.

»Ich habe selten einen so unsympathischen Menschen gesehen! Ihr könnt euch nicht vorstellen, wie er sich angestellt hat!«, schimpfte Julius. »Aber als ich ihm das Becken gezeigt habe, in das die Docker ihn werfen würden, hat ihn die Farbe des Wassers davon überzeugt, dass meine Wäsche gar nicht so schmutzig ist.«

Lukas, der noch immer hinter ihnen ging, beschleunigte den Schritt, um sie einzuholen, und murmelte:

»Sie haben angefangen!«

»Habe ich nicht!«, raunte sie zurück.

»Sie haben als Erste Tempo zugelegt.«

»Stimmt nicht.«

»So, jetzt reicht's aber, ihr beiden!«, sagte Julius. »Der Inspektor ist bei ihm, und wir müssen einen Weg finden, den Mann unbemerkt hier herauszuschaffen.«
Inspektor Pilguez winkte sie herbei. Er übernahm die Leitung der Operation.
»Sie sind alle bei den Kränen und suchen jeden Winkel ab, aber bald werden sie hier sein! Kann einer von Ihnen beiden möglichst unauffällig den Wagen holen?«
Der Ford war an einer ungünstigen Stelle geparkt. Bei dem Versuch, ihn zu holen, würde Zofia mit Sicherheit die Aufmerksamkeit der Docker erregen. Lukas schwieg und zeichnete mit der Schuhspitze einen Kreis in den Staub. Julius wies ihn mit einem Blick auf den Kran hin, der ganz in ihrer Nähe das Wrack eines Chevrolet Camaro auf den Pier hievte. Es war der siebte Wagen, den er aus dem Wasser barg.
»Ich wüsste schon, wo man hier in der Nähe Autos finden kann, doch die Motoren geben beim Anlassen so ein komisches Blubbern von sich!«, flüsterte Julius Lukas ins Ohr.
Unter dem fragenden Blick von Inspektor Pilguez entfernte sich Lukas und brummte:
»Ich besorge Ihnen, was Sie brauchen!«
Drei Minuten später kam er am Steuer eines geräumigen Chrysler zurück, den er vor dem Brückenbogen parkte. Julius schob den Einkaufswagen heran, Pilguez und Zofia halfen Hurt heraus. Der stellvertretende Generaldirektor legte sich auf den Rücksitz, und Julius breitete eine seiner Decken über ihm aus.
»Und seien Sie bitte so freundlich, sie reinigen zu lassen, bevor Sie mir die Decke zurückbringen!«, sagte er und knallte die Tür zu.
Zofia nahm neben Lukas Platz. Pilguez trat an ihr Fenster.

»Beeilen Sie sich!«
»Sollen wir ihn zum Kommissariat bringen?«, erkundigte sich Lukas.
»Wozu?«, entgegnete der Inspektor verdrossen.
»Leiten Sie denn keine Untersuchung gegen ihn ein?«, fragte Zofia.
»Das einzige Beweisstück, das ich hatte, war ein kleiner Kupferzylinder von zwei Zentimeter Länge, und den habe ich opfern müssen, um Sie zu retten! Doch ist es nicht die Aufgabe einer Sicherung, Kurzschlüsse zu verhindern?«, fügte er achselzuckend hinzu. »Also, los jetzt.«
Lukas legte den ersten Gang ein, und der Wagen entfernte sich, eine Staubwolke hinter sich herziehend. Während sie noch am Pier entlangfuhren, hörten sie Eds erstickte Stimme:
»Das werden Sie mir büßen, Lukas!«
Zofia lüpfte die Decke ein Stückchen, so dass Hurts hochrotes Gesicht zum Vorschein kam.
»Ich glaube nicht, dass dies der richtigen Augenblick für solche Drohungen ist«, erklärte sie mit distanzierter Stimme.
Der stellvertretende Generaldirektor, dessen Lider unkontrolliert zuckten, fügte jedoch an Lukas gewandt hinzu:
»Sie sind erledigt, Lukas! Sie wissen nicht, wie groß meine Macht ist!«
Lukas zog unvermittelt die Handbremse an, und der Chrysler rutschte mit blockierten Rädern einige Meter weiter. Die Hände auf dem Lenkrad, wandte sich Lukas an Zofia:
»Steigen Sie aus!«
»Was haben Sie vor?«, fragte sie besorgt.
Der Ton, in dem er seinen Befehl wiederholte, ließ keine

Widerrede zu. Sie stieg aus, und das Fenster schloss sich quietschend. Im Rückspiegel sah Hurt Lukas' dunkle Augen, die jetzt fast schwarz schienen.
»Sie wissen nichts von meiner Macht, mein Bester!«, sagte Lukas. »Aber keine Sorge, Sie werden es gleich erfahren.«
Er zog den Zündschlüssel ab und stieg ebenfalls aus. Kaum hatte er sich einen Schritt entfernt, verriegelten sich alle Türen. Die Drehzahl des Motors stieg langsam an, und als Ed sich aufrichtete, stand der Zeiger des Tourenzählers bereits auf 4500. Die Räder drehten auf dem Asphalt durch, ohne dass sich der Wagen vom Fleck rührte.
Lukas verschränkte die Arme und murmelte:
»Irgendetwas funktioniert nicht, aber was?«
»Was machen Sie da?«, schrie Zofia und schüttelte ihn.
Im Wageninneren spürte Ed, wie er von einer unsichtbaren Kraft auf den Sitz gedrückt wurde. Die Rückenlehne wurde plötzlich aus der Halterung gerissen und an die Heckscheibe gepresst. Um sich dieser Kraft zu widersetzen, versuchte Hurt, sich an der ledernen Halteschlaufe festzuklammern, doch die Naht gab nach. Verzweifelt hielt er sich am Türgriff fest, aber der Sog war so stark, dass seine Gelenke blau anliefen, ehe die Finger nachgaben. Je mehr Ed kämpfte, desto weiter rutschte er nach hinten. Sein Körper wurde von einem ungeheuren Gewicht zusammengepresst und unerbittlich in den Kofferraum gedrückt. Seine Finger krallten sich vergebens in das Leder des Sitzes; als er im Kofferraum war, fiel die Rückenlehne zurück an ihren Platz, und der Sog ließ nach. Er war jetzt im Dunkeln. Auf dem Armaturenbrett hatte der Tourenzähler seinen Höchststand erreicht. Draußen war das Heulen des Motors ohrenbetäubend geworden. Die qualmenden Reifen hinterließen schwarze Gummi-

spuren, und das ganze Fahrzeug vibrierte. Zofia stürzte zum Wagen, um seinen Insassen zu befreien, doch der Innenraum war leer. Sie geriet in Panik und wandte sich zu Lukas, der mit besorgter Miene den Zündschlüssel hin- und herdrehte.
»Was haben Sie mit ihm gemacht?«, fragte Zofia.
»Er ist im Kofferraum«, antwortete er gedankenverloren. »Irgendetwas funktioniert nicht … Was habe ich bloß vergessen?«
»Sie sind ja völlig verrückt! Wenn die Bremse nicht hält …«
Zofia hatte keine Zeit, ihren Satz zu beenden. Augenscheinlich erleichtert nickte Lukas und schnipste mit den Fingern. Im Inneren des Wagens löste sich die Handbremse, und der Chrysler schoss ins Hafenbecken. Zofia lief an den Rand des Piers und starrte auf das Heck, das aus den Fluten ragte: Die Klappe des Kofferraums öffnete sich, und der stellvertretende Generaldirektor nahm sein unfreiwilliges Bad im brackigen Wasser. Zunächst trieb er, spuckend und keuchend, dahin wie ein Korken, dann bewegte er sich mit unbeholfenen Schwimmzügen auf die steinerne Treppe zu. Der Wagen versank und mit ihm Lukas' großes Immobilienprojekt. Er stand am Pier, leicht verschämt wie ein Kind, das auf frischer Tat ertappt worden war.
»Haben Sie keinen Hunger?«, fragte er Zofia, die mit energischen Schritten auf ihn zukam. »Bei der ganzen Sache sind wir nicht mal zum Frühstücken gekommen.«
Sie warf ihm einen vernichtenden Blick zu.
»Wer sind Sie?«
»Das ist nicht so leicht zu erklären«, erwiderte er verlegen.
Zofia riss ihm den Zündschlüssel aus der Hand.

»Sind Sie der Sohn des Teufels oder sein bester Schüler, um solche Tricks zu beherrschen?«
Lukas senkte den Kopf und zog mit der Schuhspitze eine Linie genau durch die Mitte des Kreises, den er zuvor in den Staub gemalt hatte.
»Haben Sie es denn noch immer nicht begriffen?«, antwortete er betreten.
Zofia trat erst einen, dann einen weiteren Schritt zurück.
»Ich bin sein Gesandter … sein bester Agent!«
Sie schlug die Hand vor den Mund, um einen Schrei zu unterdrücken.
»Nicht Sie …«, murmelte sie und sah Lukas ein letztes Mal an, ehe sie davonlief.
Sie hörte ihn ihren Namen rufen, doch seine Worte waren nur noch abgehackte Silben im Wind.
»Verdammter Mist, du hast mir schließlich auch nicht die Wahrheit gesagt!«, murmelte Lukas vor sich hin und verwischte den Kreis mit einer wütenden Bewegung des Fußes.

~

In seinem Büro schaltete Luzifer den Kontrollbildschirm aus, und Lukas' Gesicht schrumpfte zu einem winzigen weißen Punkt zusammen, der schließlich in der Mitte des Monitors erlosch. Satan schwenkte in seinen Drehstuhl herum und drückte auf den Knopf der Sprechanlage.
»Schicken Sie mir auf der Stelle Blasius!«

~

Lukas ging zum Parkplatz und verließ die Docks in einem hellgrauen Dodge. Hinter der Schranke begann er in seinen Taschen nach einer Visitenkarte zu suchen und klemmte sie hinter die Sonnenblende. Er nahm sein Handy und wählte die Nummer der einzigen Journalistin, die er »näher« kannte. Amy hob nach dem dritten Klingeln ab.

»Ich weiß immer noch nicht, warum du neulich so verärgert warst?«, sagte er.

»Ich hätte nicht gedacht, dass du wieder anrufst. Ein Punkt für dich.«

»Ich möchte dich um einen Gefallen bitten.«

»Du hast deinen Punkt schon wieder verloren. Und was habe ich davon?«

»Sagen wir, ich habe ein Geschenk für dich!«

»Wenn es Blumen sind, kannst du sie behalten!«

»Eine Schlagzeile!«

»Und du möchtest, dass ich sie veröffentliche, nehme ich an.«

»In etwa.«

»Nur wenn die Informationen mit einer ebenso glühenden Nacht wie der letzten verbunden sind.«

»Nein, Amy, das ist nicht mehr möglich.«

»Bleibt es bei nein, auch wenn ich auf die Dusche verzichte?«

»Auch dann.«

»Es ist zum Verzweifeln, dass Typen wie du sich verlieben!«

»Schalte dein Tonband ein, es geht um einen gewissen Immobilienhai, dessen Misserfolg dich zur glücklichsten aller Journalistinnen machen wird!«

Der Dodge fuhr die Third Street hinunter; Lukas beendete das Gespräch und bog in die Van Ness Street ein, die ins Pacific-Heights-Viertel führte.

Blasius klopfte dreimal an. Er wischte sich die feuchten Hände an der Hose ab und trat ein.
»Sie haben mich rufen lassen, *President?*«
»Musst du immer so blöde Fragen stellen, deren Antwort du kennst? Bleib stehen!«
Tief erschrocken nahm Blasius Haltung an. *President* öffnete seine Schreibtischschublade und schob eine rote Sammelmappe zum anderen Ende des Tisches. Blasius holte sie sich und stellte sich sogleich wieder vor seinen Herrn.
»Glaubst du, ich habe dich kommen lassen, um zuzusehen, wie du um meinen Schreibtisch herumläufst? Mach die Mappe auf, du Idiot!«
Blasius tat wie geheißen und erkannte sofort das Foto, auf dem Lukas Zofia im Arm hielt.
»Ich würde es gerne als Grußkarte zum neuen Jahr verschicken, aber leider fällt mir keine Bildunterschrift ein!«, brüllte Luzifer und schlug mit der Faust auf den Tisch. »Ich könnte mir vorstellen, dass du eine findest, denn schließlich hast du unseren besten Agenten ausgewählt!«
»Großartig, dieses Foto, nicht wahr?«, stammelte Blasius, dem der Schweiß aus allen Poren rann.
»Also«, sagte Satan und drückte seine Zigarette auf der marmornen Tischplatte aus, »entweder übersteigt dein Humor mein Begriffsvermögen, oder etwas Intelligentes ist mir entgangen.«
»Sie glauben doch wohl nicht, *President*, dass ... aber nein ... ich bitte Sie!«, fuhr Blasius in affektiertem Tonfall fort. »All das ist geplant und vollständig unter Kontrolle! Lukas setzt ungewöhnliche Hilfsmittel ein, er ist einfach genial!«
Satan zog eine neue Zigarette aus seiner Tasche und zün-

dete sie an. Er nahm einen tiefen Zug und blies Blasius den Rauch ins Gesicht.
»Pass auf, was du sagst …«
»Wir streben ein Schachmatt an … Und im Moment sind wir dabei, unserem Gegner die Dame zu nehmen.«
Luzifer erhob sich und trat an die Fensterfront. Er legte beide Hände auf die Scheibe und dachte nach.
»Hör mit deinen Metaphern auf, ich hasse das. Hoffen wir, dass du die Wahrheit sagst … Eine Lüge hätte höllische Folgen für dich.«
»Sie brauchen sich keine Sorgen zu machen«, stöhnte Blasius und zog sich leise zurück.
Sobald er allein war, nahm Satan wieder am Ende des langen Tisches Platz und schaltete seinen Kontrollmonitor ein.
»Ich will doch lieber zwei, drei Sachen überprüfen«, brummte er und drückte erneut auf den Knopf der Sprechanlage.

Zofia hatte den Ford in der Tiefgarage abgestellt und stieg die Treppe zum Union Square hinauf. Ziellos streifte sie durch die Parkanlage und setzte sich schließlich zu einer weinenden jungen Frau auf eine Bank. Sie fragte, warum sie so traurig sei, doch noch ehe sie die Antwort bekam, spürte sie, wie ihr der eigene Kummer die Kehle zusammenschnürte.
»Entschuldigung«, sagte sie und entfernte sich.
Sie verließ den Park und schlenderte an den Schaufenstern der Luxusgeschäfte vorbei. Sie kam an der Drehtür des Kaufhauses Macy's vorbei und trat gedankenverloren ein. Kaum hatte sie den Fuß über die Schwelle gesetzt, eilte

auch schon eine Verkäuferin in kanariengelber Uniform auf sie zu und bot ihr an, sie mit dem neuesten Modeparfüm *Canary Wharf* zu besprühen. Zofia lehnte mit einem abwesenden Lächeln ab und fragte, wo sie das Parfüm *Habit Rouge* finde.

Die junge Verkäuferin versuchte gar nicht erst, ihren Ärger zu verbergen.

»Zweiter Stand rechts«, sagte sie knapp und zuckte die Achseln.

Als sich Zofia entfernte, sprühte sie zweimal den gelben Duft aus einem Zerstäuber hinter ihr her.

»Die anderen haben auch ein Existenzrecht!«

Zofia ging zu der Auslage. Schüchtern griff sie nach dem Tester, schraubte den eckigen Verschluss ab und gab zwei Tropfen Parfüm auf die Innenseite ihres Handgelenks. Sie hob die Hand ans Gesicht und sog den zarten Duft mit geschlossenen Augen ein. Hinter ihren Lidern zogen Nebelschwaden unter der Golden Gate Bridge gen Sausalito: Ein Mann im schwarzen Anzug lief die menschenleere Promenade entlang.

Die Stimme einer Verkäuferin holte sie in die Realität zurück. Zofia blickte um sich. Frauen mit schleifenverzierten Päckchen eilten durch die Gänge.

Zofia senkte den Kopf, stellte den Flakon wieder in den Ständer und verließ das Kaufhaus. Sie kehrte zu ihrem Wagen zurück und fuhr zum Bildungszentrum für Sehbehinderte. An diesem Tag bestand die Unterrichtsstunde nur aus Schweigen, das ihre Schüler respektierten. Als die Glocke läutete, erhob sie sich von ihrem Stuhl, sagte nur »danke« und verließ das Klassenzimmer. Sie fuhr nach Hause und entdeckte im Eingang den prächtigen Blumenstrauß.

»Unmöglich, ihn zu dir raufzuschaffen«, sagte Reine, als sie ihr die Tür öffnete. »Gefällt er dir? Er wirkt fröhlich im Flur, nicht wahr?«
»Ja«, sagte Zofia und biss sich auf die Lippe.
»Was hast du?«
»Reine, Sie gehören doch nicht zu den Leuten, die sagen: ›Ich hab's dir ja gesagt‹, nicht wahr?«
»Nein, das ist ganz und gar nicht meine Art!«
»Könnten Sie dann bitte den Strauß mit zu sich in Ihre Wohnung nehmen?«, fragte Zofia mit bebender Stimme. Damit eilte sie in den ersten Stock hinauf. Reine sah ihr nach, und als sie in ihrem Apartment verschwunden war, murmelte sie:
»Ich hab's dir ja gesagt!«

Mathilde legte die Zeitung beiseite und musterte ihre Freundin.
»Hattest du einen guten Tag?«
»Und du?«, antwortete Zofia und stellte ihre Tasche vor der Garderobe ab.
»Was für eine Antwort! Na, nach deinem Gesicht zu urteilen, erübrigt sich jede Frage.«
»Ich bin müde, Mathilde!«
»Komm, setz dich zu mir aufs Bett!«
Als sich Zofia auf die Matratze fallen ließ, stöhnte Mathilde auf.
»Tut mir Leid«, sagte Zofia und erhob sich wieder. »Also, wie war dein Tag?«
»Äußerst spannend«, entgegnete die Freundin und verzog das Gesicht. »Ich habe den Kühlschrank aufgemacht und einen so guten Witz erzählt – du kennst ja meinen Humor –, dass eine Tomate vor Lachen geplatzt ist. Also habe

ich den Rest des Nachmittags damit verbracht, die Petersilie zu schamponieren!«

»Hattest du heute starke Schmerzen?«

»Nur während meines Aerobic-Kurses. Du kannst dich ruhig wieder setzen, aber diesmal etwas vorsichtiger.«

Mathilde sah aus dem Fenster und sagte zu Zofia:

»Nein, bleib lieber stehen!«

»Warum?«, fragte Zofia verwirrt.

»Weil du in zwei Minuten wieder aufstehen müsstest«, antwortete Mathilde, ohne den Blick abzuwenden.

»Was ist denn?«

»Ich kann nicht glauben, dass er noch mal damit kommt!«, höhnte Mathilde.

Zofia riss die Augen auf und wich einen Schritt zurück.

»Ist er unten?«

»Er ist wirklich zum Anbeißen! Wenn er nur einen Zwillingsbruder hätte, dann gäbe es auch einen für mich! Er sitzt mit Blumen auf der Kühlerhaube und wartet auf dich. Geh runter!«, sagte Mathilde, doch Zofia hatte schon das Zimmer verlassen und eilte die Treppe hinunter.

Als sie auf den Bürgersteig trat, erhob sich Lukas und streckte ihr mit beiden Händen eine gelbrote Seerose entgegen, die sich stolz in ihrem Tontopf reckte.

»Ich weiß immer noch nicht, welches Ihre Lieblingsblumen sind, aber diese bringen Sie immerhin dazu, mit mir zu sprechen!«

Zofia musterte ihn schweigend. Er kam auf sie zu.

»Ich bitte Sie, mir wenigstens die Möglichkeit zu einer Erklärung zu geben.«

»Was für eine Erklärung?«, fragte sie. »Es gibt nichts mehr zu erklären.«

Sie wandte ihm den Rücken zu und ging ins Haus zurück.

Im Eingang blieb sie stehen, machte kehrt, trat erneut auf die Straße, nahm ihm wortlos die Seerose ab und marschierte wieder ins Haus. Die Tür fiel hinter ihr ins Schloss. Reine versperrte ihr den Weg zur Treppe und nahm ihr die Wasserpflanze ab.

»Darum kümmere ich mich, und ich gebe dir drei Minuten Zeit, um raufzugehen und dich fertig zu machen. Zier dich nur und spiel die Schwierige, das ist sehr feminin, aber vergiss nicht: Das Gegenteil von allem ist nichts! Und nichts ist nicht eben viel … jetzt geh!«

Zofia wollte etwas erwidern, doch Reine stemmte die Fäuste in die Hüften und sagte mit autoritärer Stimme:

»Keine Widerrede!«

In ihrer Wohnung öffnete Zofia den Schrank.

»Ich weiß nicht, warum, aber als ich ihn eben gesehen habe, wusste ich sofort, dass ich heute Abend Schinken und Kartoffelbrei im Tête-à-tête mit Reine essen würde«, sagte Mathilde und schaute weiter durchs Fenster.

»Okay, okay!«, erwiderte Zofia gereizt.

»Für mich schon, und für dich?«

»Reg mich nicht auf, Mathilde, es ist nicht der richtige Augenblick.«

»Ich habe den Eindruck, das besorgst du ganz allein, meine Liebe!«

Zofia nahm ihren Regenmantel vom Bügel und ging, ohne ihrer Freundin zu antworten, zur Tür. Mathilde rief ihr hinterher:

»Liebesgeschichten gehen immer gut aus! … Außer bei mir!«

»Spar dir deine Bemerkungen, du hast keine Ahnung, wovon du redest«, gab Zofia zurück.

»Wenn du meinen Ex gekannt hättest, dann hättest du

eine Ahnung davon, was die Hölle ist! Also, schönen Abend.«
Reine hatte die Seerose auf einen kleinen runden Tisch gestellt. Sie begutachtete sie und murmelte: »Warum nicht?«, warf einen Blick in den Spiegel über dem Kaminsims, ordnete ihr silbergraues Haar und trat leise auf den Flur. Sie steckte den Kopf nach draußen, wo Lukas auf dem Bürgersteig auf und ab ging, und rief: »Sie kommt!«
Sie hörte Zofias Schritte und zog sich eilig wieder in ihre Wohnung zurück.
Zofia ging auf die graue Limousine zu, an der Lukas lehnte.
»Warum sind Sie hier? Was wollen Sie?
»Eine zweite Chance.«
»Man hat nie eine zweite Chance, einen ersten guten Eindruck zu machen!«
»Ich würde Ihnen heute Abend gerne das Gegenteil beweisen.«
»Warum?«
»Darum.«
»Das ist etwas knapp als Antwort.«
»Weil ich heute Nachmittag noch einmal in Sausalito war.«
Zofia sah ihn an, und zum ersten Mal ahnte sie etwas von seiner Sensibilität.
»Ich wollte nicht, dass es dunkel wird«, fuhr er fort. »Nein, die Sache ist komplizierter. ›Nicht wollen‹ war immer ein Teil meiner selbst. Was vorhin eigenartig war, war, das Gegenteil zu erfahren: Ausnahmsweise wollte ich etwas!«
»Was wollten Sie?«
»Sie sehen, Sie hören, mit Ihnen sprechen.«

»Sonst noch was? Zum Beispiel etwas, das für mich ein Grund wäre, Ihnen zu glauben?«
»Ich möchte Sie ausführen. Lehnen Sie diese Einladung nicht ab.«
»Ich habe keinen Hunger mehr«, sagte sie und senkte den Blick.
»Sie haben noch nie Hunger gehabt! Ich bin nicht der Einzige, der nicht alles gesagt hat …«
Lukas öffnete die Wagentür und lächelte.
»… Ich weiß, wer Sie sind.«
Zofia musterte ihn und stieg ein.
Mathilde ließ den Vorhang los, der im selben Augenblick wie ein anderer im Erdgeschoss langsam vor die Scheibe glitt.
Der Wagen verschwand am Ende der menschenleeren Straße. Schweigend fuhr Lukas durch den feinen Herbstregen. Zofia sah aus dem Fenster, suchte am Himmel Antworten auf die Fragen, die sie sich stellte.
»Seit wann wissen Sie es?«, fragte sie nach einer Weile.
»Seit einigen Tagen«, erwiderte Lukas verlegen und rieb sich das Kinn.
»Das wird ja immer besser! Und die ganze Zeit über haben Sie nichts gesagt!«
»Sie haben auch nichts gesagt.«
»Ich kann nicht lügen!«
»Und ich bin nicht programmiert, die Wahrheit zu sagen!«
»Wie soll ich da nicht annehmen, dass Sie alles raffiniert eingefädelt und mich von Anfang an manipuliert haben?«
»Weil Sie sich damit selbst unterschätzen würden. Außerdem könnte es auch das Gegenteil sein, alle Gegensätze

sind möglich. Die augenblickliche Situation scheint mir Recht zu geben.«

»Welche Situation?«

»Diese eigenartige und bedrängende Sanftheit. Sie und ich in diesem Wagen, und wir wissen nicht, wohin.«

»Was haben Sie vor?«, fragte Zofia, den Blick auf die Passanten gerichtet, die über den feuchten Bürgersteig eilten.

»Keine Ahnung. Mit Ihnen zusammen sein.«

»Hören Sie auf damit!«

Lukas bremste, der Wagen rutschte auf dem nassen Asphalt und kam vor der Ampel zum Stehen.

»Sie haben mir die ganze Nacht und den ganzen Tag über gefehlt. Aus Sehnsucht nach Ihnen bin ich noch einmal am Strand von Sausalito spazieren gegangen, aber dort haben Sie mir auch gefehlt; Sie haben mir gefehlt, und das war ein angenehm süßes Gefühl.«

»Sie kennen den Sinn dieser Worte nicht.«

»Ich kannte nur ihr Antonym.«

»Hör auf, mir den Hof zu machen!«

»Ich habe davon geträumt, dass wir uns endlich duzen!«

Zofia antwortete nicht. Die Ampel sprang auf Gelb und auf Grün, dann wieder auf Gelb und auf Rot. Die Scheibenwischer, die den Regen vertrieben, gaben der Stille einen Rhythmus.

»Außerdem mache ich Ihnen gar nicht den Hof.«

»Ich habe nicht gesagt, dass Sie darin schlecht sind«, meinte Zofia und schüttelte energisch den Kopf. »Ich habe nur gesagt, dass Sie es tun, und das ist ein gewaltiger Unterschied!«

»Darf ich also weitermachen?«, fragte Lukas.

»Die Wagen hinter uns geben uns Zeichen mit der Lichthupe.«

»Sie sollen warten, schließlich ist es Rot!«
»Ja, zum dritten Mal!«
»Ich verstehe nicht, was mit mir los ist, ich verstehe übrigens sowieso nicht mehr viel. Aber ich weiß, dass ich mich in Ihrer Nähe wohl fühle und dass auch ›wohl fühlen‹ bislang nicht zu meinem Wortschatz gehörte.«
»Es ist etwas früh, um so etwas zu sagen.«
»Weil es besondere Augenblicke gibt, um die Wahrheit zu sagen?«
»Genauso ist es!«
»Na, da brauche ich wirklich Hilfe. Aufrichtigkeit scheint noch schwieriger zu sein, als ich dachte!«
»Ja, es ist schwer, aufrichtig zu sein, Lukas, viel schwerer, als Sie es sich vorstellen können. Es ist oft undankbar und ungerecht, aber es nicht zu sein bedeutet, zu sehen und trotzdem so zu tun, als wäre man blind. Es ist sehr schwierig, Ihnen all das zu erklären. Wir sind sehr verschieden, wirklich zu verschieden.«
»Wir ergänzen uns«, meinte er hoffnungsvoll, »da bin ich ganz Ihrer Meinung!«
»Nein, wir sind vollkommen verschieden!«
»Solche Worte aus Ihrem Mund … Ich glaubte, dass …«
»Sie glauben jetzt also?«
»Seien Sie nicht boshaft, ich glaubte auf jeden Fall, dass Unterschiede … Aber ich muss mich geirrt haben, oder besser gesagt, ich hatte Recht, was paradoxerweise äußerst bedauerlich ist.«
Lukas stieg aus und ließ die Tür weit geöffnet. Als Zofia ihm nachlief, schwoll das Hupkonzert hinter ihnen an. Sie rief ihn, aber er hörte sie nicht, denn es regnete jetzt immer heftiger. Schließlich holte sie ihn ein und packte ihn beim Arm; er drehte sich zu ihr um. Die nassen

Haare hingen ihr ins Gesicht, er strich vorsichtig eine rebellische Strähne aus ihrem Mundwinkel, doch sie stieß ihn zurück.

»Unsere Welten haben nichts gemein, unsere Überzeugungen sind einander fremd, unsere Hoffnungen sind entgegengesetzt, unsere Kulturen so weit voneinander entfernt … Wohin sollen wir gehen, wenn uns alles unterscheidet, wenn wir absolut gegensätzlich sind?«

»Sie haben Angst!«, sagte er. »Genau das ist es, Sie sind starr vor Angst. Sie sind es, der nicht sehen will, Sie, die Sie von Blindheit und Aufrichtigkeit gesprochen haben. Sie predigen das rechte Wort, aber ohne Taten ist es nichts wert. Richten Sie mich nicht! Ich bin zwar Ihr Gegensatz, Ihr Gegenpol, aber auch Ihr Gegenstück, Ihr Pendant, Ihre zweite Hälfte. Ich kann Ihnen nicht erklären, was ich empfinde, weil ich die Worte nicht kenne, um zu beschreiben, was mich seit zwei Tagen so sehr verfolgt, dass ich mir fast vorstelle, alles könnte sich verändern – meine Welt, wie Sie sagen, die Ihre, die der anderen. Die Kämpfe, die ich geführt habe, sind mir gleichgültig, meine schwarzen Nächte und die Sonntage interessieren mich nicht; ich bin ein Unsterblicher, der zum ersten Mal Lust hat zu leben. Wir könnten einer vom anderen lernen, könnten einander entdecken und uns schließlich ähnlich werden … mit der Zeit.«

Zofia legte den Finger auf seine Lippen, um ihn zu unterbrechen:

»In nur zwei Tagen?«

»… Und drei Nächten! Aber die sind mir einen Teil meiner Ewigkeit wert«, fuhr Lukas fort.

»Jetzt fangen Sie schon wieder an!«

Ein Donnerschlag dröhnte am Himmel, und aus dem

Schauer wurde ein bedrohliches Gewitter. Er hob den Kopf und betrachtete das Dunkel, das noch nie so schwarz gewesen war.

»Beeilen Sie sich«, sagte er entschlossen. »Wir müssen so schnell wie möglich von hier verschwinden, ich habe eine sehr böse Vorahnung.«

Ohne sich weiter aufzuhalten, zog er Zofia mit sich zum Auto. Sobald die Türen geschlossen waren, fuhr er bei Rot über die Kreuzung und ließ die Wagen, die hinter ihm standen, zurück. Er bog unvermittelt nach links in den Tunnel ein, der unter dem Hügel hindurchführte. Da kaum Verkehr war, raste Lukas mit Höchstgeschwindigkeit über die lange Gerade, die zum Eingangstor von Chinatown führte. Die Neonröhren, die über der Windschutzscheibe dahinzogen, tauchten das Innere des Wagens rhythmisch in milchig-weißes Licht. Die Scheibenwischer blieben stehen.

»Wahrscheinlich ein Wackelkontakt«, sagte Lukas, als plötzlich beide Scheinwerferbirnen gleichzeitig explodierten.

»Mehrere Wackelkontakte«, gab Zofia zurück. »Bremsen Sie, man sieht sehr schlecht.«

»Das würde ich ja liebend gerne tun«, sagte Lukas und trat auf das Pedal, das keinerlei Widerstand bot.

Er nahm den Fuß vom Gashebel, aber bei dem Tempo, das der Wagen jetzt erreicht hatte, würde er nie vor dem Ende des Tunnels, wo sich fünf Straßen kreuzten, zum Stehen kommen. Für ihn hatte das keinerlei Konsequenzen, er wusste, ihm konnte man nichts anhaben, doch er wandte den Kopf zur Seite, sah Zofia an und schrie:

»Halten Sie sich fest!«

Mit sicherer Hand riss er das Steuer herum, um den Wagen an die Leitplanke zu lenken, die die gekachelten Wände säumte. Ein Funkenregen trommelte gegen die Scheibe, zwei Detonationen hallten wider: Die Vorderreifen waren geplatzt. Der Wagen schleuderte von einer Seite zur anderen, ehe er sich quer stellte, prallte dann gegen die Sicherheitsplanke und wurde in die Luft geschleudert, so dass sich das Fahrzeug mehrmals überschlug. Auf dem Dach liegend, glitt der Wagen unerbittlich dem Tunnelende entgegen. Zofia ballte die Fäuste, und wenige Meter vor der Kreuzung kamen sie zum Stehen. Selbst kopfüber genügte ein kurzer Blick, um Lukas davon zu überzeugen, dass Zofia nichts abbekommen hatte.

»Sind Sie unverletzt?«, fragte er.

»Machen Sie Witze?«, entgegnete sie und klopfte den Staub von ihren Kleidern. »Das nennt man eine Kettenreaktion!«, fuhr sie fort und wand sich, um sich aus der unbequemen Position zu befreien.

»Wahrscheinlich. Also verschwinden wir von hier, ehe wir es mit dem nächsten Kettenglied zu tun bekommen«, antwortete Lukas und stieß seine Tür mit einem Fußtritt auf.

Er ging um das qualmende Wrack herum, um Zofia herauszuhelfen. Sobald sie auf den Füßen stand, ergriff er ihre Hand und zog sie eilig fort. Die beiden liefen, bis sie das Zentrum von Chinatown erreicht hatten.

»Warum rennen wir so?«, fragte Zofia.

Lukas lief weiter, ohne zu antworten.

»Kann ich wenigstens meine Hand zurückhaben?«, fragte sie atemlos.

Lukas lockerte den Griff und gab sie frei. Vor einer grauen, nur durch wenige müde Laternen schwach erleuchteten Gasse blieb er stehen.

»Gehen wir da hinein«, sagte er und deutete auf ein kleines Restaurant, »dort sind wir weniger ausgeliefert.«
»Wem ausgeliefert, was ist eigentlich los? Sie wirken wie ein Fuchs, der von einer Meute Hunde gejagt wird.«
»Schnell!«
Lukas öffnete die Tür, aber Zofia rührte sich nicht vom Fleck; er kam zurück, um sie mitzuziehen, sie widersetzte sich.
»Das ist nicht der richtige Augenblick«, sagte er und ergriff ihren Arm.
Zofia machte sich sofort frei und stieß ihn zurück.
»Sie haben einen Unfall verursacht, sie zerren mich im wilden Galopp durch die Stadt, obwohl uns niemand verfolgt, meine Lungen explodieren gleich, und Sie geben mir nicht die geringste Erklärung ...«
»Kommen Sie mit, wir haben jetzt keine Zeit für Diskussionen.«
»Warum sollte ich Ihnen vertrauen?«
Lukas bewegte sich rückwärts auf das kleine Restaurant zu. Zofia beobachtete ihn, zögerte und folgte ihm schließlich Schritt für Schritt. Die winzige Gaststube hatte nur acht Tische. Lukas wählte den hintersten, bot ihr einen Stuhl an und nahm ebenfalls Platz. Die Karte, die der alte Mann in fernöstlichen Kleidern brachte, schlug er nicht auf, sondern bestellte höflich und in perfektem Mandarin einen bestimmten Tee. Der Mann verbeugte sich und verschwand in der Küche.
»Erklären Sie mir, was los ist, Lukas, oder ich gehe!«
»Ich glaube, ich habe eine Verwarnung bekommen.«
»Es war also kein Unfall? Wovor will man Sie warnen?«
»Vor Ihnen!«
»Aber warum?«

Lukas holte tief Luft, ehe er antwortete:
»WEIL SIE MIT ALLEM GERECHNET HABEN, NUR NICHT DAMIT, DASS WIR UNS TREFFEN!«
Zofia nahm ein Stückchen Krabbenbrot aus dem blauen Porzellanschälchen und aß es langsam vor Lukas' verwunderten Blicken. Er schenkte ihr eine Tasse von dem dampfenden Tee ein, den der alte Mann auf den Tisch gestellt hatte.
»Ich möchte Ihnen so gerne glauben, aber was täten Sie an meiner Stelle?«
»Ich würde aufstehen und diesen Ort verlassen ...«
»Nun fangen Sie bloß nicht schon wieder an!«
»... Und zwar am besten durch die Hintertür.«
»Und Sie wollen, dass ich das jetzt tue?«
»Unbedingt! Und drehen Sie sich unter keinen Umständen um, Sie stehen bei drei auf, und wir rennen hinter den Vorhang. Jetzt!«
Er packte sie beim Handgelenk und zog sie ohne weitere Kommentare mit. Sie durchquerten die Küche, und er brach mit der Schulter die Tür zum Hinterhof auf. Um den Weg frei zu machen, versetzte er dem Müllcontainer einen Stoß, der quietschend zur Seite rollte. Endlich begriff Zofia: Eine Gestalt zeichnete sich im Halbdunkel ab – eine Gestalt mit einem Maschinengewehr, dessen Lauf auf sie gerichtet war. Mit einem raschen Blick stellte Zofia fest, dass sie von Mauern umgeben waren, als fünf Detonationen die Stille zerrissen.
Lukas warf sich vor sie, um sie mit seinem Körper zu schützen. Sie wollte ihn zurückstoßen, doch er drängte sie an die Hofmauer.
Die erste Kugel prallte von seinem Oberschenkel ab, die zweite streifte sein Becken, und er ging in die Knie, um

sich aber sogleich wieder aufzurichten; das dritte Geschoss prallte von seinen Rippen ab, das vierte von seiner Wirbelsäule, was ihm den Atem verschlug, so dass er mühsam nach Luft rang. Als ihn die fünfte Kugel traf, verspürte er ein Brennen wie von einer Flamme: die fünfte Kugel war die Einzige, die in seinen Körper drang … unterhalb des linken Schulterblatts.

Nach getaner Tat entfloh der Angreifer. Als die Schüsse verhallt waren, hörte Zofia nur noch ihre eigenen Atemzüge. Sie hatte die Arme um Lukas geschlungen, sein Kopf ruhte auf ihrer Schulter. Selbst mit geschlossenen Augen schien er ihr noch zuzulächeln. Sie wiegte den reglosen Körper und flüsterte ihm ins Ohr:

»Lukas?«

Er antwortete nicht, und sie begann ihn leicht zu schütteln.

»Lukas, machen Sie keinen Blödsinn, öffnen Sie die Augen!«

Die Augen noch immer geschlossen, schien er zu schlummern, friedlich wie ein Kind dem Schlaf hingegeben. Je mehr ihre Angst wuchs, desto fester hielt sie ihn umschlungen. Als eine Träne über ihre Wange rollte, spürte sie ein unendliches Gewicht auf ihrer Brust, und sie schluchzte auf:

»Das konnte uns nicht passieren, wir sind …«

»… Schon tot … unbesiegbar … unsterblich? Ja! Jeder Nachteil hat auch seinen Vorteil, nicht wahr?«, sagte er fast jovial und richtete sich auf.

Zofia betrachtete ihn, außerstande, das Gefühl zu begreifen, das sich ihrer bemächtigte. Langsam näherte er das Gesicht dem ihren, sie wich zurück, doch Lukas' Lippen streiften ihre Lippen und hauchten einen Kuss darauf, der berauschend war wie Opium. Sie trat zurück und betrachtete ihre tiefrote Handfläche.

»Und warum blutest du dann?«

Lukas folgte mit den Augen dem roten Faden, der über seinen Arm rann.

»Das ist völlig unmöglich! Auch das war nicht vorgesehen!«, sagte er.

... Und wurde ohnmächtig.

Zum Glück konnte sie ihn auffangen.

»Was geschieht mit uns?«, fragte Lukas, als er wieder zu sich gekommen war.

»Was mich betrifft, so ist das recht kompliziert. Was dich betrifft, so glaube ich, dass eine Kugel deine Schulter durchschlagen hat.«

»Es tut weh!«

»Das ist völlig normal, auch wenn es dir unlogisch erscheinen mag. Du musst ins Krankenhaus.«

»Kommt nicht in Frage!«

»Lukas, ich kenne mich in dämonologischer Medizin nicht aus, aber offensichtlich hast du Blut in den Adern und bist dabei, es zu verlieren.«

»Ich kenne jemanden am anderen Ende der Stadt, der die Verletzung behandeln kann, damit sie verheilt«, sagte er und drückte seine Hand auf die Wunde.

»Ich kenne auch jemanden, und du wirst mir ohne Diskussionen folgen, denn der Abend war ohnehin schon bewegt genug. Ich glaube, mir reicht's mit den Emotionen.«

Sie stützte ihn und führte ihn zurück in die Gasse. Am Ende der Passage entdeckten sie den leblosen Körper ihres Angreifers unter einem Haufen von Mülltüten. Zofia sah Lukas erstaunt an.

»Ich habe immerhin noch ein Minimum an Eigenliebe«, sagte er im Vorbeigehen.
Sie hielten ein Taxi an, das sie zehn Minuten später vor Zofias Haus absetzte. Sie führte ihn zur Außentreppe und bedeutete ihm, keinen Lärm zu machen. Vorsichtig öffnete sie die Tür, und die beiden schlichen leise die Treppe hinauf. Als sie oben angekommen waren, schloss sich Reines Wohnungstür lautlos.

Blasius saß wie erstarrt an seinem Schreibtisch und schaltete den Kontrollbildschirm aus. Seine Handflächen waren nass, und der Schweiß rann in Strömen von seiner Stirn. Als das Telefon klingelte, schaltete er den Anrufbeantworter ein und vernahm Luzifers Stimme. Dieser forderte ihn nicht eben freundlich auf, zur Krisensitzung zu erscheinen, die bei Anbruch der abendländischen Nacht tagen würde.
»Es ist ganz in deinem Interesse, pünktlich zu kommen, und zwar bitte sehr mit vernünftigen Lösungen und einer neuen Definition von ›all das ist geplant und vollständig unter Kontrolle‹«, fügte *President* hinzu und legte wütend auf.
Blasius stützte den Kopf in die Hände. Er griff nach dem Hörer, doch er zitterte derart, dass dieser seinen feuchten Fingern entglitt.

Michael betrachtete die Monitorwand ihm gegenüber. Er nahm sein Telefon und wählte die direkte Nummer von *Houston* an. Es meldete sich der Anrufbeantworter. Er zuckte die Achseln und sah auf seine Uhr: In zehn Minuten würde Ariane V auf Guyana starten.

~

Nachdem sie Lukas in ihr Bett gelegt und die unverletzte Schulter mit zwei dicken Kissen abgestützt hatte, ging Zofia zu ihrem Schrank. Sie nahm ihr Nähzeug aus dem obersten Fach, ein Alkoholfläschchen aus ihrer Hausapotheke im Bad und kehrte ins Schlafzimmer zurück. Sie setzte sich auf die Bettkante und tränkte einen Nähfaden in Alkohol. Dann versuchte sie, ihn einzufädeln.

»Deine Flickarbeit wird ein Massaker werden«, sagte Lukas und lächelte schelmisch. »Du zitterst!«

»Absolut nicht«, erwiderte sie triumphierend, als sie den Faden endlich durch das Nadelöhr gefädelt hatte.

Lukas ergriff Zofias Hand und schob sie sanft beiseite. Er streichelte ihre Wange und zog sie an sich.

»Hoffentlich ist meine Anwesenheit nicht kompromittierend für dich.«

»Ich muss zugeben, dass die Abende mit dir sehr ereignisreich sind.«

»Mein Arbeitgeber kümmert sich nicht um solche Wechselfälle.«

»Warum hätte er auf dich schießen lassen sollen?«

»Um mich auf die Probe zu stellen und zu demselben Schluss zu kommen wie du, nehme ich an. Ich hätte niemals verletzt werden dürfen. Im Kontakt mit dir verliere ich meine Macht, und ich könnte fast beten, dass das auch auf dich zutrifft.«

»Was hast du jetzt vor?«

»Er wird es nicht wagen, sich an dir zu vergreifen. Deine Immunität als Engel hält ihn zurück.«
Zofia sah Lukas tief in die Augen.
»Davon spreche ich nicht. Was tun wir in zwei Tagen?«
Mit der Fingerspitze strich er über ihre Lippen, und sie ließ es zu.
»Woran denkst du?«, fragte sie verwirrt und machte sich wieder an ihre Arbeit.
»An dem Tag, als die Berliner Mauer fiel, haben die Menschen entdeckt, dass sich ihre Straßen ähneln: Auf beiden Seiten waren sie von Häusern – wenn auch von unterschiedlichen – gesäumt, Autos fuhren darüber und nachts wurden sie von Laternen erhellt. Glück und Unglück war nicht gleich, aber die Kinder des Westens und des Ostens haben begriffen, dass die andere Seite nicht so war, wie man es ihnen erzählt hatte.«
»Warum sagst du das?«
»Weil ich Rostopowitsch Cello spielen höre.«
»Welches Stück?«, fragte sie und beendete soeben ihre dritte Naht.
»Ich höre es zum ersten Mal! Und jetzt hast du mir wehgetan.«
Zofia beugte sich herab, um den Faden mit den Zähnen abzubeißen. Sie legte den Kopf auf seinen Oberkörper und schmiegte sich an ihn. Das Schweigen verband sie. Lukas strich zärtlich mit den Fingern durch ihr Haar. Sie fröstelte.
»Zwei Tage sind kurz!«
»Ja«, flüsterte er.
»Wir werden getrennt. Das ist unvermeidlich.«
Und zum allerersten Mal fürchtete sich Zofia wie auch Lukas vor der Ewigkeit.

»Glaubst du, man könnte aushandeln, dass er dich mit mir gehen lässt?«, fragte Zofia schüchtern.
»Mit *President* lässt sich nicht verhandeln, und schon gar nicht, wenn man sich seinen Befehlen widersetzt hat. Ich befürchte ohnehin, dass der Zugang zu deiner Welt außerhalb meiner Reichweite liegt.«
»Aber vorher gab es doch in der Berliner Mauer auch Übergänge vom Westen in den Osten, oder?«, fragte sie und näherte die Nadel erneut dem Wundrand.
Lukas verzog das Gesicht und stieß einen Schrei aus.
»Jetzt bist du aber empfindlich, ich habe dich kaum berührt!«
Plötzlich öffnete sich die Tür, und Mathilde stand, gestützt auf den Besenstiel, der ihr als Krücke diente, im Zimmer.
»Es ist nicht meine Schuld, dass die Wände deiner Wohnung so dünn wie Pappe sind«, sagte sie und humpelte zu ihnen.
Sie setzte sich ans Fußende des Bettes.
»Gib mir die Nadel«, verlangte sie in energischem Tonfall, »und du komm näher«, befahl sie Lukas.
»Du hast Glück, ich bin Linkshänderin!«
Sie vernähte geschickt die Wunden – drei Stiche auf jeder Seite der Schulter reichten aus, um die Verletzung zu schließen.
»Wenn man zwei Jahre hinter der Theke einer zweifelhaften Bar verbracht hat, entwickelt man unerwartete Talente als Krankenschwester, vor allem, wenn man in den Wirt verliebt ist. Apropos, euch beiden habe ich zwei, drei Sachen zu sagen, bevor ich wieder ins Bett gehe. Danach tue ich, was ich kann, um mich davon zu überzeugen, dass ich schlafe und am nächsten Morgen einen Lachanfall bekom-

men werde, wenn ich an den Traum zurückdenke, den ich gehabt hatte.«

Auf ihre improvisierte Krücke gestützt, hinkte Mathilde zur Tür. Auf der Schwelle wandte sie sich um und betrachtete die beiden.

»Es ist unwichtig, ob ihr das seid, für was ich euch halte. Ehe ich dich, Zofia, getroffen habe, dachte ich, das wahre Glück auf Erden käme nur in schlechten Büchern vor, die man offenbar genau daran erkennt. Aber du hast mir eines Tages gesagt, dass selbst der Schlechteste unter uns irgendwo versteckte Flügel hat und dass man ihm, statt ihn zu verurteilen, helfen muss, sie zu entfalten. Also gib dir eine echte Chance, denn wenn ich einen Mann wie ihn gehabt hätte, ich hätte ihn nicht entwischen lassen, das kann ich dir versichern, meine Liebe. Was dich angeht, du Schwerverletzter, wenn du ihr auch nur eine Feder krümmst, nähe ich deine Wunde mit der Stricknadel zu. Und jetzt macht nicht solche Gesichter! Was auch immer ihr durchzustehen habt, ich verbiete euch strikt aufzugeben, denn wenn ihr aufgebt, gerät die ganze Welt ins Wanken, die meine auf alle Fälle.«

Die Tür fiel hinter ihr ins Schloss. Lukas und Zofia blieben schweigend zurück, hörten ihre unregelmäßigen Schritte auf dem Parkett. Von ihrem Bett aus rief Mathilde:

»Wie lange sage ich dir schließlich schon, dass du mit deinem unschuldigen Gehabe wie ein Engel wirkst! Jetzt kannst du dir dein Schulterzucken sparen, so blöd war ich nun auch wieder nicht!«

Sie griff nach dem Schalter der Lampe, die auf dem kleinen runden Tisch stand, und riss mit einem Ruck das Kabel ab. Sofort sprang die Sicherung heraus. Das Mondlicht schimmerte durch die Gardinen. Mathilde vergrub das Gesicht im Kopfkissen. In ihrem Zimmer schmiegte sich Zofia an Lukas.

Der Klang der Glocken der Grace Cathedral drang durch das leicht geöffnete Badezimmerfenster. Der zwölfte Schlag verhallte über der Stadt.

Es wurde Abend, und es wurde Morgen …

Fünfter Tag

Bei Anbruch des fünften Tages schliefen die beiden. Mit der frischen Morgenluft drangen die Herbstgerüche durch das geöffnete Fenster. Zofia schmiegte sich an Lukas. Mathildes Stöhnen hatte sie aus unruhigen Träumen gerissen. Sie räkelte sich, erstarrte aber sogleich, als sie feststellte, dass sie nicht allein war. Behutsam schlug sie die Decke zurück und schlüpfte, noch in ihren Kleider vom Vortag, aus dem Bett. Auf Zehenspitzen schlich sie ins Wohnzimmer.

»Hast du Schmerzen?«

»Nur ein Stechen; ich muss falsch gelegen haben. Tut mir Leid, ich wollte dich nicht wecken.«

»Spielt keine Rolle, ich habe sowieso nicht mehr richtig geschlafen. Ich mache Tee.«

Auf dem Weg zur Kochnische bemerkte sie die verdrießliche Miene ihrer Freundin.

»Du hast eine Tasse heiße Schokolade verdient!«, sagte sie und öffnete den Kühlschrank.

Mathilde zog die Gardine zurück. Ein Mann, seinen Hund an der Leine, trat auf die sonst noch menschenleere Straße.

»Ich hätte wahnsinnig gerne einen Labrador, doch allein bei der Vorstellung, ihn jeden Morgen ausführen zu müs-

sen, kriege ich schon Depressionen«, sagte Mathilde und ließ die Gardine zurückgleiten.
»Man ist verantwortlich für das, was man zähmt – dieser Ausspruch stammt nicht von mir, sondern von Saint-Exupéry!«, kommentierte Zofia.
»Danke, dass du mich drauf hinweist. Übrigens, habt ihr Pläne, der kleine Lu und du?«
»Wir kennen uns erst seit zwei Tagen, und außerdem heißt er Lukas!«
»Sage ich ja!«
»Nein, wir haben keine Pläne!«
»Das kann aber nicht so bleiben, wenn man zu zweit ist, hat man immer Pläne!«
»Ach, und woher weißt du das?«
»Das ist so, es gibt Bilder vom Glück, an denen man nichts verändern darf. Du kannst sie zwar farbig ausmalen, aber nicht über die Ränder hinaus! Also, eins und eins macht zwei, zwei ist ein Paar, und ein Paar hat Pläne, so ist das und nicht anders!«
Zofia lachte herzlich. Die Milch im Topf begann zu kochen, sie goss sie auf das Kakaopulver und rührte vorsichtig um.
»Hier trink, statt dummes Zeug zu reden«, sagte sie und brachte ihr die dampfende Tasse. »Wo hast du denn ein Paar gesehen?«
»Du bist zum Verzweifeln! Seit drei Jahren höre ich dich nun von Liebe und dem ganzen Blabla reden. Wozu sind denn deine Märchen gut, wenn du schon am ersten Drehtag die Rolle der Prinzessin verweigerst?«
»Was für eine romantische Metapher!«
»Geh jetzt und schmiede Metaphern mit ihm, wenn es dir nichts ausmacht! Ich warne dich, wenn du nichts unter-

nimmst, schnappe ich ihn dir weg, sobald mein Bein wieder in Ordnung ist!«
»Wir werden sehen. Die Situation ist nicht so einfach, wie sie scheint.«
»Hast du schon Liebesgeschichten erlebt, die einfach sind? Zofia, ich habe dich immer allein gesehen, und du warst diejenige, die mir gesagt hat: ›Wir sind selbst verantwortlich für unser Glück.‹ Nun, dein Glück ist etwa ein Meter fünfundachtzig groß und wiegt um die achtundsiebzig Kilo, also lauf bitte nicht dran vorbei!«
»Ach, wie klug und zartfühlend du bist!«
»Nein, pragmatisch, außerdem glaube ich, dass ›dein Glück‹ im Begriff ist aufzuwachen. Sei so gut und geh zu ihm, ich wäre gern allein. Also los, raus aus deinem Wohnzimmer!«
Zofia schüttelte den Kopf und ging ins Schlafzimmer. Sie setzte sich auf die Bettkante und beobachtete Lukas. Er streckte sich wie eine Katze und gähnte. Dann öffnete er ein Auge, und sofort erhellte ein Lächeln sein Gesicht.
»Bist du schon lange da?«, fragte er.
»Wie geht es deinem Arm?«
»Ich merke fast nichts mehr«, sagte er, bewegte die Schulter und verzog vor Schmerzen das Gesicht.
»Jetzt die Nicht-Macho-Version: Wie geht es deinem Arm?«
»Er tut höllisch weh!«
»Dann ruh dich aus. Ich wollte dir etwas zum Frühstück machen, aber ich weiß nicht, was du isst.«
»Zwei Dutzend Pfannkuchen und ebenso viele Croissants!«
»Kaffee oder Tee?«, fragte sie und erhob sich.
Lukas betrachtete sie, sein Gesicht hatte sich verfinstert; er ergriff ihr Handgelenk und zog sie zu sich.

»Hast du schon mal das Gefühl gehabt, dass die Welt dich im Stich lässt, den Eindruck, dass das Zimmer, in dem du dich befindest, immer kleiner wird, die Überzeugung, dass deine Kleider über Nacht gealtert sind, dass dein Bild in jedem Spiegel dein Elend reflektiert und dass dir das Gefühl, zu glauben, dass dich nichts und niemand liebt und dass du nichts liebst und dass dieses Nichts die Leere deiner eigenen Existenz ist, so ganz und gar nicht gut tut?«
Zofia strich mit der Fingerspitze über Lukas' Lippen.
»So etwas darfst du nicht denken!«
»Dann lass mich nicht allein.«
»Ich wollte nur Kaffee machen.«
Sie beugte sich zu ihm hinab.
»Ich weiß nicht, ob es eine Lösung gibt, aber wir werden sie finden!«, flüsterte sie.
»Geh duschen, ich mache inzwischen Frühstück. Meine Schulter braucht Bewegung.«
Sie stimmte bereitwillig zu und verschwand im Badezimmer. Lukas betrachtete sein Hemd, das über dem Bettpfosten hing: Der Ärmel war mit schwarzen getrockneten Blutflecken übersät. Er riss ihn heraus, trat ans Fenster, öffnete es und blickte über die Dächer aufs Meer. In der Bucht ertönte das Nebelhorn eines großen Frachters, als wolle es den Glocken der Grace Cathedral antworten. Lukas rollte den fleckigen Ärmel zusammen, warf ihn hinaus und schloss das Fenster. Dann schlich er zum Badezimmer und legte das Ohr an die Tür. Er hörte das Wasser rauschen und verließ das Schlafzimmer.
»Ich mache Kaffee, wollen Sie auch welchen?«, fragte er Mathilde.
Sie zeigte ihm ihre Tasse mit der heißen Schokolade.
»Mit Aufputschmitteln aller Art habe ich aufgehört; aber

ich habe etwas von Pfannkuchen gehört, ich begnüge mich mit zehn Prozent der Beute.«

»Höchstens fünf«, antwortete er und trat hinter die Küchentheke, »und das auch nur, wenn Sie mir sagen, wo die Kaffeekanne ist.«

»Lukas, gestern Abend habe ich Bruchstücke Ihres Gesprächs mitbekommen, und ich hatte wirklich das Gefühl zu träumen. Wenn das zu der Zeit gewesen wäre, als ich noch Drogen genommen habe, würde ich ja nichts sagen ... Ich hätte mir keine weiteren Fragen gestellt. Aber ich kann mir nicht vorstellen, dass Aspirin einen derartigen Trip auslöst, also, worum ging es genau?«

»Wir hatten beide viel getrunken und haben viel Blödsinn geredet. Machen Sie sich keine Sorgen, und nehmen Sie Ihre Schmerzmittel weiter. Sie haben keine Nebenwirkungen zu befürchten.«

Mathilde blickte auf das Jackett, das er am Vorabend getragen hatte; es hing über dem Stuhl, der Rücken war von Kugeln durchlöchert.

»Und wenn Sie betrunken sind, gehen Sie dann immer zum Tontaubenschießen?«

»Immer!«, antwortete er und öffnete die Schlafzimmertür.

»Kein schlechter Schnitt, Ihr Jackett, schade nur, dass Ihr Schneider nicht daran gedacht hat, die Schulterpolster zu verstärken.«

»Ich werde ihn darauf hinweisen, verlassen Sie sich auf mich!«

»Ich verlasse mich auf Sie! Gute Dusche!«

Reine kam herein, legte die Zeitung und eine große Tüte mit Gebäck auf die Küchentheke und sah Mathilde forschend an.

»Wenn ich schon Bed and Breakfast mache, soll sich auch niemand über das Frühstück beklagen. Es könnte meiner künftigen Kundschaft zu Ohren kommen, man weiß ja nie. Sind die Turteltauben schon wach?«

»Im Schlafzimmer!«, sagte Mathilde und verdrehte die Augen.

»Als ich ihr gesagt habe, das Gegenteil von allem sei nichts, hat sie das wirklich wörtlich genommen.«

»Sie haben den Typen noch nicht mit nacktem Oberkörper gesehen!«

»Das oder ein Schimpanse – weißt du, in meinem Alter macht das keinen großen Unterschied.«

Reine legte die Croissants auf einen großen Teller und betrachtete neugierig Lukas' Jackett.

»Sag ihnen, sie sollen es nicht in die Wäscherei am Ende der Straße bringen, da bin ich nämlich Stammkundin. Gut, ich gehe wieder runter.«

Sie verschwand im Treppenhaus.

Lukas und Zofia setzten sich zum Frühstücken zu Mathilde an den Tisch. Sobald Lukas das letzte Croissant gegessen hatte, räumten sie die Küche auf und brachten Mathilde wieder ins Bett. Zofia beschloss, Lukas zu ihrer täglichen Arbeit auf den Docks mitzunehmen. Sie holte ihren Mantel, während Lukas einen angewiderten Blick auf seine zerfetzte Jacke warf. Mathilde lachte, ein Hemd mit nur einem Ärmel sei vielleicht etwas ausgefallen für das Viertel. Sie besaß ein Herrenhemd und würde es ihm gerne ausleihen, wenn er verspreche, es in gutem Zustand zurückzubringen. Er bedankte sich. Einige Minuten später, als sie gerade das Haus verlassen wollten, rief Reine sie zur Ordnung. Sie stand, die Hände in die

Hüften gestemmt, im Eingang und sah Lukas herausfordernd an.
»Wenn man Sie so sieht, hat man allen Grund zu der Annahme, dass Sie eine gute Konstitution haben. Aber fordern Sie den Teufel trotzdem lieber nicht heraus, sonst holen Sie sich noch eine Erkältung. Kommen Sie mit!«
Sie verschwand in ihrer Wohnung und öffnete einen alten Schrank. Die Holztür quietschte in den Angeln. Reine schob einige Kleidungsstücke zur Seite und nahm ein Jackett vom Bügel, das sie Lukas reichte.
»Sie ist zwar nicht mehr ganz neu, obwohl Glencheck, soweit ich weiß, nicht aus der Mode kommt, aber der Wollstoff hält warm!«
Sie half Lukas in die Jacke, die wie für ihn gemacht schien, und beobachtete Zofia aus den Augenwinkeln.
»Versuch bitte nicht herauszufinden, wem sie gehört hat! In meinem Alter macht man mit seinen Erinnerungen, was man will.«
Sie beugte sich vor, stützte sich auf das Kaminsims und verzog das Gesicht. Zofia lief zu ihr.
»Was haben Sie, Reine?«
»Nichts, nichts, nur ein kleiner Schmerz im Bauch, mach dir keine Sorgen.«
»Sie sind ganz blass und sehen erschöpft aus!«
»Ich war seit zehn Jahren nicht mehr in der Sonne, und in meinem Alter darf man wohl eines Morgens etwas müde aufwachen. Mach dir keine Sorgen.«
»Soll ich Sie nicht zu einem Arzt bringen?«
»Das hätte mir gerade noch gefehlt! Deine Ärzte sollen schön zu Hause bleiben, und ich tue dasselbe! Nur so komme ich gut mit ihnen aus.«
Sie machte ihnen ein Zeichen, das bedeuten sollte: Geht

jetzt, ihr seht beide so aus, als hättet ihr es eilig, also verschwindet!
Zofia zögerte, dann fügte sie sich.
»Zofia?«
»Das Album, das du sehen wolltest, ich glaube, ich würde es dir gerne heute zeigen. Aber es sind besondere Fotos, ich möchte, dass du sie im Licht des späten Nachmittags siehst, dann wirken sie am besten.«
»Wie Sie wollen, Reine.«
»Also komm um fünf Uhr, und sei pünktlich, ich rechne auf dich.«
»Ich komme, versprochen.«
»Und jetzt los, ihr beiden, ich habe euch mit meinen alten Geschichten schon lange genug aufgehalten! Lukas, gehen Sie pfleglich mit der Jacke um … Der Mann, der sie getragen hat, hat mir mehr bedeutet als alles andere auf der Welt.«
Als sich der Wagen entfernte, ließ Reine die Gardine vor das Fenster fallen und brummte vor sich hin, während sie einen der Blumensträuße, der auf dem Tisch stand, ordnete.
»Kost und Logis und jetzt auch noch die Wäsche!«

Sie fuhren die California Street hinab. An der Kreuzung Polk Street hielten sie genau neben dem Auto von Inspektor Pilguez. Zofia kurbelte das Fenster herunter, um ihn zu begrüßen. Er lauschte einer Nachricht, die knisternd aus dem Funkgerät tönte.
»Ich weiß nicht, was diese Woche los ist, aber die scheinen alle verrückt zu sein. Die fünfte ernste Schlägerei innerhalb einer Woche in Chinatown. Also, ich muss los, einen schönen Tag«, sagte er und fuhr an.

Der Polizeiwagen bog mit heulender Sirene links ab, ihr Auto hielt zehn Minuten später am Ende des Piers 80. Sie sahen den alten Frachter, der sich unbeeindruckt an seinen Ankerketten wiegte.

»Ich habe vielleicht eine Idee, um das Unvermeidliche zu verhindern«, sagte Zofia. »Ich nehme dich einfach mit.«

Lukas musterte sie beunruhigt.

»Wohin?«

»Zu den meinen, komm mit, Lukas!«

»Und wie? Durch die Gnade des Heiligen Geistes?«, fragte Lukas ironisch.

»Wenn man nicht zu seinem Arbeitgeber zurückwill, muss man genau das Gegenteil von dem tun, was erwartet wird. Lass dich rauswerfen!«

»Hast du meinen Lebenslauf gelesen? Glaubst du, den kann ich in achtundvierzig Stunden auslöschen oder neu schreiben? Und selbst wenn, meinst du wirklich, deine Familie würde mich mit offenen Armen, das Herz voll der besten Absichten, aufnehmen? Zofia, kaum hätte ich die Schwelle deines Hauses überschritten, würde sich ein Heer von Wachen auf mich stürzen, um mich dahin zurückzuschicken, woher ich komme, und ich nehme an, die Reise wird nicht erster Klasse sein.«

»Ich habe mich stets in den Dienst meiner Mitmenschen gestellt, habe versucht, sie davon zu überzeugen, nie zu resignieren, und jetzt ist es an mir, das Glück anzunehmen, das Leben zu genießen. Zu zweit zu sein, das bedeutet das Paradies, und das habe ich verdient!«

»Du verlangst das Unmögliche. Der Unterschied zwischen uns ist zu groß, sie werden nie zulassen, dass wir uns lieben.«

»Etwas Hoffnung, ein Zeichen würde ausreichen. Nur du

kannst entscheiden, dich zu ändern, Lukas, beweis ihnen deinen guten Willen.«

»Ich wünsche mir so sehr, dass du Recht hast und dass es so einfach wäre.«

»Dann versuch es, ich bitte dich!«

Lukas verstummte, und es herrschte Schweigen. Er ging einige Schritte auf den rostigen Bug des großen Schiffs zu. Jedes Mal, wenn sich die Ankerkette mit heftigem Rasseln spannte, gab sich die *Valparaiso* wie ein Tier, das um seine Freiheit kämpfte, um seine letzte Bleibe aufsuchen zu können: sein Grab auf offener See.

»Ich habe Angst, Zofia …«

»Ich auch. Lass mich dich mit in meine Welt nehmen. Ich werde dort jeden deiner Schritte leiten, über deine Tage und Nächte wachen und stets in deiner Nähe sein. Ich werde das vorgezeichnete Schicksal auslöschen und alle deine Wunden heilen. An den Tagen, an denen du zornig bist, werde ich dir die Hände auf dem Rücken fesseln, damit du dir nicht wehtun kannst, ich werde meinen Mund auf den deinen pressen, um deine Schreie zu ersticken, und nichts wird mehr sein wie vorher. Und wenn du allein bist, sind wir zu zweit allein.«

Er nahm sie in die Arme, strich über ihre Wange und liebkoste ihr Ohr mit seiner tiefen Stimme.

»Wenn du all die Wege kennen würdest, die ich gegangen bin, um zu dir zu gelangen. Ich wusste es nicht, Zofia, ich habe mich so oft verlaufen und jedes Mal mit noch mehr Freude, mit noch mehr Stolz von vorn angefangen. Ich wünsche mir, unsere Zeit bliebe stehen, damit wir sie leben können, ich möchte dich entdecken und lieben, wie du es verdienst, doch diese Zeit verbindet uns, ohne uns zu gehören. Ich komme aus einer anderen Gesellschaft, wo alles niemand, wo alles einzigartig ist. Ich, das Böse, du, das Gute, ich bin dein Gegenteil, aber ich glaube, ich liebe dich, also verlang von mir, was du willst.«

»Dein Vertrauen.«

Sie verließen den Hafen und fuhren die Third Street hinauf. Zofia suchte eine belebte Hauptstraße mit vielen Übergängen.

~

Kleinlaut und bleich betrat Blasius das große Büro.

»Kommst du wegen meines privaten Schachunterrichts?«, rief *President*, der vor der langen Fensterfront auf und ab lief. »Definier mir doch noch einmal den Begriff ›matt‹!«

Blasius zog sich einen großen schwarzen Sessel heran.

»Bleib stehen, du Schwachkopf! Nein, setz dich lieber, je weniger ich von dir sehe, umso besser geht es mir! Also, um die Lage zusammenzufassen: Unsere Elite ist übergelaufen?«

»*President* …«

»Sei still! Habe ich dich etwa zum Reden aufgefordert? Hast du von meinen Lippen gelesen, dass meine Ohren das Verlangen haben, deine näselnde Stimme zu hören?«

»Ich …«

»Halt den Mund!«

President hatte so laut gebrüllt, dass Blasius um mindestens fünf Zentimeter geschrumpft war.

»Es kommt nicht in Frage, dass wir ihn für unsere Sache verlieren, es kommt nicht in Frage, dass wir überhaupt verlieren. Seit einer Ewigkeit warte ich auf diese Woche, und ich lasse nicht zu, dass du alles verdirbst, du Zwerg! Ich weiß nicht, was bisher deine Definition der Hölle war, aber für die Zukunft habe ich vielleicht eine neue für dich.

Schweig, sage ich! Sorg dafür, dass ich nicht mehr sehen muss, wie sich deine wulstigen Lippen bewegen. Hast du einen Plan?«
Blasius nahm ein Blatt Papier und kritzelte eilig einige Zeilen darauf. *President* ergriff es und las, während er zum Ende des Tisches ging. Wenn der Sieg gefährdet scheine, könne man die Partie abbrechen, dann müsste sie noch einmal gespielt werden. Blasius schlug vor, Lukas vor der Zeit zurückzurufen. Überwältigt von Zorn, knüllte Luzifer das Blatt zu einer Kugel zusammen, die er Blasius an den Kopf warf.
»Das wird er mir büßen. Bring ihn vor Einbruch der Dunkelheit her. Und ich rate dir, die Sache diesmal nicht zu vermasseln!«
»Er wird nicht freiwillig zurückkommen.«
»Willst du damit sagen, dass sein Wille über dem meinen steht?«
»Ich will damit nur sagen, dass er sterben muss …«
»… Wobei du eine Kleinigkeit vergisst … nämlich, dass das schon längst geschehen ist, du Idiot!«
»Wenn eine Kugel ihn hat verletzen können, gibt es andere Mittel, ihn zu erwischen.«
»Dann finde sie, statt zu reden!«
Blasius zog sich zurück. Es war Mittag. In fünf Stunden würde es Abend sein, ihm blieb also nur wenig Zeit, um einen gefährlichen Vertrag abzufassen. Bei der Planung des Mordes an seinem besten Agenten durfte ihm kein Fehler unterlaufen.

Der Ford parkte an der Kreuzung Polk und California Street, gegenüber von einem Supermarkt. Um diese Tageszeit war der Verkehr besonders dicht. Zofia sah einen alten Mann mit Stock, der zu zögern schien, die vierspurige Straße auf dem Zebrastreifen zu überqueren, da die Ampel zu schnell auf Rot wechselte.

»Und was machen wir jetzt?«, fragte Lukas ernüchtert.

»Hilf ihm!«, sagte sie und deutete auf den Alten.

»Machst du Witze?«

»Nicht im Geringsten.«

»Ich soll diesen Alten über die Schnellstraße führen? Das scheint mir nicht besonders schwierig ...«

»Dann tu es!«

»Na gut«, sagte Lukas und stieg aus.

Er näherte sich dem Mann und kam sogleich wieder zurück.

»Ich verstehe nicht, warum du so etwas von mir verlangst.«

»Ist es dir lieber, wenn wir den Nachmittag damit beginnen, die Patienten eines Krankenhauses aufzumuntern? Das ist auch nicht sehr schwierig. Man braucht ihnen bloß beim Ankleiden zu helfen, sich zu erkundigen, wie es ihnen geht, ihnen Mut zu machen, sich neben sie zu setzen und ihnen die Zeitung vorzulesen ...«

»Hör auf! Ich kümmere mich um deinen Greis!«

Er entfernte sich erneut ... um sogleich zurückzukommen.

»Eines sage ich dir, wenn der Bengel, der auf der anderen Straßenseite mit seinem Digitalhandy spielt, auch nur ein einziges Foto schießt, dann schieße ich ihn auf den Mond!«

»Lukas!«

»Schon gut, schon gut, ich gehe!«

Ohne weitere Umstände packte Lukas den Mann, der ihn verwundert ansah, beim Arm.

»Du bist schließlich nicht hergekommen, um die Autos zu zählen! Also halt dich schön brav an deiner Krücke fest!«
Die Ampel schaltete auf Grün, und das Gespann setzte sich in Bewegung. Auf dem zweiten Zebrastreifen perlte Lukas schon der Schweiß von der Stirn, auf dem dritten hatte er den Eindruck, eine Kolonie von Ameisen in seinem Oberschenkel zu spüren, auf dem vierten bekam er einen heftigen Krampf. Sein Herz begann zu rasen, und der Sauerstoff drang kaum mehr bis in seine Lungen vor. Noch ehe sie die Straßenmitte mit der Verkehrsinsel erreicht hatten, glaubte Lukas zu ersticken.
»Alles in Ordnung, junger Mann?«, fragte der alte Herr. »Soll ich Ihnen hinüberhelfen? Halten Sie sich an meinem Arm fest, es ist nicht mehr weit.«
Lukas griff nach dem Papiertaschentuch, das er ihm reichte, und wischte sich die Stirn ab.
»Ich kann nicht!«, sagte er mit zitternder Stimme. »Ich schaffe es nicht! Es tut mir Leid, so unendlich Leid!«
Er floh im Laufschritt zurück zum Wagen, wo Zofia mit verschränkten Armen auf dem Kühler hockte und ihn erwartete.
»Willst du ihn da stehen lassen?«
»Das hätte mich fast umgebracht!«, sagte er nach Luft ringend.
Noch ehe er ausgesprochen hatte, lief sie zwischen den hupenden Autos hindurch zu der Verkehrsinsel und fasste den alten Herrn beim Arm.
»Es ist mir unangenehm, wirklich unangenehm, er ist ein Anfänger, es ist das erste Mal«, sagte sie aufgebracht.
Der Mann kratzte sich am Hinterkopf und musterte Zofia verwundert. Als die Ampel wieder auf Grün sprang, rief Lukas zu Zofia:

»Lass ihn dort stehen!«

»Was sagst du da?«

»Du hast mich sehr gut verstanden! Ich habe die Hälfte des Weges für dich gemacht, jetzt ist es an dir, auf mich zuzukommen. Lass ihn da, wo er ist!«

»Bist du verrückt geworden?«

»Nein, das ist nur logisch! Ich habe in dem wundervollen Buch von Hilton gelesen, lieben heißt teilen, jeder muss einen Schritt auf den anderen zugehen! Du hast das Unmögliche von mir verlangt, ich habe es für dich getan, jetzt musst du auch bereit sein, auf einen Teil deiner selbst zu verzichten. Lass diesen Mann dort stehen. Er oder ich!«

Der alte Herr tippte Zofia auf die Schulter.

»Ich möchte Sie nicht unterbrechen, aber wegen all ihrer Geschichten komme ich noch zu spät. Gehen Sie nur zu Ihrem Freund!«

Und ohne weiter abzuwarten, überquerte er den Rest der Fahrbahn.

Zofia ging zurück zum Wagen. Sie sah traurig aus. Lukas öffnete ihr die Tür und wartete, bis sie eingestiegen war, ehe er sich ans Steuer setzte, doch der Ford rührte sich nicht vom Fleck.

»Sieh mich nicht so an, es tut mir aufrichtig Leid, dass ich die Sache nicht zu Ende bringen konnte«, sagte er.

Sie holte tief Luft und antwortete dann nachdenklich:

»Es dauert hundert Jahre, bis ein Baum gewachsen ist, und nur wenige Minuten, um ihn zu verbrennen.«

»Sicher, aber worauf willst du hinaus?«

»Ich werde in deinem Haus leben, und du wirst mich dorthin bringen, Lukas!«

»Das ist doch nicht dein Ernst!«

»Viel mehr, als du dir vorstellen kannst.«

»Das lasse ich auf keinen Fall zu.«
»Ich gehe mit dir, Lukas, und basta!«
»Das schaffst du nicht.«
»Du warst derjenige, der mir gesagt hat, ich solle mich nicht unterschätzen. Es ist zwar paradox, aber die Deinen werden mich mit offenen Armen aufnehmen! Bring mir das Böse bei, Lukas!«
Er betrachtete lange ihre eigenartige Schönheit. Verloren in der Stille zwischen zwei Welten, war sie zu einer Reise entschlossen, über deren Ziel sie nichts wusste, deren Zweck ihr aber jegliche Angst nahm. Zum ersten Mal war das Verlangen stärker als die Folge, zum ersten Mal hatte Lieben einen anderen Sinn, als sie sich je vorgestellt hatte. Lukas fuhr zügig in Richtung Unterstadt.

~

Aufgeregt griff Blasius zum Telefon und stammelte, man solle ihn mit *President* verbinden oder, besser noch, ihm seinen sofortigen Besuch ankündigen. Er wischte sich die Hände an der Hose ab und nahm die Kassette aus dem Tonbandgerät. Als er über den Gang watschelte, so schnell ihn seine kurzen Beine trugen, sah er wirklich aus wie eine Ente. Nachdem er angeklopft hatte, betrat er das Büro von *President*, der ihn mit erhobener Hand empfing.
»Sei still, ich weiß schon Bescheid!«
Blasius konnte nicht umhin zu triumphieren:
»Ich hatte Recht!«
»Vielleicht«, antwortete *President* von oben herab.
Blasius machte einen Freudensprung und klatschte in die Hände.
»Sie haben Ihr Schachmatt«, jubelte er. »Ich habe mich

nicht geirrt, Lukas ist ein Genie. Er hat ihre Elite für unsere Pläne benutzt, welch ein erhabener Sieg!«
Blasius schluckte, ehe er fortfuhr:
»Wir müssen die Aktion sofort stoppen, doch dafür brauche ich Ihre Unterschrift.«
Luzifer erhob sich und lief vor der Fensterfront auf und ab.
»Mein armer Blasius, wie dumm du doch bist. An manchen Tagen frage ich mich, ob deine Anwesenheit hier nicht ein Orientierungsfehler war. Um wie viel Uhr wird unser Vertrag erfüllt?«
»Die Explosion findet um Punkt siebzehn Uhr statt«, antwortete er und blickte hektisch auf seine Uhr.
Damit blieben ihnen genau zweiundvierzig Minuten, um die Operation zu annullieren, die Blasius geschickt vorbereitet hatte.
»Wir haben keine Sekunde zu verlieren, *President!*«
»Wir haben alle Zeit dieser Welt. Wir sichern unseren Sieg ab, ohne das geringste Risiko einzugehen. Wir ändern nichts an unserem Plan … außer einer Kleinigkeit …«, sagte Satan und rieb sich das Kinn. »Wir bringen sie beide um Punkt fünf Uhr hierher!«
»Aber was wird unser Gegner dazu sagen?«, fragte Blasius, der in Panik geriet.
»Ein Unfall ist ein Unfall! Schließlich habe ich, soweit ich weiß, den Zufall nicht erfunden. Bereite einen Empfang für ihre Ankunft vor, du hast genau vierzig Minuten Zeit!«

~

Die Kreuzung von Broadway und Columbus Avenue war seit je die Heimstatt aller menschlichen Laster: Drogen und seelenlose Körper von Frauen und Männern wechselten dort den Besitzer. Lukas parkte den Wagen an der Einfahrt zu einer engen, finsteren Gasse. Unter einer verfallenen Treppe wurde eine junge Prostituierte brutal von ihrem Zuhälter misshandelt.

»Sieh genau hin!«, sagte Lukas. »Dies hier ist mein Universum, das andere Gesicht der menschlichen Natur, dasjenige, das du zu bekämpfen trachtest. Such in diesem Haufen von Unrat die gute Seite der Menschen, öffne die Augen, und du wirst Fäulnis sehen, Verfall, Gewalt in ihrer ungeschminkten Form. Die Hure, die hier vor deinen Augen stirbt, lässt sich besudeln und zu Tode prügeln, ohne gegen den Mann, an den sie verkauft wurde, den geringsten Widerstand zu leisten. Wie dieser Erde so bleiben ihr nur noch wenige Augenblicke des Lebens, ein paar Schläge noch, und ihre geschundene Seele wird sie verlassen. Das ist der Grund für diese schreckliche Wette, die uns verbindet. Willst du wirklich, dass ich dich das Übel lehre, Zofia? Es bedarf nur einer Lektion, um dir diese Welt zu Eigen zu machen und dich für immer zu zerstören. Geh durch diese Gasse, versuch, nicht einzugreifen, und du wirst sehen, wie erschreckend einfach es ist, nichts zu tun. Mach es wie sie, geh deinen Weg durch dieses Elend – ich erwarte dich am anderen Ende. Wenn du dort angelangt bist, wirst du nicht mehr dieselbe sein. Dies ist eine Passage zwischen zwei Welten, und es gibt keine Hoffnung auf Rückkehr.

Zofia stieg aus dem Wagen und machte sich langsam auf den Weg. Sie trat in das Halbdunkel, in dem ihr jeder weitere Schritt beschwerlicher erschien. Den Blick in die Ferne gerichtet, versuchte sie mit aller Kraft zu widerstehen. Vor ihr dehnte sich die Gasse bis ins Unendliche zu

einem Abfallteppich aus, der das holprige Pflaster bedeckte.
Die Hausmauern waren dunkelgrau; sie erblickte Sarah, die Prostituierte, gebeugt von den Schlägen, die auf sie niederprasselten. Ihr Mund wies viele Wunden auf, aus denen Blut, schwarz wie der Abgrund, rann; ihr Kopf sank vornüber, ihr Rücken war eine einzige Blessur, ihre Rippen brachen eine nach der anderen unter der entfesselten Gewalt. Plötzlich aber setzte sie sich zur Wehr. Sie kämpfte, um nicht ganz zusammenzubrechen, ihren Leib nicht den Tritten zu überlassen, die das wenige ihr verbleibende Leben auslöschen würden. Die Faust, die seinen Kiefer traf, stieß seinen Kopf gegen die Mauer. Der Aufprall war gewaltig, der Widerhall unter der Schädeldecke schrecklich. Sarah sah in Zofia einen letzten Hoffnungsschimmer, ein Wunder – ein ihr, der seit je Gläubigen, dargebotenes Wunder. Die Hände zu Fäusten geballt, die Zähne zusammengebissen, setzte Zofia ihren Weg fort … verlangsamte schließlich den Schritt. Hinter ihr sank die Frau auf die Knie und fand nicht einmal mehr die Kraft zu stöhnen. Zofia sah die Hand des Mannes nicht, die sich über dem Nacken der Prostituierten hob wie ein Hammer. In einem Nebel aus Tränen und überwältigt von einem unsäglichen Schwindelgefühl, erkannte Zofia am anderen Ende der Gasse den Schatten von Lukas, der sie mit verschränkten Armen erwartete.
Sie blieb stehen, ihr ganzes Wesen erstarrte. Und dann rief sie in einem Schmerzensschrei so laut seinen Namen, dass er für den Bruchteil einer Sekunde alle Stille dieser Welt zerriss und alle Abgründe verdammte. Lukas rannte los, an ihr vorbei, ergriff den Mann und warf ihn zu Boden. Der sprang sogleich wieder auf die Füße und wollte sich auf

ihn stürzen. Lukas' Fausthieb, der ihn traf, war so heftig, dass der Zuhälter zusammenbrach. Während er verblutete, wurde die Tragödie seiner Arroganz offenbar – ein letzter Schrecken, den er in den Tod mitnahm.

Lukas hockte sich neben Sarahs reglosen Körper. Er fühlte ihren Puls, schob die Arme unter sie und hob sie hoch.

»Komm«, sagte er mit sanfter Stimme zu Zofia. »Wir haben keine Zeit zu verlieren. Du kennst den Weg zum Krankenhaus besser als jeder andere. Lass mich fahren, du bist im Augenblick nicht dazu im Stande.«

Sie legten die junge Frau auf die Rückbank. Zofia nahm das Blaulicht aus dem Handschuhfach und schaltete die Sirene ein. Es war sechzehn Uhr dreißig, und der Ford raste los; in einer knappen Viertelstunde wären sie am Ziel.

In der Notaufnahme wurde Sarah von zwei Ärzten, darunter einem Spezialisten für Wiederbelebung, in Empfang genommen. Sie diagnostizierten einen zertrümmerten Brustkorb, und die Röntgenbilder des Schädels zeigten ein Hämatom am Hinterkopf, jedoch keine sichtbare Fraktur, dazu mehrere Gesichtsverletzungen. Die Computertomographie bestätigte, dass keine Lebensgefahr bestand. Es hätte allerdings nicht viel dazu gefehlt.

Lukas und Zofia verließen den Klinikparkplatz.

»Du bist blass wie ein Leichentuch. Nicht du warst es, der sie geschlagen hat, Zofia, sondern ich.«

»Ich habe versagt, Lukas. Ich bin genauso wenig in der Lage, mich zu ändern, wie du.«

»Wenn es dir gelungen wäre, hätte ich dich dafür gehasst. Ich liebe dich so, wie du bist, Zofia, und nicht so, wie du wärest, wenn du dich mir anpassen würdest. Ich will nicht, dass du dich änderst.«

»Warum hast du das getan?«
»Damit du verstehst, dass mein Unterschied auch der deine ist, damit du nicht mehr über mich urteilst als ich über dich, weil diese Zeit, die uns voneinander entfernt, indem sie uns fehlt, uns auch einander näher bringen könnte.«
Zofia sah auf die Uhr im Armaturenbrett und zuckte zusammen.
»Was hast du?«
»Ich werde mein Versprechen an Reine nicht halten können; ich werde ihr wehtun. Ich weiß, dass sie Tee für mich gekocht und den ganzen Nachmittag Kekse gebacken hat und dass sie mich erwartet.«
»Das ist doch nicht so schlimm. Sie wird dir bestimmt verzeihen.«
»Ja, aber sie wird enttäuscht sein. Ich hatte ihr hoch und heilig versprochen, pünktlich zu sein; das ist wichtig für sie.«
»Wann seid ihr verabredet?«
»Um Punkt fünf Uhr.«
Lukas sah auf seine Uhr. Es war zehn vor fünf, und der dichte Verkehr ließ wenig Hoffnung, dass Zofia ihr Versprechen würde halten können.
»Du wirst höchstens eine Viertelstunde Verspätung haben.«
»Das ist zu spät, weil es dann schon zu dunkel sein wird. Sie braucht, um mir ihre Fotos zu zeigen, ein ganz bestimmtes Licht – wie einen Vorwand, um gewisse Seiten ihrer Erinnerung aufzuschlagen. Ich habe so darauf hingearbeitet, dass ihr Herz sich befreit, deshalb muss ich an ihrer Seite sein. Ich bin wirklich eine Null.«
Lukas strich ihr über die Wange und verzog das Gesicht.

»Wir versuchen's noch mal mit Blaulicht und Sirene. Uns verbleiben sieben Minuten, um pünktlich einzutreffen, wirklich kein Grund, um ein Drama daraus zu machen. Leg den Sicherheitsgurt an!«
Der Ford scherte auf die linke Spur aus und raste die California Street hinauf. Im nördlichen Teil der Stadt schalteten alle Ampeln der breiten Straße auf Grün, so dass sie nicht an einer Kreuzung halten mussten.

»Ich komme ja schon«, antwortete Reine beim Klingeln der Küchenuhr.
Sie bückte sich, um das Gebäck aus dem Gasherd zu nehmen. Das heiße Blech war viel zu schwer, um es mit einer Hand tragen zu können. Sie ließ die Tür des Backofens offen stehen und legte das Backblech auf einem Untersetzer ab. Sie gab Acht, sich nicht zu verbrennen, nahm ein Messer und begann, den Kuchen aufzuschneiden. Sie wischte sich über die Stirn und fühlte ein paar Schweißtropfen ihren Nacken hinunterlaufen. Normalerweise schwitzte sie nie: Es musste wohl an der Müdigkeit liegen, die sie seit heute Morgen verspürte. Sie ließ den Kuchen stehen und ging in ihr Schlafzimmer, um sich kurz auszuruhen. Als sie die Tür öffnete, wehte ein Luftzug durch die Küche. Nach einiger Zeit kam Reine zurück, sah auf die Uhr und stellte die Tassen auf das Tablett. In ihrem Rücken erlosch eine der sieben Kerzen auf der Arbeitsplatte – es war diejenige, die am nächsten beim Gasofen stand.

Der Ford bog rechts in die Van Ness Avenue ein, und Lukas nutzte die Gelegenheit, um einen Blick auf seine Uhr zu werfen. Fünf Minuten blieben ihnen noch, wenn sie rechtzeitig ankommen wollten.

Reine ging an ihren alten Schrank und öffnete die Tür, deren Holz ein vernehmliches Knarren von sich gab. Ihre schöne Hand glitt unter den Stapel mit alter Spitze, ihre zarten Finger legten sich um das Album mit dem Einband aus brüchigem Leder. Sie schloss die Augen und roch daran, bevor sie es mitten im Wohnzimmer auf den Teppich legte. Jetzt brauchte sie nur noch Wasser aufzusetzen, dann wäre alles fertig; Zofia musste jeden Augenblick eintreffen. Sie fühlte, wie ihr Herz schneller zu schlagen begann, und bemühte sich, die aufkommenden Emotionen unter Kontrolle zu halten. Sie kehrte in die Küche zurück und fragte sich, wo sie die Streichhölzer hingelegt hatte.

Zofia hielt sich, so gut sie konnte, an der Halteschlaufe über der Beifahrertür fest. Ihr Lächeln wirkte verkrampft. Lukas grinste sie an.

»Wenn du wüsstest, wie viele Wagen ich schon gefahren habe, ohne dass sie auch nur einen einzigen Kratzer abbekommen haben! Noch zwei kleine Ampeln, und wir sind in deiner Straße. Jetzt entspann dich, es ist zwei Minuten vor fünf.«

Reine wühlte in der Schublade des Büfetts, dann in denen der Anrichte. Vergebens. Sie zog den Vorhang unter der Arbeitsplatte zur Seite und suchte alle Fächer ab. Als sie sich aufrichtete, verspürte sie ein leichtes Schwindelgefühl und schüttelte den Kopf, bevor sie ihre Suche fortsetzte.
»Wo habe ich sie bloß hingelegt?«, brummte sie.
Sie blickte sich um und fand die kleine Schachtel schließlich auf dem Rand des Herds.
Wenn du am Meer ständest – würdest du das Wasser sehen?, dachte sie und drehte den Herdknopf.

Die Reifen des Ford quietschten in der Kurve. Lukas fuhr die Anhöhe von Pacific Heights hinauf, das Haus war nur noch hundert Meter entfernt. Er verkündete Zofia stolz, dass sie schlimmstenfalls fünfzehn kleine Sekunden Verspätung hätte. Er schaltete die Sirene ab … und in der Küche zündete Reine das Streichholz an.

Die Explosion drückte sofort alle Fensterscheiben des Hauses nach außen. Lukas trat mit voller Kraft auf die Bremse, der Wagen machte einen Schlenker und konnte knapp der Haustür ausweichen, die mitten auf die Straße geschleudert wurde. Zofia und Lukas starrten einander entsetzt an: Das Erdgeschoss stand in Flammen, und sie würden diese Feuerwand nicht überwinden können. Es war siebzehn Uhr … und zwanzig Sekunden.

Mathilde war in die Mitte des kleinen Wohnzimmers geschleudert worden. Um sie herum war ein völliges Durcheinander: das runde Tischchen, das ihr als Nachttisch gedient hatte, lag auf der Seite, der Rahmen über dem Kamin war zerbrochen, und tausend Glassplitter lagen auf dem Teppich verstreut. Die Kühlschranktür war aufgesprungen und hing schief in den Angeln, der große Lüster schaukelte, nur noch an seinen Stromkabeln hängend, bedenklich hin und her. Beißender Rauch quoll aus den Ritzen des Holzbodens. Mathilde setzte sich auf und hielt die Hände vors Gesicht, um die Augen vor dem aufwirbelnden Staub zu schützen. Ihr Gips am Bein hatte auf seiner ganzen Länge Risse bekommen. Entschlossen zog sie die Ränder auseinander, bis er ganz aufgebrochen war, und warf ihn von sich. Sie nahm alle Kraft zusammen, stützte sich an der Rückenlehne des umgekippten Sessels ab und richtete sich mühsam auf. Sie hinkte um die Trümmer herum, öffnete die Wohnungstür und trat auf den Flur und ans Treppengeländer. Sie beugte sich darüber und suchte nach einem Weg durch die verschiedenen Brandherde. Den stechenden Schmerz ignorierend, begann sie vorsichtig, die Treppe hinunterzugehen. Die Hitze in der Diele war unerträglich, und sie fürchtete, ihre Haare und Wimpern könnten jeden Augenblick verkohlen. Vor ihr löste sich ein glühender Balken von der Decke und zog beim Herabfallen einen roten Glutregen nach sich. Das Holz krachte ohrenbetäubend, die heiße Luft, die sie einatmete, versengte ihr fast die Lungen, so dass sie zu ersticken glaubte. Bei der letzten Stufe schoss ihr plötzlich ein derart heftiger Schmerz durchs Bein, dass es einknickte und sie der Länge nach auf den Boden fiel. Zumindest konnte sie in dieser misslichen Lage besser atmen und Kräfte sammeln. Zu ihrer Rechten wies die Mauer ein Loch auf. Sie müsste, um ihr Leben zu retten, nur die wenigen Meter kriechen. Doch zu ihrer Linken lag Reine auf dem Boden.

Durch einen Schleier von Rauch begegneten sich ihre Blicke. Mit einer Handbewegung bedeutete ihr Reine, sich zu retten, und zeigte ihr den Weg.
Schreiend vor Schmerzen richtete sich Mathilde auf. Sie biss die Zähne fest zusammen und bewegte sich auf Reine zu. Jeder Schritt war wie ein Dolchstoß ins Fleisch. Sie schob die glühenden Holzteile zur Seite und setzte ihren mühsamen Weg fort. Bei Reine angelangt, legte sie sich neben sie, um wieder zu Atem zu kommen.
»Ich werde Ihnen helfen aufzustehen und Sie dann stützen«, sagte Mathilde keuchend.
Reine blinzelte als Zeichen der Zustimmung. Mathilde schob den Arm unter den Nacken der alten Dame und wollte sie aufrichten.

Der Schmerz war unerträglich, und sie verlor das Gleichgewicht.
»Rette dich«, sagte Reine. »Tu, was ich sage. Lass Zofia wissen, dass ich sie liebe, dass ich die Gespräche mit ihr sehr geschätzt habe und dass auch du mir ans Herz gewachsen bist. Du bist eine reizende Person, Mathilde, du hast ein großes Herz, du musst nur lernen, sorgfältiger auszuwählen, wem du es schenkst. So, und jetzt geh, bevor es zu spät ist. Ich wollte ja sowieso, dass meine Asche im Garten rund ums Haus verstreut wird. Von ein paar Einzelheiten abgesehen, ist mein Wunsch erhört worden.«
»Glauben Sie, es gibt eine Chance, dass ich weniger dickköpfig bin als Sie in Ihrem Alter? Ich verschnaufe kurz und mache gleich einen zweiten Versuch. Wir schaffen es entweder beide, von hier wegzukommen … oder eben beide nicht.«
In diesem Augenblick erschien Lukas in der Öffnung. Er

trat auf sie zu, kniete vor Mathilde nieder und erklärte ihr, wie sie sich alle drei aus diesem Glutofen retten würden. Er zog sein Jackett aus, legte es über Reines Kopf, um ihr Gesicht zu schützen, und hob sie vorsichtig hoch. Nachdem er ihr ein Zeichen gegeben hatte, klammerte sich Mathilde an seinen Hüften fest und folgte ihm, an seinen Rücken gedrängt, der wie ein Schutzschild wirkte. Kurz darauf waren sie der Hölle entkommen.
Lukas hielt Reine in den Armen, während Mathilde sich in die von Zofia schmiegte. Schon waren in der Ferne die Sirenen von Feuerwehr und Ambulanz zu hören. Zofia half ihrer Freundin, sich auf dem Rasen des Nachbargrundstücks auszustrecken.
Reine öffnete die Augen und sah Lukas an, wobei ein schelmisches Lächeln um ihre Lippen spielte.
»Wenn mir jemand gesagt hätte, dass so ein attraktiver junger Mann ...«
Ein Hustenanfall hinderte sie daran, den Satz zu Ende zu sprechen.
»Schonen Sie Ihre Kräfte!«
»Steht dir gut, diese Märchenprinz-Seite, aber du musst ganz schön kurzsichtig sein, denn, ehrlich gesagt, hast du weit Besseres in Reichweite als das, was du auf dem Arm trägst.«
»Sie haben sehr viel Charme, Reine.«
»Ja, gewiss, so viel wie ein altes Fahrrad in einem Museum! Verlier sie nicht, Lukas. Glaub mir, es gibt Irrtümer, die man sich nie verzeiht! Wenn du mich jetzt bitte absetzen würdest. Ich glaube, jemand anderer wird mich abholen.«
»Reden Sie keinen Unsinn!«
»Und du, mach keinen!«
Die Ambulanz traf ein, und die Feuerwehr machte sich da-

ran, den Brand zu löschen. Pilguez eilte zu Mathilde, während Lukas den Sanitätern half, Reine auf die Trage zu betten. Zofia folgte ihnen und stieg mit in die Ambulanz.

»Wir treffen uns in der Klinik wieder, ich vertraue dir Mathilde an!«

Ein Polizist hatte eine zweite Ambulanz angefordert, die Pilguez wieder abbestellte. Um Zeit zu gewinnen, wollte er Mathilde selbst zum Krankenhaus fahren. Er bat Lukas, ihm zu helfen, und beide stützten sie, um sie zum Wagen zu führen und vorsichtig auf die Rückbank zu legen. Der Krankenwagen für Reine war schon abgefahren.

Rote und blaue Lichter blinkten im Wageninnern. Reine hielt Zofias Hand und sah aus dem Fenster.

»Es ist schon merkwürdig, aber an dem Tag, an dem man geht, denkt man an alles, was man nicht gesehen hat.«

»Ich bin da«, murmelte Zofia. »Ruhen Sie sich aus.«

»Alle meine Fotos sind verbrannt, bis auf eines. Ich habe es mein ganzes Leben lang bei mir getragen. Es war für dich, ich wollte es dir heute Abend geben.«

Reine streckte den Arm aus und öffnete die Hand, die nichts als Leere enthielt. Zofia sah sie verwundert an, und Reine lächelte.

»Jetzt hast du geglaubt, ich hätte den Verstand verloren, was? Es ist das Foto von dem Kind, das ich nie gehabt habe. Es wäre sicher das Schönste geworden. Nimm es und trag es an deinem Herzen; es hat meinem so sehr gefehlt. Zofia, ich weiß, du vollbringst eines Tages etwas, das mich für immer stolz auf dich machen wird. Du wolltest wissen, ob der Bachert nur eine schöne Geschichte ist. Ich sage dir jetzt die Wahrheit. Es ist an jedem von uns, seine Geschichte wahr werden zu lassen. Verzichte nicht auf dein Leben, sondern kämpfe darum.«

Reine tätschelte ihr zärtlich die Wange.
»Und komm näher, damit ich dich küssen kann. Wenn du wüsstest, wie lieb ich dich habe. Du hast mir Jahre des Glücks geschenkt.«
Sie nahm Zofia in die Arme und schenkte ihr in dieser Umarmung all die Kraft, die ihr geblieben war.
»Ich will mich jetzt ein wenig ausruhen, ich werde viel Zeit haben, mich auszuruhen.«
Zofia holte tief Luft, um ihre Tränen niederzukämpfen. Sie legte den Kopf auf Reines Brust, die sich nur langsam hob und senkte. Die Ambulanz fuhr in die Schleuse der Notaufnahme. Man trug Reine fort, und nun saß Zofia zum zweiten Mal in dieser Woche in dem Wartezimmer für die Angehörigen der Patienten.
In Reines Haus war der Ledereinband eines alten Albums völlig verkohlt.

Die Türen glitten erneut auf, und, gestützt von Lukas und Pilguez, Mathilde kam herein. Eine Krankenschwester eilte sofort mit einem Rollstuhl herbei.
»Lassen Sie!«, sagte Pilguez. »Sie hat uns gedroht, Reißaus zu nehmen, wenn wir sie in so ein Ding setzen.«
Die Krankenschwester erläuterte ihnen die Vorschriften zur Aufnahme in die Klinik. Mathilde beugte sich den Versicherungsbestimmungen und nahm widerwillig in dem Rollstuhl Platz. Zofia fragte sie leise:
»Wie fühlst du dich?«
»Taufrisch.«
Ein Arzt holte Mathilde ab und brachte sie ins Untersuchungszimmer. Zofia versprach, auf sie zu warten.
»Nicht zu lange!«, sagte Pilguez hinter ihr.
Zofia drehte sich zu ihm um.

»Lukas hat mir im Wagen alles erzählt«, fügte er hinzu.
»Was hat er Ihnen gesagt?«
»Dass er sich durch gewisse Immobiliengeschäfte nicht nur Freunde gemacht hat! Zofia, ich glaube, Sie sind beide ernsthaft in Gefahr. Als ich Ihren Freund vor einigen Tagen im Restaurant gesehen habe, dachte ich, er würde für die Regierung arbeiten und nicht, dass er sie dort treffen wollte. Zwei Gasexplosionen innerhalb einer Woche an zwei verschiedenen Orten, wo Sie sich gerade aufhielten, das ist für reinen Zufall etwas zu viel.«
»Das erste Mal, im Restaurant, war es wohl wirklich Zufall!«, sagte Lukas, der am anderen Ende des Raums stand.
»Vielleicht«, erwiderte der Inspektor. »Jedenfalls ist es das Werk von echten Profis, denn wir haben nirgendwo auch nur das geringste Indiz dafür gefunden, dass es sich nicht um einen Unfall handelt. Diejenigen, die dahinter stecken, sind wahre Teufel, und ich wüsste nicht, was sie aufhalten sollte, solange sie ihr Ziel nicht erreicht haben. Man wird Sie beide unter Polizeischutz stellen und Ihren Freund überreden müssen, mit uns zusammenzuarbeiten.«
»Das wird schwierig sein.«
»Tun Sie's, bevor die mir noch alle Viertel der Stadt in die Luft sprengen! Vorerst aber will ich Sie für die Nacht in Sicherheit bringen. Der Geschäftsführer des Sheraton am Flughafen ist mir schon lange einen Gefallen schuldig! Er wird Sie mit größter Diskretion empfangen. Ich rufe ihn an und fahre Sie dann zum Hotel. Verabschieden Sie sich von Ihrer Freundin.«

Zofia schob den Vorhang von Mathildes Untersuchungskabine zur Seite und trat an ihre Liege.
»Was gibt's Neues?«

»Nur Banales!«, erwiderte Mathilde. »Man wird mir einen neuen Gipsverband verpassen. Sie wollen mich zur Beobachtung hier behalten, um sicherzugehen, dass ich nicht zu viel giftigen Rauch eingeatmet habe. Mein Gott, wenn die wüssten, wie viel giftiges Zeug ich in meinem Leben schon in mir hatte, wären sie nicht so besorgt. Wie geht es Reine?«
»Nicht besonders gut. Sie ist in der Abteilung für Brandverletzte. Sie schläft, man kann sie nicht besuchen. Man hat sie in einem sterilen Zimmer im vierten Stock untergebracht.«
»Kommst du mich morgen abholen?«
Zofia drehte ihr den Rücken zu und betrachtete den Leuchtkasten, an dem die Röntgenbilder befestigt waren.
»Mathilde, ich glaube nicht, dass ich kommen kann.«
»Ich weiß nicht, warum, aber ich hab's schon geahnt. Es ist das Los der Freundschaft, sich zu freuen, dass der andere eines Tages das Zölibat bricht, auch wenn das die eigene Einsamkeit bedeutet. Unsere gemeinsame Zeit wird mir unheimlich fehlen.«
»Mir auch. Ich gehe auf Reisen, Mathilde.«
»Lange?«
»Ja, ziemlich lange.«
»Aber du kommst zurück?«
»Ich weiß es nicht.«
Mathildes Blick umwölkte sich.
»Ich glaube, ich verstehe. Versuch zu leben, meine Zofia, die Liebe ist kurz, aber die Erinnerung dauert lange.«
Zofia nahm Mathilde in die Arme und drückte sie ganz fest.
»Wirst du glücklich sein?«
»Das weiß ich noch nicht.«

»Können wir von Zeit zu Zeit telefonieren?«
»Nein, ich denke, das wird nicht möglich sein.«
»Ist der Ort, an den er dich führen wird, so weit entfernt?«
»Noch viel weiter. Ich bitte dich, weine nicht.«
»Ich weine doch gar nicht. Es ist der Rauch, der mir immer noch in den Augen brennt. Gut, mach, dass du fortkommst.«
»Pass auf dich auf«, sagte Zofia mit sanfter Stimme und ging.
Sie schob den Vorhang erneut zur Seite und sah ihre Freundin, die Augen voller Traurigkeit, noch einmal an.
»Wirst du allein zurechtkommen?«
»Pass du auch auf dich auf ... dieses eine Mal«, sagte Mathilde.
Zofia lächelte.

Inspektor Pilguez saß am Steuer, Lukas neben ihm. Der Motor lief schon. Zofia nahm auf dem Rücksitz Platz. Der Wagen verließ den Klinikparkplatz und fuhr in Richtung Highway 101. Niemand sagte ein Wort.
Traurig blickte Zofia aus dem Fenster und ließ die Stadt an sich vorübergleiten. Lukas drehte den Rückspiegel, um sie betrachten zu können. Pilguez runzelte die Stirn und stellte ihn wieder richtig ein. Lukas wartete ein paar Sekunden, bevor er ihn noch einmal drehte.
»Stört es Sie, dass ich fahre?«, knurrte Pilguez und drehte ihn wieder zurück. Dann klappte er Lukas' Sonnenblende mit dem kleinen Spiegel herunter und legte die Hand erneut aufs Lenkrad.
Auf der Höhe South Airport Boulevard verließ der Wagen den Highway und bog kurz danach auf den Parkplatz des Sheraton-Hotels ein.

Der Geschäftsführer hatte ihnen eine Suite im obersten, dem sechsten Stock reserviert. Sie waren an der Rezeption unter den Namen Oliver und Mary Sweet registriert. Pilguez hatte erklärt, es gebe nichts Auffälligeres als Namen wie Miller oder Smith. Bevor er sich verabschiedete, empfahl er ihnen, ihr Zimmer nicht zu verlassen und sich das Essen vom Zimmerservice bringen zu lassen. Er gab ihnen seine Handynummer und sagte, dass er sie morgen gegen Mittag abhole. Falls sie sich langweilten, könnten sie schon einmal anfangen, die Ereignisse der Woche zu einem Bericht zusammenzufassen, damit wäre ihm sehr gedient. Lukas und Zofia dankten ihm so ausgiebig, dass er verlegen wurde und sie mit bärbeißiger Miene und mehrmaligem »schon gut, schon gut« verließ. Es war zehn Uhr abends, und die Tür der Suite fiel ins Schloss.
Zofia ging ins Badezimmer. Lukas legte sich aufs Bett, griff nach der Fernbedienung und zappte durch alle TV-Programme. Die Sendungen brachten ihn schnell zum Gähnen, und er schaltete den Fernseher wieder ab. Er hörte hinter der Badezimmertür Wasser rauschen – Zofia duschte. Er betrachtete seine Schuhspitzen, zog die Hose zurecht und glättete die Bügelfalte. Er stand auf, öffnete die Minibar, schloss sie sofort wieder, trat ans Fenster, zog den Vorhang ein Stück zur Seite, sah den leeren Parkplatz und legte sich erneut aufs Bett. Er beobachtete, wie sich sein Brustkorb mit jedem Atemzug hob und senkte, und seufzte. Dann inspizierte er den Schirm seiner Nachttischlampe, schob den Aschenbecher ein Stück nach rechts und zog die Schublade auf. Seine Aufmerksamkeit wurde sofort auf das kleine Buch gelenkt, dessen Einband mit dem Hotellogo versehen war. Er nahm es an sich und begann darin zu lesen. Die ersten Zeilen lösten reines Entsetzen in

ihm aus. Er las weiter, blätterte die Seiten immer schneller um. Bei Seite sieben sprang er entrüstet auf und klopfte an die Badezimmertür.

»Kann ich reinkommen?«

»Eine Sekunde«, antwortete Zofia und schlüpfte in ihren Morgenmantel.

Sie öffnete und sah ihn wütend vor der Tür auf und ab laufen.

»Was ist denn los?«, fragte sie besorgt.

»Los ist, dass niemand mehr Respekt vor irgendetwas hat!«

»Dieser Sheraton hat das Buch von Hilton Wort für Wort abgeschrieben! Ich weiß, wovon ich rede, er ist nämlich mein Lieblingsautor.«

Zofia nahm ihm das Buch aus den Händen und gab es ihm gleich wieder zurück.

»Das ist doch die Bibel, Lukas!«

Sie beantwortete seinen fragenden Blick mit einem resignierten Achselzucken.

»Leg es doch wieder hin.«

Sie wagte nicht, ihm zu sagen, dass sie Hunger hatte, doch er erahnte es an der Art, wie sie in der Menükarte des Zimmerservice blätterte.

»Eines würde ich gern verstehen«, sagte sie. »Warum setzen sie die Uhrzeiten vor die Gerichte? Was steckt dahinter? Dass sie nach zehn Uhr dreißig ihre Cornflakes in einem Safe mit Zeitschloss verwahren, das sich erst wieder am nächsten Morgen öffnen lässt? Das ist doch wirklich verrückt! Was passiert, wenn du abends um halb elf Lust auf ein Müsli hast? Und hier, schau mal, das Gleiche gilt für Crêpes. Du brauchst dir eigentlich nur die Länge des Kabels von ihrem Föhn im Badezimmer anzusehen, dann weißt du Bescheid. Wer das System erfunden hat, ist mit

Sicherheit ein Glatzkopf gewesen, denn man muss sich an die Wand pressen, um die Haare trocknen zu können.«
Lukas nahm sie in die Arme und zog sie an sich, um sie zu beruhigen.
»Du bist auf dem besten Weg, anspruchsvoll zu werden!«
Sie sah sich um und wurde rot.
»Vielleicht!«
»Du hast Hunger!«
»Nicht im Geringsten!«
»Ich glaube doch!«
»Gut, ein kleines Häppchen, nur dir zuliebe.«
»Frosties oder *Special K/C?«*
»Sind das diejenigen die ›Snap, Crackle, Pop‹ machen, wenn man darauf beißt?«
»Rice Crispies! Ich kümmere mich darum.«
»Ohne Milch!«
»Keine Milchprodukte«, wiederholte Lukas und griff zum Hörer.
»Aber Zucker, viel Zucker!«
»Wird auch gemacht!«
Er legte den Hörer auf und setzte sich neben sie.
»Hast du dir nichts bestellt?«
»Nein, ich habe keinen Hunger«, antwortete Lukas.
Nachdem der Zimmerservice ihre Bestellung gebracht hatte, breitete sie ein Frotteetuch auf dem Bett aus und richtete darauf alles her. Nach jedem Bissen, den sie sich gönnte, schob sie einen Löffel voll in Lukas' Mund, der sich gerne füttern ließ. Ein Blitz zuckte in der Ferne am Himmel. Lukas stand auf, zog den Vorhang zu und ließ sich wieder neben ihr nieder.
»Morgen finde ich eine Lösung, um ihnen zu entkommen«, sagte Zofia. »Es muss einen Weg geben.«

»Sag nichts«, murmelte Lukas. »Ich habe mir so sehr herrliche Sonntage mit dir gewünscht und geträumt, dass noch unzählige Tage folgen würden, doch es bleibt uns nur noch ein einziger Tag, und an dem wollen wir wirklich leben.«
Zofias Morgenmantel glitt ein wenig auseinander. Er zog ihn wieder zusammen. Sie drückte ihre Lippen auf die seinen und murmelte:
»Verführe mich!«
»Nein, Zofia, die kleinen tätowierten Flügel auf deiner Schulter stehen dir zu gut, und ich will nicht, dass du sie dir verbrennst.«
»Ich will mit dir fort.«
»Nicht so, nicht deshalb.«
Er tastete nach dem Lichtschalter. Zofia schmiegte sich an ihn.

In ihrem Krankenhauszimmer löschte Mathilde das Licht. In dieser Nacht würde sie noch einmal über dem Bett von Reine, auch ein Stockwerk höher, einschlafen. Die Glocken der Kathedrale schlugen zwölf Mal.

Es wurde Abend, und es wurde Morgen …

Sechster Tag

Sie trat auf Zehenspitzen ans Fenster. Lukas schlief noch. Sie öffnete behutsam die Vorhänge und betrachtete die Sonne, die sich an diesem frühen Novembermorgen durch den Dunst kämpfte. Schließlich drehte sie sich um und sah, wie sich Lukas genüsslich räkelte.

»Hast du gut geschlafen?«, fragte er.

Sie wickelte sich fest in ihren Morgenmantel und drückte die Stirn an die Fensterscheibe.

»Ich habe dir ein kleines Frühstück bestellt. Der Zimmerservice müsste gleich anklopfen. Ich mache mich schon mal fertig.«

»Ist es denn so eilig?«, fragte er und griff nach ihrem Arm, um sie zu sich zu ziehen.

Sie setzte sich auf die Bettkante und strich Lukas übers Haar.

»Weißt du, was der Bachert ist?«, fragte sie ihn.

»Ich glaube, ich habe das Wort schon einmal irgendwo gelesen«, erwiderte Lukas und dachte angestrengt nach.

»Ich will nicht, dass wir uns trennen.«

»Zofia, uns ist die Hölle auf den Fersen. Wir haben nur noch bis morgen Zeit und keinen Zufluchtsort mehr. Lass uns hier die Zeit genießen, die uns noch bleibt.«

»Nein, ich beuge mich ihrem Willen nicht. Ich bin keine

Figur in ihrem Schachspiel – ich will den Schritt vollziehen, den sie nicht geplant haben. So aussichtslos die Sache auch scheinen mag – nichts ist unmöglich.«

»Aber was du da sagst, ist ein Wunder, und das ist wirklich nicht mein Fach ...«

»Es sollte meines sein!«, sagte sie und erhob sich, um dem Zimmerkellner zu öffnen.

Sie unterschrieb die Rechnung, schloss die Tür und rollte den Teewagen ins Zimmer.

»Ich bin jetzt zu weit von ihrer Gedankenwelt entfernt, als dass sie mich hören könnten«, sagte sie und schenkte sich Kaffee ein.

Sie griff nach der Schale mit Müsli und streute aus drei Tütchen den Zucker darüber.

»Willst du wirklich keine Milch?«, fragte Lukas.

»Nein, danke, dann wird alles weich.«

Sie sah aus dem Fenster auf die Stadt, die sich in der Ferne erstreckte, und spürte Zorn in sich aufsteigen.

»Ich kann diese Mauern um mich herum nicht betrachten und mir sagen, dass sie unsterblicher sind als wir. Das macht mich rasend vor Wut.«

»Willkommen auf der Erde, Zofia!«

Lukas stand auf und ließ die Tür zum Badezimmer einen Spaltbreit offen. Zofia schob gedankenverloren das Tablett zurück. Sie erhob sich, lief im Salon auf und ab, kam ins Schlafzimmer zurück und legte sich aufs Bett. Das kleine Buch auf dem Nachttisch erregte ihre Aufmerksamkeit, und sie sprang auf.

»Ich kenne einen Ort!«, rief sie Lukas zu.

Er steckte den Kopf durch die Tür.

»Ich kenne auch eine Menge Orte!«

»Ich scherze nicht, Lukas!«

»Ich auch nicht«, meinte er mit schelmischer Miene, »aber erzähl mir etwas davon.«
»Ich kenne einen Ort auf Erden, an dem ich für uns eintreten kann.«
Sie wirkte so traurig, so verwirrt und so zerbrechlich in ihrer Hoffnung, dass Lukas sich Sorgen zu machen begann.
»Und wo ist dieser Ort?«, fragte er mit ernster Stimme.
»Dieser Ort ist das wirkliche Dach der Welt, der heilige Berg, wo alle Kulturen zusammenleben und sich respektieren, der Berg Sinai. Ich bin sicher, dort oben kann ich mit meinem *Vater* sprechen, und *Er* kann mich hören.«
Lukas sah auf die Uhr des Videorekorders.
»Erkundige dich nach den Flügen, ich ziehe mich an und bin gleich wieder da.«
Zofia ging zum Telefon und wählte die Nummer der Flugauskunft. Das Band informierte sie, dass gleich ein Mitarbeiter für sie bereitstehe. Ungeduldig sah sie aus dem Fenster und bemerkte eine Möwe, die sich in die Lüfte schwang. Eine Weile später – noch niemand hatte ihren Anruf entgegengenommen – trat Lukas hinter sie, schlang die Arme um sie und murmelte:
»Mindestens fünfzehn Flugstunden, und dazu kommt noch der Zeitunterschied … wenn wir ankommen, können wir uns nicht einmal mehr am Flughafen verabschieden; sie werden uns längst getrennt haben. Es ist zu spät, Zofia, das Dach deiner Welt ist zu weit von hier entfernt.«
Der Telefonhörer sank auf die Gabel zurück. Sie drehte sich um, tauchte den Blick in den seinen, und sie küssten sich zum ersten Mal.

Ein ganzes Stück weiter im Norden ließ sich die Möwe auf einer anderen Balustrade nieder. In ihrem Krankenhauszimmer telefonierte Mathilde, hinterließ eine Nachricht auf Zofias Mailbox und legte auf.

~

Zofia wich einen Schritt zurück.
»Ich weiß einen Weg!«
»Du gibst nicht auf!«
»Die Hoffnung? Niemals! Ich bin darauf programmiert. Mach dich schnell fertig und vertrau mir.«
»Ich tue nichts anderes!«
Zehn Minuten später traten sie auf den Hotelparkplatz, und Zofia wurde klar, dass sie einen Wagen brauchten.
»Welchen?«, fragte Lukas und warf einen Blick auf die parkenden Autos.
Auf Zofias Bitte hin fand er sich damit ab, den unauffälligsten »auszuleihen«. Sie fuhren auf den Highway 101, diesmal in nördlicher Richtung. Lukas wollte wissen, wohin sie fuhren, Zofia aber, die in ihrer großen Handtasche nach ihrem Handy suchte, antwortete nicht. Sie hatte nicht die Zeit, die Nummer von Inspektor Pilguez zu wählen, um ihm zu sagen, er solle sich nicht bemühen, denn es klingelte, und die Mailbox schaltete sich ein:
»Ich bin's, Mathilde. Ich wollte dir sagen, dass du dir keine Sorgen mehr machen musst. Ich habe ihnen so zugesetzt, dass sie mich noch vor dem Mittag entlassen. Ich habe Manca angerufen, er holt mich ab und bringt mich zu mir nach Hause. Er hat mir versprochen, jeden Abend vorbeizukommen und mir etwas zu essen zu bringen, bis ich wieder auf den Beinen bin … Vielleicht dehne ich die Sache

ein wenig aus ... Der Zustand von Reine ist unverändert; man kann sie nicht besuchen, sie schläft. Zofia, es gibt Dinge, die sagt man sich in der Liebe und wagt es nicht, sie in einer Freundschaft zu sagen, aber du bist für mich mehr als das Licht meiner Tage oder die Komplizin meiner Nächte gewesen, du bist und bleibst meine Freundin. Wohin du auch gehen magst, gute Reise. Du fehlst mir schon jetzt.«

Zofia drückte auf den kleinen Knopf, um das Handy auszuschalten, und steckte es wieder in ihre Tasche.

»Fahr ins Stadtzentrum!«

»Wohin bringst du uns?«, fragte Lukas.

»Zur Transamerica Pyramid an der Montgomery Street.«

Lukas hielt abrupt auf der Standspur an.

»Was spielst du da für ein Spiel, Zofia?«

»Man kann sich nicht immer auf die Fluglinien verlassen, aber die des Himmels bleiben unergründlich. Fahr weiter!«

Beide schwiegen, und der alte Chrysler setzte seinen Weg fort. Sie verließen den Highway 101 auf der Höhe der Third Street.

»Ist heute Freitag?«, fragte Zofia plötzlich besorgt.

»Leider!«, erwiderte Lukas.

»Wie spät ist es?«

»Du hattest um einen unauffälligen Wagen gebeten! Dieser hier ist so einfach, dass er nicht einmal die Uhrzeit anzeigt! Es ist zwanzig vor zwölf.«

»Du musst einen Umweg machen. Ich habe ein Versprechen einzulösen. Bitte fahr zum Krankenhaus.«

Lukas bog in die California Street ein, und zehn Minuten später fuhren sie auf das Klinikgelände. Zofia bat ihn, vor der Kinderstation zu halten.

»Komm«, sagte sie und schloss die Beifahrertür.
Er folgte ihr in die Eingangshalle bis zum Aufzug. Sie nahm seine Hand, zog ihn in die Kabine und drückte auf den Knopf. Der Aufzug schwebte in den siebten Stock.

Auf dem Flur, wo mehrere Kinder spielten, entdeckte sie den kleinen Thomas. Er lächelte, als er sie erblickte. Sie erwiderte seinen Gruß mit einem zärtlichen Handzeichen und ging auf ihn zu. Da sah sie den Engel an seiner Seite. Sie erstarrte, und Lukas fühlte, wie ihre Hand die seine fest umklammerte. Der Junge ergriff die von Gabriel und setzte seinen Weg zum anderen Ende des Gangs fort. An der Tür, die auf einen Balkon führte, drehte sich der Kleine ein letztes Mal um. Er öffnete die Hand und blies ihr einen Kuss zu. Dann schloss er die Augen und verschwand lächelnd im blassen Licht des ausklingenden Morgens. Auch Zofia schloss die Augen.
»Komm«, murmelte Lukas und zog sie mit sich.
Als der Wagen den Parkplatz wieder verließ, schluchzte Zofia auf.
»Du hast von gewissen Tagen gesprochen, an denen uns die Welt erdrückt. Dies ist einer von ihnen.«

Sie durchquerten die Stadt, ohne ein Wort zu sagen. Lukas nahm keine Abkürzung, sondern entschied sich für Umwege. Er fuhr am Meer entlang und hielt an. Sie machten einen Spaziergang am Strand, der von schäumenden Wellen gesäumt war.
Eine Stunde später gelangten sie schließlich zum Fuß der Transamerica Pyramid. Zofia, die jetzt am Steuer saß, fuhr dreimal um den Block, ohne einen Parkplatz zu finden.
»Für gestohlene Autos zahlt man keine Strafmandate«,

meinte Lukas und verdrehte die Augen. »Stell den Wagen einfach irgendwo ab!«
Zofia parkte in der Lieferzone. Gefolgt von Lukas, steuerte sie auf den Ost-Eingang zu. Als die Platte in der Wand verschwand, schreckte Lukas zurück.
»Bist du sicher, dass du das Richtige tust?«, fragte er nervös.
»Nein! Komm mit!«
Sie liefen durch die Gänge, die zur großen Halle führten. Peter saß am Empfang und erhob sich, als er sie kommen sah.
»Du bist ganz schön dreist, ihn mit hierher zu bringen!«, meinte er entrüstet.
»Ich brauche dich, Peter.«
»Weißt du, dass du überall gesucht wirst, dass alle Wächter des Hauptsitzes hinter euch her sind? Was hast du getan, Zofia?«
»Ich habe keine Zeit, dir das jetzt zu erklären.«
»Es ist das erste Mal, dass ich hier jemanden sehe, der in Eile ist.«
»Du musst mir helfen, du bist der Einzige, auf den ich zählen kann. Ich muss unbedingt zum Berg Sinai. Gib mir Zugang zu dem Weg, der über Jerusalem dorthin führt.«
Peter rieb sich das Kinn und musterte die beiden.
»Tut mir Leid, aber diesen Gefallen kann ich dir nicht tun, denn das würde man mir nie verzeihen«, sagte er und entfernte sich ans andere Ende der Halle. »Aber vielleicht hast du Zeit, zu finden, was du suchst, während ich den Sicherheitsdienst von eurer Anwesenheit informiere. Sieh im Hauptfach der Konsole nach.«
Zofia stürzte hinter den Empfangsschalter, den Peter soeben verlassen hatte, und öffnete alle Schubladen. Sie

wählte den Schlüssel, den sie für den richtigen hielt, und zog Lukas hinter sich her. Die in der Wand verborgene Tür öffnete sich, als sie den Schlüssel ins Schloss steckte. Hinter sich vernahm sie Peters Stimme.
»Zofia, das ist eine Reise ohne Wiederkehr. Du weißt, was du tust?«
»Danke für alles, Peter!«
Er nickte und zog an einem großen Griff am Ende einer Kette. Die Glocken der Grace Cathedral begannen zu läuten, und Zofia und Lukas hatten kaum Zeit, in den engen Korridor zu schlüpfen, bevor alle Türen der großen Halle sich schlossen. Sie verließen den Korridor wenige Augenblicke später durch eine Öffnung, die auf Brachland führte.
Die Sonne überflutete die kleine Straße, die von drei- oder vierstöckigen Häusern mit abbröckelnden Fassaden gesäumt war. Lukas sah sich besorgt nach allen Seiten um. Zofia wandte sich an den erstbesten Passanten, der des Weges kam.
»Sprechen Sie unsere Sprache?«
»Halten Sie mich für einen Idioten?«, erwiderte der Mann gekränkt und entfernte sich.
Zofia ließ sich nicht entmutigen und trat auf einen Fußgänger zu, der gerade die Straße überquerte.
»Ich suche …?«
Sie hatte den Satz noch nicht zu Ende gesprochen, als der Mann auch schon den gegenüberliegenden Bürgersteig erreicht hatte.
»Die Menschen sind ja recht herzlich in dieser heiligen Stadt!«, meinte Lukas ironisch.
Zofia ging nicht auf seine Bemerkung ein, sondern sprach eine dritte Person an. Der ganz in Schwarz gekleidete Mann war zweifellos ein Geistlicher.

»Vater«, begann Zofia, »können Sie mir sagen, wie ich zum Berg Sinai komme?«
Der Priester musterte sie von Kopf bis Fuß und ging achselzuckend weiter. An einen Laternenpfahl gelehnt, verschränkte Lukas die Arme und lächelte. Zofia wandte sich an eine Frau, die ihr entgegenkam.
»Entschuldigen Sie, ich suche den Berg Sinai.«
»Wenn das ein Witz sein soll, dann ist es kein guter«, erwiderte die Passantin und entfernte sich.
Zofia trat auf einen Händler zu, der gerade seine Auslage herrichtete und sich dabei mit einem Lieferanten unterhielt.
»Guten Tag. Könnte mir einer von Ihnen den Weg zum Berg Sinai erklären?«
Die beiden Männer sahen sich kopfschüttelnd an und plauderten weiter, ohne Zofia die geringste Beachtung zu schenken. Als sie die Straße überqueren wollte, wäre sie um Haaresbreite von einem Wagen erfasst worden, dessen Fahrer wütend hupte.
»Wirklich ausgesprochen charmante Menschen«, sagte Lukas mit leiser Stimme.
Hilfe suchend blickte Zofia sich um und spürte, wie heftiger Zorn in ihr aufstieg. Sie schnappte sich eine leere Holzkiste vom Geschäft des Händlers, lief ein Stück die Straße hinunter, stellte sich mitten auf der Kreuzung auf ihre kleine improvisierte Tribüne, stemmte die Hände in die Hüften und brüllte:
»Würden mir alle kurz einmal zuhören – ich habe eine wichtige Frage.«
Die Passanten blieben stehen und blickten sie an. Fünf Männer, die im Gänsemarsch vorbeigingen, traten näher und riefen wie aus einem Mund:

»Wie lautet die Frage? Wir haben eine Antwort.«
»Ich muss zum Berg Sinai. In einer sehr dringenden Angelegenheit.«
Die Rabbiner bildeten einen Kreis um sie. Sie berieten sich untereinander, tauschten sich gestikulierend über die Richtung aus, die am besten einzuschlagen sei. Ein kleiner Mann drängte sich zwischen sie und sprach Zofia an.
»Folgen Sie mir«, sagte er. »Ich habe einen Wagen. Ich kann Sie hinfahren.«
Er lief auf einen alten Ford zu, der in der Nähe geparkt war. Lukas verließ seine Laterne und schloss sich ihnen an.
»Beeilen Sie sich«, fügte der Mann hinzu und öffnete die Wagentüren. »Sie hätten gleich sagen sollen, dass es sich um einen Notfall handelt.«
Lukas und Zofia nahmen auf dem Rücksitz Platz, und der Wagen fuhr los. Lukas blickte sich um und runzelte erneut die Stirn. Er neigte sich zu Zofia und flüsterte ihr ins Ohr:
»Ich glaube, es wäre sicherer, sich auf die Bank zu legen. Es wäre zu dumm, wenn man uns im letzten Augenblick noch entdecken würde.«
Zofia hatte nicht die geringste Lust zu diskutieren. Lukas lehnte sich zurück, und Zofia legte sich auf den Rücksitz, den Kopf auf seinen Knien. Der Fahrer warf einen Blick in den Rückspiegel, und Lukas schenkte ihm ein breites Lächeln.
Der Wagen raste dahin, die Passanten wichen erschrocken zur Seite. Eine halbe Stunde später hielt er an einer Kreuzung.
»Sie wollten zum Mount Sinai – hier sind Sie am Mount Sinai!«, sagte der Mann und sah sich stolz um.
Zofia richtete sich erstaunt auf. Der Fahrer streckte ihr die flache Hand entgegen.

»Schon? Ich dachte, er sei sehr viel weiter weg.«
»Nun, es ist sehr viel näher!«, entgegnete der Fahrer.
»Warum strecken Sie die Hand aus?«
»Warum?«, fragte er und hob die Stimme. »Weil es von Brooklyn bis zur Madison Avenue zwanzig Dollar macht, darum!«
Zofia sah aus dem Fenster und riss die Augen auf. Vor ihr erhob sich die Fassade des Mount Sinai Hospital von Manhattan.
Lukas seufzte.
»Tut mir Leid, ich wusste nicht, wie ich's dir sagen sollte.«
Er zahlte und zog Zofia, die kein Wort mehr sagte, mit sich. Sie stolperte bis zu der kleinen Bank unter dem Dach der Bushaltestelle.
»Du hast den falschen Schlüssel erwischt. Der, den du genommen hast, führt zu Little Jerusalem in New York«, sagte Lukas.
Er kniete vor ihr nieder und nahm ihre Hände in die seinen.
»Zofia, du musst jetzt aufhören … Es ist ihnen in Tausenden von Jahren nicht gelungen, über das Schicksal der Welt zu entscheiden – glaubst du wirklich, dass wir in sieben Tagen eine Chance hatten? Morgen Mittag werden wir getrennt. Also sollten wir nicht eine der uns noch verbleibenden Stunden vergeuden. Ich kenne mich gut aus in der Stadt; lass mich aus diesem Tag unseren Augenblick der Ewigkeit machen.«
Er nahm sie bei der Hand, und sie liefen die Fifth Avenue hinunter.
Er führte sie in eine kleine Trattoria im Village. Der Garten des Lokals war um diese Jahreszeit menschenleer, und sie ließen sich dort ein festliches Mittagessen servieren. Sie

schlenderten weiter bis nach SoHo, betraten alle Boutiquen, zogen sich zehnmal um und überließen ihre getragenen Kleider den Obdachlosen, die auf den Bürgersteigen herumlungerten. Um fünf Uhr hatte sie Lust auf Regen; er ließ sie die Einfahrt einer Tiefgarage hinuntergehen und bat sie, mitten auf der Zufahrt stehen zu bleiben. Unter einer Düse der Sprinkleranlage zündete er sein Feuerzeug an, und gleich darauf spazierten sie Hand in Hand durch einen einzigartigen Regenschauer. Beim ersten Heulen der Feuerwehrsirenen ergriffen sie die Flucht. Sie trockneten sich in der warmen Luft, die aus einem unterirdischen Gitter drang, und suchten Schutz in einem Kinocenter. Sie wechselten siebenmal den Kinosaal, ohne ein einziges Popcorn auf den Gängen zu verlieren. Was bedeutete schon das Ende eines Films – für sie zählte nur der Anfang. Als sie wieder ins Freie traten, lag der Union Square bereits im Dunkeln. Ein Taxi setzte sie an der Ecke 57th Street ab. Sie betraten ein Kaufhaus, das erst sehr spät schloss. Lukas wählte einen schwarzen Smoking, sie ein modisches Kostüm.

»Das Geld wird erst am Monatsende abgebucht!«, flüsterte er ihr ins Ohr, als sie beim Kauf einer Stola zögerte.

Sie nahmen den Ausgang zur Fifth Avenue, betraten das Plaza Hotel am Central Park und fuhren mit dem Aufzug bis in die letzte Etage. Von dem Tisch aus, an den man sie führte, hatten sie eine atemberaubende Aussicht. Sie kosteten von allen Gerichten, die Zofia nicht kannte. Bei den Desserts fiel ihr die Wahl besonders schwer.

»Man nimmt erst am übernächsten Tag zu«, meinte sie schließlich und entschied sich für ein Schokoladensoufflé.

Er war elf Uhr nachts, als sie in den Central Park traten. Die Luft war mild. Sie liefen über die von Laternen ge-

säumten Wege und setzten sich auf eine Bank unter einer großen Weide. Lukas zog sein Jackett aus und legte es Zofia um die Schultern. Sie betrachtete die kleine weiße Steinbrücke, die den Weg überspannte, und sagte:
»In der Stadt, in die ich dich führen wollte, gibt es eine große Mauer. Die Menschen schreiben ihre Wünsche auf kleine Zettel und stecken sie in die Mauerritzen, und niemand hat das Recht, sie zu entfernen.«
Ein Stadtstreicher kam den Weg herauf. Er grüßte sie, und seine Gestalt verschwand unter dem Bogen der kleinen Brücke. Es folgte ein langer Augenblick des Schweigens. Lukas und Zofia betrachteten den Himmel; ein gewaltiger runder Mond verbreitete ein silbriges Licht. Ihre Hände vereinten sich, Lukas drückte ihr einen Kuss auf die Wange und sog den Geruch ihrer Haut ein und murmelte:
»Ein einziger Augenblick mit dir ist mehr wert als die Ewigkeit.«
Zofia schmiegte sich an ihn.
Lukas nahm sie in die Arme, und sie liebten sich zärtlich im Schutz der Nacht …

Julius betrat die Klinik. Er steuerte auf die Aufzüge zu, ohne dass ihn jemand bemerkte – Kontrollengel konnten sich unsichtbar machen, wenn sie wollten … Er drückte auf den Knopf zum vierten Stock. Als er am Stationszimmer vorbeikam, bemerkte die Krankenschwester die Gestalt nicht, die sich durch den schwach erleuchteten Flur bewegte. Er hielt vor der Zimmertür, strich seine Glencheckhose glatt, klopfte leise an und trat auf Zehenspitzen ein.

Er zog den Vorhang um Reines Bett zur Seite und nahm auf dem Stuhl daneben Platz. Er erkannte die Jacke, die in dem Wandschrank hing, und ihm wurde warm ums Herz. Er tätschelte liebevoll Reines Wange.

»Du hast mir so gefehlt«, flüsterte Julius. »Zehn Jahre ohne dich, das ist eine lange Zeit.«

Er drückte einen Kuss auf ihre Lippen, und auf dem kleinen grünen Bildschirm auf dem Nachttisch lief das Leben von Reine Sheridan in einer langen geraden Linie aus.

Reines Schatten erhob sich, und beide machten sich Hand in Hand auf den Weg …

… Es war Mitternacht im Central Park, und Zofia schlief in Lukas' Armen ein.

Es wurde, Abend und es wurde Morgen …

Siebter Tag

Ein leichter Wind wehte über den Central Park. Zofias Hand glitt über die Rückenlehne der Bank und sank herunter. Sie fröstelte in der Kälte des frühen Morgens. Noch im Halbschlaf schlug sie ihren Mantelkragen hoch und zog die Knie bis ans Kinn. Das blasse Morgenlicht drang durch ihre geschlossenen Lider. Sie drehte sich um. Nicht weit entfernt in einem Baum ertönte der Schrei eines Vogels, in dem sie die Möwe erkannte, die sich in die Lüfte erhob.

Sie streckte sich, und ihre Finger tasteten nach Lukas' Bein. Ihre Hand bewegte sich über die Holzfläche, ohne etwas zu finden, und wurde sich ihrer Einsamkeit bewusst.

Sie rief ihn, doch niemand antwortete. Da stand sie auf und blickte sich um. Die Wege waren verlassen, der Tau noch unberührt.

»Lukas? Lukas? Lukas?«

Bei jedem Ruf wurde ihre Stimme unruhiger, zerbrechlicher, verletzter. Sie drehte sich in alle Richtungen und rief seinen Namen so laut und verzweifelt, dass ihr fast schwindelig wurde. Die einzige Antwort war ein leichtes Blätterrauschen, das der Wind erzeugte.

Hektisch lief sie zu der kleinen Brücke, Kälte und Angst

ließen sie zittern. Sie eilte an der weißen Steinmauer entlang und fand den Brief, der in einer Ritze steckte.

Zofia,
ich sehe dich schlafen – mein Gott, wie schön du bist! Du drehst dich um in dieser letzten Nacht, und du fröstelst. Ich ziehe dich an mich, ganz fest, ich lege meinen Mantel über dich. Ich würde gerne einen über alle Winter legen können. Deine Züge sind entspannt, ich liebkose deine Wange, und zum ersten Mal in meinem Leben bin ich traurig und glücklich zugleich.
Dies ist das Ende unseres Augenblicks, der Anfang einer Erinnerung, die für mich die ganze Ewigkeit andauern wird. Als wir vereint waren, gab es in jedem von uns so viel Vollendetes und so viel Unvollendetes.
Ich werde bei Tagesanbruch aufbrechen, mich Schritt für Schritt entfernen, um jede Sekunde mit dir auszukosten, bis zum letzten Moment. Ich werde hinter jenem Baum verschwinden, um mich dem Schlimmsten zu beugen. Indem ich mich opfere, ermöglichen wir den Sieg der Deinen, und sie werden dir vergeben, was auch immer du getan haben magst. Kehre heim, meine Liebste, zurück in dieses Haus, welches das Deine ist und so gut zu dir passt. Wie gerne hätte ich seine Mauern berührt, von deinen Fenstern aus den Morgen über dem Horizont aufsteigen sehen, den ich nicht kenne, von dem ich jedoch weiß, dass es der Deine ist. Dir ist das Unmögliche gelungen, du hast einen Teil von mir verändert. Ich wünschte mir, fortan von deinem Körper bedeckt zu sein und das Licht der Welt nie mehr anders als mit deinen Augen zu sehen.
Dort, wo du nicht existierst, existiere ich auch nicht mehr. Unsere vereinten Hände bildeten eine Hand mit zehn Fin-

gern. Wenn sich die Deine auf mich legte, wurde sie zur meinen, und wenn deine Augen zufielen, schlief ich ein.
Sei nicht traurig, niemand kann uns unsere Erinnerungen nehmen. Ich brauche fortan nur die Lider zu schließen, um dich zu sehen, nur aufhören zu atmen, um deinen Geruch wahrzunehmen, mich nur in den Wind zu stellen, um deinen Atem zu erahnen. Also hör mir zu: Wo immer ich sein mag, ich werde deine Stimme hören, das Lächeln in deinen Augen sehen, dein Lachen ahnen. Zu wissen, dass du da bist, irgendwo auf dieser Erde, wird in der Hölle mein kleines Eckchen vom Paradies sein.
Du bist mein Bachert …
Ich liebe dich,
Lukas

Zofia kauerte sich auf den Blätterteppich und drückte den Brief ans Herz. Sie hob den Kopf und betrachtete den Himmel, der von einem Schleier des Kummers überzogen war.
Inmitten des Parks hallte der Name von Lukas wider, wie die Erde ihn nie zuvor vernommen hatte. Die Hände gen Himmel gestreckt, zerriss Zofia die Stille, und ihr Schrei unterbrach den Lauf der Welt.

»Warum hast du mich verlassen?«, murmelte sie.
»Jetzt übertreib bitte nicht!«, erwiderte Michael, der unter dem Bogen der kleinen Brücke erschien.
»Pate?«
»Warum weinst du, Zofia?«
»Ich brauche dich«, sagte sie und eilte ihm entgegen.
»Ich bin gekommen, dich zu holen, Zofia. Du musst jetzt mit mir heimkommen, es ist vorbei.«

Er streckte ihr die Hand entgegen, sie aber wich zurück.
»Ich komme nicht mit. Mein Paradies ist nicht mehr das bei uns.«
Michael trat auf sie zu und legte den Arm um sie.
»Willst du auf alles verzichten, was dir dein Vater gegeben hat?«
»Was hat es für einen Sinn, mir ein Herz zu schenken, wenn es leer bleiben soll, Pate?«
Er stellte sich vor sie und legte die Hände auf ihre Schultern. Er sah sie aufmerksam an und lächelte voller Mitgefühl.
»Was hast du getan, Zofia?«
Die Lippen vor Kummer zusammengepresst, hielt sie tapfer seinem Blick stand und sagte:
»Ich habe geliebt.«
Da wurde die Stimme ihres Paten immer leiser, sein Blick verschwamm, und das Tageslicht schien durch sein Gesicht hindurch, bis es transparent und er verschwunden war.
»Hilf mir«, flehte sie.
»Dieser Bund ist ...«
Doch sie hörte das Ende seines Satzes nicht. Er war fort, und sie würde es nie mehr hören.
»Heilig«, murmelte sie und machte sich allein auf den Weg.

Michael trat aus dem Aufzug, ging an der Empfangsdame vorbei, die er mit einer ungeduldigen Geste grüßte, und eilte den Korridor hinunter. Er klopfte an die Tür des *Office* und trat ein, ohne eine Antwort abzuwarten.

»*Houston*, wir haben ein Problem!«

Die Tür schloss sich hinter ihm.

Wenige Minuten später brachte die dröhnende Stimme von *Sir* die Mauern zum Beben. Michael kam kurz darauf wieder heraus und bedeutete allen, denen er auf den Fluren begegnete, durch ein Zeichen, dass alles zum Besten stehe und jeder an seinen Posten zurückkehren könne. Er trat hinter die Empfangstheke und schaute nervös aus dem Fenster.

Sir saß in seinem riesigen Büro und blickte zornig auf die Trennwand. Er zog die Schublade mit der rechten Hand auf, öffnete das Geheimfach und entriegelte wütend die Schutzvorrichtung.

Mit einem Fausthieb betätigte er den Knopf. Die Trennwand glitt langsam zur Seite und gab den Blick frei in das Büro von *President;* die beiden Tische bildeten jetzt einen einzigen von ungeheurer Länge, an dessen Enden sich die beiden gegenübersaßen.

»Kann ich etwas für dich tun?«, fragte *President* und legte sein Kartenspiel zur Seite.

»Ich kann nicht glauben, dass du es gewagt hast!«

»Was soll ich gewagt haben?«, säuselte Satan.

»Zu mogeln.«

»Ich soll als Erster gemogelt haben?«, entgegnete *President* in arrogantem Tonfall.

»Wie hast du dich erdreisten können, das Schicksal unserer Abgesandten zu beeinflussen? Kennst du denn gar keine Grenzen mehr?«

»Das ist nun aber wirklich die Höhe. Was man sich alles anhören muss!«, spottete Satan. »Du hast mit dem Mogeln angefangen!«

»Ich soll gemogelt haben?«

»Allerdings!«
»Und inwiefern habe ich gemogelt?«
»Du brauchst bei mir nicht deine engelsgleiche Unschuldsmiene aufzusetzen.«
»Was habe ich denn bitte getan?«
»Du hast wieder damit angefangen!«, sagte Luzifer.
»Womit?«
»Mit deinen MENSCHEN!«

Gott hüstelte und strich sich übers Kinn, während er seinen Gegner fixierte.
»Du wirst sofort aufhören, sie zu verfolgen!«
»Und wenn nicht?«
»Dann verfolge ich dich!«
»Ach, ja? Versuch's doch mal, nur um zu sehen, was dabei herauskommt! Ich amüsiere mich jetzt schon! Was meinst du, residieren die Anwälte bei dir oder bei mir?«, entgegnete *President* und drückte auf den Knopf in seiner Schublade.
Die Trennwand schloss sich langsam. Gott wartete, bis sie zur Hälfte zu war, holte tief Luft, und Satan hörte ihn am anderen Ende des Raums brüllen:
»WIR WERDEN GROßVATER!«

Sofort kam die Trennwand zum Stillstand. Gott sah das bestürzte Gesicht von Satan, der sich vorgebeugt hatte, um ihn wieder sehen zu können.
»Was hast du da gesagt?«
»Du hast mich sehr wohl verstanden!«
»Mädchen oder Junge?«, fragte Satan kleinlaut.
»Ich habe mich noch nicht entschieden!«
Satan sprang auf.

»Warte, ich komme! Diesmal müssen wir wirklich miteinander sprechen!«

President erhob sich, trat über die Begrenzung und setzte sich neben *Sir* ans andere Ende des langen Tisches … Es folgte ein ausgiebiges Gespräch, das sich hinzog … hinzog … hinzog bis zum *Abend* …

Dann wurde es Morgen, und …

… eine Ewigkeit

Eine lebhafte Brise strich durch den Central Park … Blätter wirbelten auf und tanzten um eine Bank, die an einem der Wege stand. Gott und Satan hockten auf der Rückenlehne. Sie erkannten die beiden schon vom weitem. Lukas hielt Zofias Hand. Mit der freien Hand schoben beide den Zwillingskinderwagen. Sie gingen an ihnen vorbei, ohne sie zu sehen.

Luzifer seufzte tief bewegt.

»Du kannst sagen, was du willst, aber die Kleine ist die Gelungenere von beiden! Das sieht man doch schon aus der Ferne«, sagte er.

Gott warf ihm einen spöttischen Blick zu.

»Ich dachte, wir hätten vereinbart, nicht von den Kindern zu sprechen.«

Sie erhoben sich und liefen Seite an Seite den Weg hinunter.

»Na gut«, sagte Luzifer, »in einer absolut vollkommenen oder unvollkommenen Welt hätten wir uns gelangweilt, ich glaube, da sind wir einer Meinung. Vergessen wir das. Aber jetzt, unter vier Augen, kannst du's mir sagen. Hast du am vierten oder am fünften Tag angefangen zu mogeln?«

»Aber warum soll ich denn gemogelt haben …?«

Gott legte die Hand auf Luzifers Schulter und sagte lächelnd:
»… vergiss nicht den Zufall!«

Es wurde Abend … und es folgten viele weitere Morgen.

Dank an

Nathalie André, M. R. Bass, Éric Brame, Frédérique, Kamel Berkane, Antoine Caro, Philippe Dajoux, Valérie Djian, Marie Drucker, M. P. Fehner, Guillaume Gallienne, M. C. Garot, Philippe Guez, Sophie Fontanelle, Katrin Hodapp, M. P. Leneveu, Raymond und Danièle Levy, Lorraine Levy, Daniel Manca, M. Natalini, Pauline Normand, Patrick Partouche, J. M. Perbost, Mlle. Regen Tell, Manon Sbaïz, Zofia und an die Gewerkschaft der Dockarbeiter, CGT, im Marseiller Hafen; an Marie Le Fort, Alix de Saint-André, für sein wunderbares Buch *Archives des Anges* (Archiv der Engel), und an Nicole Lattès, Leonello Brandolini und Susanna Lea und Antonine Audouard.